FABIO MITCHELLI

LE LOUP DANS LA BERGERIE

Le monstre de Caussols

Librement inspiré de l'escalade criminelle de Michel Lambin

LA BÊTE NOIRE
Robert Laffont

ISSN 2431-6385
ISBN 978-2-221-18873-6

Dépôt légal : février 2021
Éditions Robert Laffont – 92, avenue de France 75013 Paris

À mon père [1952-2019].

À mes sœurs, Jocya et Élodie,
avec lesquelles j'ai traversé l'épreuve.

À ma fille, Alice,
qui reste le moteur de mon existence ;
à nos échanges de lumière
que l'on partage au fond de nos yeux.

À Émilie, pour tous ces instants
de bonheur partagés.

Avis au lecteur

Certains passages de ce roman s'appuient sur des faits divers qui se sont réellement déroulés en France entre 1983 et 2004. Quelques-unes des scènes évoquent des articles parus antérieurement dans la presse ou sur des sites Internet spécialisés, ainsi que des événements judiciaires plus récents. Toutes les informations citées proviennent de médias nationaux ou de protagonistes concernés au moment des faits (policiers, magistrats, psychologues, journalistes...) et toutes ont été rendues publiques.

Cet ouvrage s'inspire librement de l'escalade meurtrière de Michel Lambin, surnommé par la presse le « berger de Caussols ». Reconnu coupable de deux meurtres, Michel Lambin a été condamné à vingt ans de réclusion pour le premier, avant que la peine soit réduite en appel à dix-huit ans, puis condamné à une peine de réclusion à perpétuité pour le second. Un jugement en appel est attendu dans cette dernière affaire. L'auteur s'est également appuyé sur des confidences que lui a faites Nicole Rossi, l'ex-compagne de Michel Lambin.

Les noms des protagonistes ont été modifiés, à commencer par ceux des victimes, par respect pour les familles. Certaines descriptions de lieux privés ou de bâtiments administratifs sont le pur produit de l'imagination de l'auteur.

Malgré quelques scènes empruntées à la réalité, la plupart des personnages et des situations évoqués dans ce roman relèvent de la fiction.

« Le loup dans la bergerie » : *métaphore pour exprimer le fait qu'un prédateur se trouve parmi ses proies, qu'il y a un danger à laisser quelqu'un de malveillant dans un lieu où sa présence peut faire du mal. Le loup dans la bergerie peut se dissimuler derrière de nombreux masques afin d'atteindre ses objectifs, le plus souvent délictuels.*

Toutes ces conneries qu'elle raconte, ça a commencé en 1982, quand elle a vu un crâne chez moi, à Palaiseau, elle a commencé à dire que c'était une personne que j'avais tuée...

Michel Lambin en réponse
à l'une des déclarations faites
par son ex-compagne, Nicole Rossi.

Prologue

Juin 2019, Nice
Quartier de l'Ariane

Les derniers blocs de secours en fonctionnement diluaient leur lueur pisseuse dans la pièce. Vaste et poussiéreux, le hall d'entrée de la station-service désaffectée dégageait une forte odeur d'urine et de rat mort.

Malgré la couche de crasse et les graffitis, les grandes surfaces vitrées laissaient filtrer les éclairages blafards qui scintillaient à l'extérieur. Ces lumières toxiques, presque surnaturelles, qui s'accrochaient au manteau de la nuit, laissaient croire que Nice était encore la ville de tous les prestiges et de tous les rêves. Mais, à l'abri du rideau, la plus belle cité de la French Riviera cultivait elle aussi son parterre de champignons vénéneux. Derrière le masque, une pègre organisée palpitait comme le poumon d'un alien terrifiant, un monstre prêt à bondir et à vous arracher la tête d'un seul coup de mâchoires.

Voilà deux ans que le gang K11.43 s'était établi dans les locaux de la vieille station essence, un bâtiment gris à toit plat, près du quartier de l'Ariane, au nord-est de la ville.

Le K11.43 était un gang de motards redouté par la population locale. Certains de ses membres avaient été impliqués dans des affaires de meurtre, dans des trafics de cocaïne et d'héroïne, ainsi que dans une multitude de braquages de banques et de fourgons blindés le long de la Côte d'Azur. Des rumeurs inquiétantes circulaient également selon lesquelles l'un des dirigeants du gang serait en connexion directe avec les parrains de la pègre varoise. Et même si la police n'avait jamais pu faire parler les corps retrouvés çà et là, les Niçois les moins dupes savaient qu'il s'agissait le plus souvent d'exécutions commanditées par la mafia.

Ce soir-là, les membres du K11.43 s'étaient rassemblés dans ce qui jadis, lorsque la station tournait encore, servait d'atelier de réparation.

Carlos Gimenez, 29 ans, avait rameuté l'ensemble du gang. Il dirigeait les K11 comme un capitaine d'entreprise vénal, sans aucune empathie pour ses lieutenants. Il détestait avoir du sang sur les mains, accomplir lui-même les basses besognes pour lesquelles le grand patron payait toute une bande de gamins déscolarisés et complètement hypnotisés par la came et le fric facile. Carlos avait grandi à Nice, au cœur du quartier des Abattoirs. Il avait fait ses armes avec le meilleur pote de son père, larbin au service des mafieux les plus redoutés. Carlos était d'origine espagnole, issu d'une communauté gitane du quartier de Triana, à Séville.

Depuis près d'un quart d'heure, il donnait les consignes concernant un « boulot » à effectuer rapidement, devant une assemblée réceptive et fascinée. Plusieurs n'étaient pas encore adultes, et, parmi ceux qui l'étaient, la majorité ne savait pas vraiment lire ni écrire, ni même compter parfois.

Le plus jeune devait avoir 16 ans, et personne n'était plus âgé que Carlos. Et c'est à lui qu'on avait confié la tâche délicate de soulager son employeur d'une fâcheuse contrariété, d'enlever le petit caillou gênant au fond de la chaussure. On l'avait chargé d'éliminer un type qui, selon les grands patrons, pouvait compromettre plusieurs figures de la pègre locale et déclencher une enquête judiciaire sans précédent.

Certains des membres étaient assis à même le sol teinté de cambouis, d'autres étaient vautrés sur de vieux sièges de voiture éventrés ou sur des vestiges de banquette moisie. L'odeur en suspension était un véritable supplice, entre l'huile de moteur encore chaude qui provenait des motos entreposées dans le fond du local, les joints de cannabis qui tournaient, l'urine et le rongeur crevé.

Carlos se sentait l'âme d'un Che Guevara des cités parachuté dans un cartel de Nice. En bon tribun, il savait motiver ses troupes. Chaque fois qu'il prononçait le mot « éliminer » ou « police », les têtes se relevaient et les regards convergeaient vers le charismatique Espagnol. Mais il y avait un mot qu'ils détestaient, même si la plupart d'entre eux étaient des membres aguerris, même s'ils avaient déjà exécuté au moins un homme et savaient se comporter en véritables caïds : le mot « barbecue ».

— Bon, les gars, j'vais pas y aller par quatre chemins. Le patron, il est vénère, et si on fait pas le boulot, l'un d'entre nous risque de finir au milieu des rats sous les ordures de la décharge… Il faut qu'on s'occupe de cette salope de Cloclo !

Un jeune garçon coiffé d'une casquette Lacoste et affublé d'un survêtement noir se leva, le torse bombé.

— Et faut faire quoi ? On le fume ? On va le chercher et on le garde ici pour lui faire la misère, ou on séquestre sa famille ?

Carlos eut un petit sourire et fit signe au jeune Maghrébin de se rasseoir.

— Toufic, t'as 16 ans… On va envoyer Marcus et Nacer, plutôt. Toi, tu t'occuperas d'un autre problème que…

— Non, j'veux le faire, moi, Carlos ! C'est mon tour. Laisse-moi le cramer, ce baltringue ! Ça le fera pour la fois où il a mis ma sœur Nouria dans la merde, ragea l'adolescent.

Il y eut des mouvements et des murmures dans l'assemblée, puis les regards se posèrent sur Toufic.

Carlos l'observa à son tour, inspira profondément et scruta ensuite chaque visage du groupe. Les quinze K11 étaient là, aucun ne manquait à l'appel. Carlos savait pourquoi Toufic voulait absolument exécuter ce travail. Il était conscient que tous rêvaient en secret de travailler un jour directement pour le patron, d'accomplir un *nettoyage*… C'était la meilleure façon de se faire remarquer.

— OK, tu vas t'en occuper, Toufic, lâcha le leader du groupe dans un souffle. Marcus te donnera la main. Les ordres sont très clairs. Ce mec, on doit l'effacer… D'après le patron, il prend de plus en plus de risques, et il pourrait nous ramener les keufs. Alors, vous y allez cette nuit, vous me le fumez et vous en faites un barbecue. Vous cramez ce sac à merde dans la zone industrielle désaffectée, et j'veux pas une trace ! C'est clair ?

Un sourire aux lèvres, Toufic acquiesça en faisant claquer sa langue entre ses dents, puis s'empressa de rejoindre l'armurerie. Marcus, plus âgé d'une dizaine d'années, se rapprocha de Carlos, les traits crispés.

— Excuse, Carlos, tu crois pas qu'il est un peu jeune, notre Toufic ? J'ai peur que ça parte en couilles…

— C'est-à-dire ?

— Je sais pas, qu'il panique au moment du barbeuque, qu'il ne sache pas gérer en cas de souci, genre si les flics débarquent, enfin tout ça, quoi…

Carlos fit un signe à ses lieutenants afin de leur indiquer que la réunion était close. Il enfila son cuir et confia à Marcus en l'enlaçant par le cou :

— Écoute, grand, quand je te sonnerai pour que tu m'apportes ma bouffe et mes charentaises, alors peut-être qu'à ce moment-là tu pourras me suggérer des trucs. Toufic, c'est un K11, il l'a choisi. Et s'il doit se faire plomber par les keufs ou t'entraîner avec lui jusqu'au point de non-retour, eh ben tu devras accepter soit la mort, soit la taule. Alors maintenant tu vas te préparer, et tu files à l'armurerie récupérer ton calibre. Le merdeux est déjà prêt, lui…

★

Le rituel était toujours le même : le type à genoux, bâillonné, les mains liées dans le dos et les pieds attachés.

La zone industrielle était déserte, fantomatique. Les vieux entrepôts délabrés tentaient encore de tenir debout, d'exister, tout en renvoyant les faibles éclats de la nuit qui luisaient sur leurs façades d'aluminium brossé. Les reflets permettaient de deviner les inscriptions à demi effacées qui trônaient aux frontons, entre les portes du quai de déchargement. Dans le lointain, aux abords de la baie des Anges, l'on pouvait imaginer le ressac, la mer, impassible témoin de la décadence d'un Nice nocturne inconnu du touriste émerveillé.

La vieille BMW était garée devant le quai d'une ancienne usine d'embouteillage d'huile d'olive, moteur au ralenti, portières ouvertes. Marcus avait laissé tourner la playlist de sa clé USB, toujours branchée sur l'autoradio. Il contourna le bolide, s'approcha de l'homme agenouillé derrière la voiture, exécuta un pas de danse en roulant des épaules, puis, d'un signe de tête, il suggéra à Toufic de s'avancer. Les enceintes arrière catapultèrent alors le texte du rappeur :

Parler de paix c'est lunaire
Comme déclencher des bombes,
ôter des vies à l'aide d'un cellulaire

— Hey papy, ho ! Tu kiffes Kool Shen ? Écoute-le bien, en vrai il s'appelle Bruno Lopes, ce lascar aurait pu faire une carrière au RC Lens, mais il a lâché l'affaire, tu t'rends compte ? Tu sais pourquoi ? Uniquement pour se consacrer à sa passion : la musique, le rap… Tu comprends, frère ? Sur la vie d'ma mère, le mec, c'est un bonhomme, tu vois ? Il y est allé à fond, jusqu'au bout… Et toi, t'es un bonhomme ou t'es pas un bonhomme ? termina Marcus en tirant en arrière la tête du pauvre homme, manquant lui arracher les cheveux.

Le type le dévisagea avec un air désespéré. Il regarda un long moment les tenues stériles de ses ravisseurs, du genre de celles que portent les experts de la police scientifique. Il marmonna derrière son bâillon, se tortilla, gêné par la position inconfortable que lui imposaient ses tortionnaires. Il se mit ensuite à pleurer doucement, prenant conscience de ce qui allait suivre.

— Eh ouais, tu chiales… Fallait faire gaffe, frère. T'as failli tous nous envoyer au ballon ! Tu voulais nous faire manger de la zonzon ou quoi ? Ou alors tu t' mets à table avec les keufs, non ? T'en penses quoi, toi, Toufic ?

— Moi, j'en pense qu'il faut fumer ce fils de pute… Et après on le crame.

Le malheureux bafouilla de nouveau en mâchouillant sa muselière.

Marcus fit glisser le bâillon de quelques centimètres, puis approcha son oreille des lèvres du vieil homme.

— Qu'est-ce que tu racontes ? Hein ?

— Ne faites pas ça, je... j'ai promis au patron de...

— Hé, mec, tu te crois dans *Plus belle la vie* ? C'est pas comme ça que ça marche. Le boss de la cité, il est à la rate, lui, tu vois... Et malgré qu'il soit enfermé, c'est lui qui continue de nous fournir du boulot. Mais ça vient pas que de lui, cette putain de décision, tu comprends, Cloclo ? C'est le big boss qui lui a dit qu'on devait se séparer de toi, le grand boss qu'on voit jamais... T'as pas respecté les règles, *man*, je suis désolé, les keufs risquent de recouper des trucs et de remonter jusqu'à nous... Tu nous as mis en galère !

— Laissez-moi partir... Je vous en supplie, les gars, je mets les voiles, je disparais, je prends un putain d'avion et vous n'entendez plus parler de moi...

— Tu sais qu'on peut pas faire ça, Cloclo, c'est mort, rétorqua Marcus en lançant à Toufic un coup d'œil interrogateur.

L'adolescent s'avança, un Colt 45 dans la main gauche. Il se pencha vers le malheureux, puis il réajusta son bâillon et souffla dans son oreille :

— Tu sais quoi, gros ? J'ai envie de te cracher à la gueule. Tu te souviens du jour où je suis venu te trouver pour te demander de me prêter 500 keus ? J'en avais besoin pour ma sœur qui devait se faire avorter, tu t'en souviens, hein ? Tu m'as dit : « Va bien te faire mettre, sale Arabe, et fais-toi bien engrosser comme ta pute de sœur... »

D'un signe de tête, Marcus fit comprendre à Toufic de se reprendre. Ce dernier laissa JoeyStarr, qui venait de succéder à Kool Shen, déclamer un couplet :

Laisse-moi zoom zoom zang
Dans ta Benz Benz Benz

Puis il continua :

— Eh, tu sais quoi, frère, c'est le p'tit Toufic qui va te la mettre bien profond…

Marcus s'engouffra dans l'habitacle de la BMW et poussa le son de l'autoradio au maximum.

Alors que les enceintes renvoyaient les grognements gutturaux de JoeyStarr, l'adolescent posa le canon du calibre à l'arrière du crâne du vieil homme, à bout touchant, puis il tira une première fois. Il recula ensuite de quelques pas, observa la matière osseuse et cérébrale qui s'était répandue sur le sol et, enfin, il fit feu une nouvelle fois, à deux reprises. Les projectiles pénétrèrent dans les poumons et l'abdomen de la victime, libérant un flot de sang qui se répandit en méandres sur le béton crasseux du quai.

Toufic cracha sur le corps et déclara d'un ton triomphal :

— Et tu vois, je t'ai même engrossé au 45, vieille pute !

Le cadavre fut introduit dans le coffre de la BMW. Marcus et Toufic y ajoutèrent leurs combinaisons de protection jetables, arrosèrent d'essence le coffre, le corps et l'ensemble de l'habitacle. Après y avoir mis le feu, ils rejoignirent l'arrière d'un entrepôt, où ils récupérèrent une Kawasaki KX250. Juste avant de quitter les lieux, Marcus stoppa la moto, et ils observèrent longuement le brasier, les flammes qui s'élevaient déjà très haut, ainsi que les épaisses torsades de fumée noire.

Toufic gonfla le torse, fier d'avoir accompli la mission qui lui avait été confiée. Il tapota l'épaule de Marcus, et celui-ci mit les gaz, se faufilant dans les allées de la zone industrielle.

Le bruit du moteur se dilua peu à peu dans la pénombre, jusqu'à s'évanouir dans celui du trafic, beaucoup plus bas, au cœur du centre-ville. Les rappeurs de NTM cessèrent soudain de *zoom zoom zang* et furent avalés par les flammes, disparaissant dans l'enfer du véhicule incendié.

Seul le crépitement du brasier venait troubler le silence nocturne. Sur la scène des caïds, un acteur était mort. La sentence d'un seul individu avait suffi pour que la peine soit infligée. Le théâtre de la pègre fermait pour la nuit, tirait son rideau de fumée grasse, à peine traversé par le bleu céruléen des gyrophares déjà à l'approche…

I

LE PACTE DU SILENCE

1

La lente valse du passé

Juin 2019, Metz
Cimetière de l'Est

LE CIEL ÉTAIT NOIR, très bas. Une pluie fine et glaçante s'était mise à tomber dès leur sortie de la cathédrale, juste après la cérémonie. L'averse avait forci à l'instant où le cortège était entré dans le cimetière, peu avant de parvenir dans l'allée où se trouvaient l'équipe des services funéraires ainsi que le catafalque dressé près du caveau. Tout près, à même le sol, une plaque de marbre sur laquelle étaient gravées la photographie d'une femme, deux dates et une très courte épitaphe :

« Lise-Marie Klein / 1976-2019 / À notre épouse, mère, amie / *Puisse la lumière toujours éclairer ton chemin.* »

Rebecca ne laissait presque pas paraître d'émotion, si ce n'était ce filet de larmes sur sa joue qui semblait ne jamais vouloir cesser de couler. Calé sur ses oreilles, son casque audio diffusait en boucle les titres d'Andrea Bocelli, idole de son père et de sa mère. À son côté, son petit ami, Jordan, tentait de la réconforter d'une tendre caresse le long de son échine.

Pour la cérémonie, Rebecca avait absolument voulu porter ce sweat noir à l'effigie de la Santa Muerte que lui avait offert sa mère quelques mois auparavant. Malgré le refus catégorique de son père, elle l'avait passé à la hâte, juste avant de quitter l'appartement de Grégory Klein, son beau-père. Celui-ci avait tenté de construire quelque chose de solide en épousant Lise-Marie, de lui apporter tout ce dont elle avait besoin après son divorce d'avec Samuel Steiner, de lui permettre de vivre enfin son rêve, sa passion : la peinture. Mais Grégory avait toujours été embarrassé par la présence récurrente de Samuel Steiner, qui, malgré les reproches de Lise-Marie, continuait de couver leur fille. Grégory soupçonnait Samuel d'utiliser Rebecca pour se rapprocher de Lise-Marie. La maladie de celle-ci n'avait fait que conforter Grégory dans sa suspicion.

Un peu en retrait du groupe, Samuel Steiner affichait un visage décomposé. Ses 44 ans lui semblaient soudain très lourds, il en paraissait dix de plus. Acharné à nier désespérément la réalité, il accusait le coup. Il lui semblait se trouver sur le plateau de tournage d'un film à attendre patiemment que l'on veuille bien lui donner les consignes à suivre, avant de les exécuter lorsque le chef opérateur lancerait le top départ des moteurs caméra.

Mais la réalité était indéniable et douloureuse. Lise-Marie Klein, son ex-épouse, mère de sa fille, était bel et bien morte. Cette saloperie de cancer avait fini par l'avaler entièrement, après l'avoir lentement grignotée morceau par morceau. C'était une évidence qui faisait mal, mais Steiner se demandait ce qui était le plus douloureux : la disparition de Lise-Marie ou le visage de Rebecca, aussi froid et lisse que du marbre.

Même s'il savait sa fille protégée, heureuse de la vie qu'elle avait pu mener auprès de sa mère et de Grégory, il était toujours aussi inquiet, jour après jour. Savoir que sa fille unique grandissait au cœur d'une jungle hostile, dans un monde devenu fou, l'empêchait depuis toujours d'être serein, d'accepter l'idée que son petit bout de 17 ans devenait une jeune femme, que l'oisillon allait quitter le nid pour vivre sa propre vie.

Dans les écouteurs de Rebecca, Andrea Bocelli entama le début du refrain :

Con te partirò
Paesi che non ho mai veduto

Steiner observait sa fille, la tête inclinée vers le bas, les yeux relevés, pleins de cette tristesse qui vous abat et vous rend vulnérable. Dans ses larmes, l'amour, les regrets, les remords, la joie et les malheurs dansaient une valse lente ; une valse qui vous donne le tournis lorsque vous prenez conscience qu'elle a été écrite sur la partition de votre existence. Cette valse du temps passé, cette valse qui vous peine, qui vous accable car vous savez que plus jamais vous n'entendrez sa délicate mélodie, sera aussi celle qui vous aidera à tourner la page. Ce qu'il avait vécu avec Lise-Marie restait sa plus belle histoire, et Rebecca était le joyau de leur union sacrée. Il la protégerait, cette merveille, il irait jusqu'à donner sa vie pour qu'elle vive ses rêves.

Steiner savait sa fille très forte, mais jusqu'à quel point pouvait-elle dissimuler ses émotions ? Rebecca avait toujours été sa raison de vivre, sa raison d'exister au-delà de la déraison. Il avait besoin d'elle, c'était un fragment de Lise-Marie, un morceau d'eux.

Sa fonction de commandant au sein de la brigade criminelle de la police judiciaire de Metz aurait été beaucoup plus compliquée si Rebecca n'avait pas été là. Si jeune, sa fille avait déjà supporté le poids de nombreuses difficultés : elle avait accepté le fait de ne jamais avoir connu son grand-père paternel, disparu aux États-Unis bien avant sa naissance, ce qui l'avait privée de beaucoup de ses repères ; elle avait également encaissé le divorce de ses parents ; et, aujourd'hui, elle devait absorber le choc du décès de sa mère.

Steiner s'avança entre les tombes délavées par le temps et s'immobilisa à quelques mètres du caveau ouvert, tout près du catafalque sur lequel allait être déposé le cercueil, pour un dernier adieu de la part de la famille et des proches.

Il portait un costume noir avec une chemise bleu sombre. Il aurait pu être élégant, mais n'avait pas jugé cela nécessaire ; il avait gardé sa barbe de trois semaines et ses cheveux mi-longs en bataille. C'est ainsi que Lise-Marie l'avait connu et l'avait aimé, et c'était sa façon à lui de lui rendre hommage. Lorsqu'il releva la tête, il observa l'assemblée qui se tenait là, bravant cette fine pluie glacée. Il étudia les visages en tentant de se remémorer ce qui avait pu lier à Lise-Marie telle ou telle personne. Il resta un long moment à dévisager Grégory Klein, le seul homme après lui qui avait toujours pris soin de Lise-Marie. Éditorialiste pour le quotidien *Le Grand Journal de l'Est*, Klein avait très souvent collaboré avec le service de Steiner. Ses contacts – des indics, pour la plupart – avaient de nombreuses fois permis à la PJ de boucler des affaires criminelles complexes.

Grégory Klein était dévasté par la perte de son épouse, et il ne sut retenir ses sanglots lorsque le fourgon funéraire pénétra dans le cimetière.

Steiner aperçut également son coéquipier, fidèle au groupe, l'ex-lieutenant Moser, devenu capitaine, ainsi que le commissaire Zimmer, le grand patron de la PJ. Légèrement en retrait, accompagné de son secrétaire particulier, l'ex-juge d'instruction Jean-Charles Magnan, fraîchement élu député au Parlement européen. Comme à son habitude, Magnan était tiré à quatre épingles, frisant l'élégance d'un sexagénaire anglais avec cette *French touch* supplémentaire. L'ancien juge avait encore maigri ; lui qui n'avait jamais rien espéré de son homophobe de père avait pourtant été très affecté par son décès l'année précédente. Le vieil homme était mort sans avoir accepté l'homosexualité de son fils, et cela avait ébranlé Magnan.

Plus loin, son ami Raymond Sergianni, psychanalyste renommé, se tenait près du catafalque. Sergianni devait désormais s'armer d'une paire de béquilles au quotidien pour faire face à la mutation de son achondroplasie, qui provoquait des douleurs articulaires devenues insupportables lors de la marche. L'alcoolisme mondain de Sergianni avait lui aussi muté. Il était passé d'un premier verre en milieu de journée à deux verres au lever.

Samuel Steiner s'attarda sur le visage de son oncle Yarone, venu spécialement pour les funérailles de Lise-Marie. Yarone Steiner menait une vie de cocagne quelque part entre le sud de la France et l'Italie, quand il n'était pas en voyage d'affaires aux quatre coins de la planète. Sa réussite dans la spéculation immobilière lui avait permis de s'offrir l'existence dont il avait toujours rêvé. Il avait été très proche de son frère Joseph, le père de Samuel, et ce jusqu'à sa disparition en 1997. Yarone avait soutenu Joseph dans ses idées les plus folles, financièrement surtout. Joseph Steiner, reporter-photographe free-lance, avait souvent eu du mal à joindre les deux bouts pour subvenir aux besoins de sa femme et de son fils Samuel. Yarone l'aidait secrètement, refusant que sa belle-sœur le sache. Jusqu'au jour où, parti enquêter aux États-Unis sur l'étrange suicide collectif de la secte Heaven's gate, la Porte du paradis, alors établie à Santa Fe, dans l'État de Californie, Joseph n'avait plus donné signe de vie. Les mois passant, il avait fini par être porté disparu. Les balbutiements d'une enquête menée à la hâte avaient conduit les policiers sur la piste d'un revendeur de matériel photo, un junkie fiché, au casier plutôt maigre. Puis la piste s'était refermée. Depuis vingt-deux ans, Samuel ne cessait de s'interroger, jour après jour, torturé par la douleur de ne pas savoir, de ne pas comprendre. Tout ce qui lui restait de son paternel était sa péniche, amarrée à Metz sur le canal de Jouy.

Yarone s'approcha, les traits tirés. Il remonta le col de sa veste de costume et serra son neveu dans ses bras.

— Courage, Samuel, je suis là… Et n'oublie pas, si tu as besoin de quoi que ce soit, toi ou Rebecca, tu m'appelles. Si ma petite-nièce a envie de prendre quelques jours pour se remettre, je l'hébergerai le temps qu'il faudra à la villa Bel Fiore, à Florence.

Steiner embrassa son oncle, puis lui souffla à l'oreille :

— Oncle Yarone, merci… Merci pour tout ce que tu as fait depuis tout ce temps, pour moi, pour mon père…

— Allez, arrête ! La famille, c'est ça la vraie fortune, celle qu'on ne partage pas, celle qu'on garde au fond de son cœur. Le reste, c'est du flan, Sam, tu le sais. L'argent, c'est du vent…

— J'ai l'impression que tout part à vau-l'eau, que ce monde est en train de s'effondrer, je… J'ai tellement mal quand je regarde Rebecca, elle n'a pas… Elle est devenue si froide, elle va jusqu'à ignorer son petit ami.

Yarone tapota l'épaule de son neveu avec un sourire en coin.

— Elle s'en remettra, Sam, je te le garantis… Tu as mal pour Rebecca, mais surtout tu souffres à l'idée de ne plus jamais revoir Lise-Marie. Je sais que tu l'aimais encore, que tu l'as toujours aimée, et que tu nourrissais le fol espoir de la retrouver un jour, mais il va falloir que tu t'y fasses et que tu vives avec ce manque. Lise-Marie est partie, définitivement… Oui, elle te quitte pour la deuxième fois, et non, elle ne reviendra pas. Regarde droit devant, prends Rebecca par la main et avance…

Steiner acquiesça de la tête, les larmes aux yeux. En se retournant, il remarqua qu'un homme le dévisageait avec insistance. Habillé sobrement, une casquette gavroche sur le crâne, le type affichait une cinquantaine d'années, une barbe de quelques jours et un nez plutôt épaté. Il baissa la tête lorsque le regard de Steiner rencontra le sien, puis croisa les mains dans son dos en se redressant. À cet instant, l'ensemble du groupe pivota d'un quart de tour et les visages se fermèrent. Le fourgon funéraire s'immobilisa lentement devant l'assemblée, laissant entrevoir derrière ses larges vitres latérales les gerbes de fleurs et le cercueil.

Steiner respira un grand coup et se rapprocha de sa fille.

— Rébé, ça va aller, ma chérie ?

Rebecca décala un écouteur d'une de ses oreilles, puis elle demanda d'une voix pleine d'émotion :

— Quoi ? Qu'est-ce que tu dis, papa ?

— Retire-moi ce… Arrête ta musique, on… on va mettre ta maman en terre, Rebecca.

— Écoute, papa, laisse-moi tranquille. Je veux écouter cette musique, et que ce cauchemar se termine le plus rapidement possible.

Près d'elle, Jordan afficha un sourire forcé.

— Je vais gérer, m'sieur, je lui dirai de l'enlever au moment où…

Steiner se demanda ce que sa fille pouvait bien trouver à ce garçon. Brun aux cheveux ras, un nez trop gros, les yeux rapprochés, des incisives trop en avant. Probablement son côté bad boy, son côté gangsta tatoué des pieds à la tête.

Une fois encore, Steiner remarqua que l'inconnu à la casquette le fixait. Il se tenait entre Moser et Sergianni. Steiner se souvint de l'avoir brièvement aperçu à la fin de la cérémonie, à la cathédrale, avec le même regard sombre posé sur lui.

Après la mise en terre, alors que le petit groupe se saluait et que chacun regagnait son véhicule sur le parking du cimetière, l'étrange individu s'approcha de Steiner, l'air plus détendu, un sourire gêné aux lèvres.

— Commandant Steiner, mes sincères condoléances. Je compatis, je me joins à votre douleur et à celle de votre fille…

— Vous allez enfin me dire ce que vous fichez là, vous ? répondit Steiner, irrité, après avoir fait monter Rebecca dans sa voiture. Je ne crois pas vous connaître. Vous êtes qui ? Un cousin éloigné de Lise-Marie ?

— Pardon… Non, désolé. Mon nom est Pierre-Alain Zehnné, je suis commandant de police à la brigade criminelle de la PJ de Nice.

— La PJ de Nice ? répéta Steiner, intrigué.

— Je me suis spécialement déplacé pour vous rencontrer, commandant. Je… je ne voulais pas d'un entretien téléphonique, c'est beaucoup trop confidentiel.

— De Nice, vous dites ? Pourquoi ? Que se passe-t-il ?

— Je viens vous trouver pour vous informer qu'une enquête sur un homicide est en cours, et qu'elle pourrait vous concerner…

— Me concerner ? Mais de quoi s'agit-il ?

Steiner ferma la portière, envoya un baiser à Rebecca en lui faisant signe de patienter quelques minutes.

Le flic de Nice continua :

— En fait, on a besoin de vous. On travaille sur un homicide qui a eu lieu à Nice, dans une zone industrielle désaffectée. Un règlement de comptes entre truands, un type qui s'est fait purger au 11.43 et qui a fini en barbecue…

— Ah oui, je vois, la méthode de nettoyage à la marseillaise, hein ? rétorqua Steiner en laissant échapper un rire moqueur. Bon, et en quoi puis-je vous être utile ?

Le flic niçois s'approcha davantage de Steiner, puis, après s'être assuré que sa fille ne pouvait pas entendre le moindre mot, lui confia :

— Il va falloir que vous vous rendiez à Nice, à l'institut médico-légal de l'hôpital Pasteur, afin de tenter de reconnaître le corps, qui est en partie carbonisé, commandant.

Steiner eut un mouvement de recul, de plus en plus dérouté par les propos de Zehnné.

— Qu'est-ce que c'est que cette histoire ?

— Commandant… il y a de fortes chances pour que ce cadavre soit celui de votre père, Joseph Steiner.

2
Le membre fantôme

Juin 2019, Metz
Résidence universitaire Saulcy
Appartement de Jordan

L'APPARTEMENT dégageait une odeur de renfermé. Les relents d'un vieux repas qui traînait encore sur la table du salon dansaient dans le petit deux-pièces, mêlés à l'odeur de la litière qui débordait de souillures animales.

Le regard vide, Rebecca était allongée sur le canapé. Le teint très pâle, les yeux rougis et auréolés de mascara à force d'avoir pleuré, la jeune fille tentait de s'assoupir, de retrouver un semblant de sérénité. La tempête qui faisait rage en elle la dévastait. Elle ne pouvait accepter l'idée que sa mère ne serait plus jamais là. Elle éprouvait un sentiment de trahison, d'abandon et de grande solitude.

Voilà six mois qu'elle rendait fréquemment visite à son petit ami Jordan, surnommé Jay en raison de sa passion pour le rappeur américain, mais aussi à cause de la première lettre de son prénom, prononcée à l'anglaise.

Jay avait 19 ans et était entré à la fac l'année précédente afin de préparer une licence en « marketing et communication ». Le père de Rebecca ne le portait pas vraiment dans son cœur ; il détestait ces petits jeunes qui passaient leurs journées à étudier tout en fumant des joints et en buvant des coups, soi-disant pour s'ouvrir l'esprit et mettre le feu à leurs neurones. Jay s'était établi dans un minuscule appartement de la cité universitaire, sur l'île du Saulcy, à Metz. Rebecca y avait passé beaucoup de temps dès lors que sa mère avait été hospitalisée, surtout les derniers mois, durant lesquels Lise-Marie avait combattu la maladie. Rebecca avait eu du mal à voir sa mère lâcher prise peu à peu et s'éteindre lentement.

Elle avait découvert en Jordan un garçon attentionné, réconfortant, même s'il n'était pas très séduisant et n'avait pas vraiment le physique qui faisait rêver. Elle riait beaucoup avec lui et avait recouvré un peu de joie de vivre malgré la maladie puis le décès de sa mère. Jordan avait réussi, tant bien que mal, à l'arracher du cocon familial. Rebecca avait eu besoin de se déconnecter de l'univers confiné dans lequel elle avait grandi, de se détacher de son père trop accaparant, trop protecteur. Malgré tout l'amour qu'elle lui vouait, elle ne supportait plus qu'il consacre son temps aux criminels, à la loi, à la justice et à la mort. Rebecca avait trouvé en Jordan une bouffée d'oxygène, un horizon plus dégagé, mais elle avait également commencé à goûter à certains plaisirs toxiques tels que l'alcool ou, plus récemment, la cocaïne, qu'une amie de Jordan avait apportée un soir de fiesta dans l'appartement d'un étudiant.

La mise en terre du cercueil lui revenait constamment à l'esprit, la hantait. Ces images lui paraissaient s'insinuer partout en elle, dans les moindres méandres de son cerveau, sous sa peau, dans ses rêves. Quand les employés des services funèbres avaient descendu le cercueil au fond du caveau, elle avait senti qu'une partie d'elle s'en allait, qu'un morceau de son corps et de son esprit lui était arraché. Sa petite maman, celle qui lui avait donné la vie, celle qui l'avait fabriquée de toutes pièces, ne serait désormais plus là. Elle n'entendrait plus sa voix, ne verrait plus son sourire ou ses pleurs, elle ne respirerait plus son parfum et ne pourrait plus jamais poser sa joue contre la sienne lorsque le chagrin la submergerait.

Rebecca sécha ses larmes. Elle se redressa et abandonna le canapé, qui l'absorbait toujours un peu plus, comme si ce sofa pouvait adoucir son chagrin.

Elle s'empara de la boîte de Deroxat qui traînait sur la table du salon, décapsula un comprimé et l'avala sans eau.

Titubante, elle jeta un coup d'œil par la fenêtre et grimaça, aveuglée par un soleil blanc qui brillait d'une lumière piquante.

— Jay ? T'es là ? Je me lève... Je vais bientôt y aller, il faut que je passe voir mon père. Il veut me donner des instructions pour garder la péniche, vu qu'il se tire à Nice dans la soirée...

Aucune réponse, seul un chuchotement lui parvint depuis la chambre à coucher. Rebecca savait que Jay passait parfois du temps sur son ordinateur portable à écouter de la musique, allongé sur le lit, le casque sur les oreilles, et qu'il n'entendait pas toujours le son catastrophique de sa propre voix lorsqu'il chantonnait.

Elle s'avança au ralenti, comme si chacun de ses gestes était englué dans une sorte de pâte poisseuse. Elle prit appui sur le mur et s'immobilisa, forcée de reprendre son souffle, figée par un léger tournis qui l'empêchait d'aller plus loin.

Elle songea au Deroxat, au whisky et à la vodka que lui avait fait ingurgiter Jordan lorsqu'ils étaient rentrés des funérailles la veille au soir. La jeune fille savait que la prise d'antidépresseurs associée à l'alcool n'était pas ce qu'il y avait de meilleur. Mais cela lui permettait de se sentir plus légère, insouciante, et surtout de trouver le sommeil rapidement.

Elle s'approcha de la porte entrebâillée, s'apprêta à la pousser, mais elle retint son geste en entendant la conversation de Jordan avec un interlocuteur sur Skype :

— Quoi ? Non ! Tu installes le système sécurisé et le système de paiement immédiat sur le serveur, et tu te paieras après. Il est hors de question que tu tapes dans la thune qu'on a mise de côté pour ce projet !

— Viens pas me soûler, Jay. Si les filles sont OK, on peut commencer rapidement, le retour sur investissement sera *very fast*. Le routeur nous situera en Ukraine ou en Moldavie, on sera intraçables. Pour les salopes, c'est qui ? Je les connais ? Des meufs de la fac ?

— Je t'ai déjà dit qu'elles ne voulaient plus s'investir dans le projet. Non, j'ai mieux, j'ai la meuf qu'il nous faut... On va se faire du blé, tu vas voir...

Rebecca poussa alors la porte et fit un pas en avant, le regard rivé sur Jordan, qui mit un terme à la visioconférence.

— Jay ? C'est quoi cette histoire de salopes, de filles, de système sécurisé et d'argent ? Qu'est-ce que tu trafiques ?

Le jeune homme parut embarrassé, puis il se leva et se rapprocha de Rebecca. Il prit ses mains dans les siennes et déclara tout bas :

— Bébé, t'inquiète pas, on monte un projet avec Scarface et on a juste besoin d'un peu de fric...

— Scarface ? Tu parles de Mounir Abdellaoui ? Je ne l'aime pas trop, tu sais… Mon père m'a mise en garde à son sujet. C'est quoi, ce projet ?

Essoufflée, Rebecca s'installa au bord du lit. La tête lui tournait, le Deroxat agissait.

— Je t'explique… Pour gagner de l'argent, Mounir a accepté de s'occuper de la maintenance d'un site Internet orienté pornographie soft, un site sur lequel des hôtesses exécutent les fantasmes sexuels des clients après avoir été payées. Moi, je vais me charger de la promo sur le Net, ça va me faire rentrer un peu de blé, et en plus ça m'apporte deux ou trois trucs pour ma licence en web marketing…

— Du porno pour ta licence ? Tu rigoles ou quoi ?

— Bah ouais, ma chérie, je vais gagner plein de blé, on pourra se payer des pures vacances aux Fidji, aux Seychelles, où tu veux. C'est l'histoire de quelques mois. En plus, le big boss nous a assuré que, s'il jugeait notre travail sérieux et voyait son chiffre d'affaires évoluer, eh ben on pourrait peut-être diriger une plateforme. C'est géant, non ?

— Diriger une plateforme ? Tu vas faire le maquereau, alors ? C'est ça, ton job d'étudiant pour l'été ? Mais t'as perdu la tête ? T'as pensé à mon père, si jamais il apprenait ce truc ? Sa fille avec un enfoiré de proxénète, sur un réseau de prostitution… Non mais on va où, là ?

— Eh, Rebecca ! Calme-toi… Il n'est pas question de proxénétisme, ni que je devienne un maquereau. C'est juste un site Internet sur lequel des meufs vont se déshabiller à mesure que le client leur donne des pourboires… Moi je m'occupe de la pub, et Scarface de la maintenance technique, tu comprends ?

— T'es un menteur, Jay, tu parlais de filles…

— Des filles de la fac étaient intéressées pour se foutre à poil, mais elles ont laissé tomber…

Rebecca s'allongea sur le lit et se recroquevilla en position fœtale. Elle éclata en sanglots, le visage caché entre ses mains. Jordan vint s'asseoir près d'elle et l'enserra de ses bras. Il l'embrassa tendrement dans le cou et susurra à son oreille :

— T'inquiète, bébé, tu verras, ça va le faire. On partira quelques jours, si tu veux, on ira sur la Côte d'Azur, zen, au calme…

Rebecca étala davantage son mascara en frottant ses yeux, essuya ses larmes et son nez du bout de sa manche.

— Ma mère me manque terriblement, Jay, t'as pas idée… Quand elle était malade, je faisais ma maligne, je voulais prouver à mon père que j'étais plus forte que lui, que je gérais parfaitement mes émotions. En fait, je ne réalisais pas que ma mère allait mourir, je n'ai jamais vraiment cru que la maladie l'emporterait un jour…

— Rebecca, je suis là, je vais t'aider…

Elle l'embrassa langoureusement, puis, s'écartant pour plonger son regard dans le sien, lui demanda avec des yeux de cocker :

— Jay, mon cœur, il te reste un peu de CC ? Juste un peu… J'ai besoin d'un remontant, je me sens trop… J'ai envie de m'amuser un peu.

Jordan fronça les sourcils, un petit sourire au coin des lèvres.

— OK, je t'en file une trace, mais ça sera la seule de la soirée. T'as pris un Deroxat, je le vois, t'es toute défoncée. Tu sais, ça peut te faire l'effet d'un speedball, c'est chaud, vraiment…

— T'es un chou, mon bad boy… Mais t'inquiète, tu sais bien quel genre de manque me fout en vrac, et c'est pas ta coke !

Alors que Jordan étalait une fine ligne de poudre sur le capot de l'ordinateur, Rebecca se laissa aller à un rire étrange. Entre les larmes et la joie. Et, derrière tout ça, la terreur de ne jamais refaire surface, la peur sourde de devoir vivre pour toujours avec ce sentiment de manque. Ce manque d'une partie de soi, comme la sensation du membre fantôme qui hante le jeune amputé…

3

Refroidi au barbecue

Juin 2019, Nice
Institut médico-légal de l'hôpital Pasteur

L'HABITACLE SENTAIT ENCORE LE PLASTIQUE NEUF et l'alcantara traité. En fond très léger, les violons d'Antonio Vivaldi s'envolaient en se mêlant au ronronnement du moteur et de la climatisation. Le compositeur vénitien avait mis dans ses *Quatre Saisons* toute la fougue et l'inspiration de son art, et, en prime, un hiver aussi lumineux qu'un matin de printemps.

Steiner ne bronchait pas. Il fixait le ruban de bitume qui défilait devant lui sur la voie Pierre-Mathis.

Pierre-Alain Zehnné, venu l'accueillir à l'aéroport, conduisait en sifflotant sur les violons du prodige italien.

— On sera très vite à l'institut médico-légal, commandant, l'hôpital Pasteur est à quinze minutes d'ici. Vous avez fait bon voyage ?

— Ça peut aller, grogna Steiner. Évitez juste le « commandant », ça me stresse entre collègues. Je m'appelle Samuel.

— Comme vous voudrez... Vous avez de la chance, nous avons beau temps. Vous connaissez Nice ?

— Non, pas plus que ça...

— Si vous tournez la tête, sur votre droite, vous apercevrez peut-être le front de mer et la promenade des Anglais entre deux barres d'immeubles, mais c'est pas gagné...

Steiner soupira, baissa sa vitre et interrogea le flic niçois :

— Je me demandais comment on pouvait identifier un corps entièrement carbonisé. Parce que c'est bien ça, hein ? Tout est calciné ?

Étonné du naturel qu'affichait Steiner, Zehnné l'observa une demi-seconde, puis coupa la musique.

— Euh... non. Non, il... il y a une petite partie qui n'est pas brûlée, en revanche, le visage est méconnaissable. Les pompiers sont arrivés assez vite sur les lieux et ils ont rapidement maîtrisé l'incendie, sauf que le coffre était verrouillé et que la victime a continué de se consumer à l'intérieur. L'identification va s'avérer compliquée. Même si on a retrouvé la carte d'identité de votre père dans la boîte à gants, il faut reconnaître le corps, vous le savez, c'est la procédure...

Steiner hocha la tête et ajouta :

— Avec quel genre de calibre la victime a-t-elle été abattue, déjà ?

— Du 11.43, trois balles. Une en plein crâne, une dans le poumon gauche et la dernière dans le bide.

— Vous avez des gros dossiers, chez vous, du gros poisson ?

— Bah... oui, comme partout, mais la plupart des parrains du Milieu sont au frais. Certains ont pris cher et d'autres se sont fait purger lors de règlements de comptes.

On a un gang qui contrôle une partie des jeux dans les clandos, les filles et la coke. Ceux-là, ils se tiennent plus ou moins à carreau, et le boss est aussi un de nos tontons. Ils ne font pas de vagues et on les laisse trafiquer un peu. En retour, ils nous lâchent parfois de grosses infos sur le Milieu… Mais pourquoi cette question ?

Steiner éluda et demanda encore :

— Qu'est-ce que vous avez à me donner concernant ce meurtre ? Enfin, ma question, c'est plutôt : que pouvez-vous m'apprendre ?

— On a deux ou trois éléments, mais rien qui pourrait vraiment nous mettre sur une piste. Ce que l'on sait, c'est que le véhicule dans lequel se trouvait le corps appartient à un certain Dominique Roland. La carte grise, qu'on a retrouvée partiellement brûlée dans la boîte à gants, nous a permis de le loger. Après avoir perquisitionné son appartement, on a découvert un passeport et différentes pièces au nom de Joseph Steiner…

Steiner l'écoutait sans broncher. Le scénario lui paraissait confus, improbable, tiré par les cheveux. Pourquoi son père aurait-il disparu toutes ces années pour refaire surface dans un quartier chaud de Nice, sous une fausse identité, et sans jamais communiquer avec sa famille ?

Zehnné continua :

— Il y avait le passeport, mais ce qui nous a surtout fait réagir, c'est qu'au domicile de ce Dominique Roland il y avait des tas de photos d'une péniche amarrée sur les quais d'un canal…

— Une péniche ? Et quel canal ?

— Au dos d'une des photos, il était inscrit : « *Upon a Star* – Canal de Jouy / Metz – J. Steiner ».

— Putain… c'est chez moi ! C'est la péniche dont j'ai hérité ! Ce fichu rafiot est la seule chose qu'avait pu acheter mon père. J'y ai vécu une bonne partie de mon adolescence, et aujourd'hui j'y habite.

— C'est pour cette raison que je me suis déplacé jusqu'à Metz, Samuel. J'ai jugé cela troublant…

Steiner ne répondit pas. Il observa la route, droit devant. Ce cadavre, les papiers de son père et les photos de sa propre péniche dans les tiroirs d'un inconnu, une arme de gros calibre… Qu'avait bien pu combiner son paternel pendant toutes ces années, dans l'hypothèse où il s'agissait effectivement de son corps à la morgue de l'hôpital ?

Zehnné immobilisa le véhicule près de l'accès aux urgences. Il conduisit ensuite Steiner au service médico-légal, où les attendait le médecin chargé de l'affaire. Alors qu'ils s'engouffraient dans l'ascenseur, Zehnné revint sur sa question restée sans réponse :

— Vous avez fait la sourde oreille, mais pourquoi vouliez-vous savoir quel genre de poissons nous avons ici, à Nice ?

— Je ne sais pas… Je trouve étrange que mon père, s'il s'agit bien de lui, se fasse tuer au 11.43. Le calibre, le barbecue… Ça ressemble à un règlement de comptes entre mafieux. Mon père n'a jamais été un truand, et il n'a jamais mis les pieds dans le Milieu…

Zehnné dévisagea un long moment le flic messin, puis lui répondit d'un ton condescendant :

— Samuel, vous ne l'avez pas revu depuis plus de vingt ans. Les gens changent, ils peuvent prendre des chemins qui ne leur paraissent pas destinés, ils peuvent faire des choses qu'ils n'auraient jamais imaginées…

— Vous insinuez que mon père, Joseph Steiner, petit reporter-photographe qui a vécu à Metz, se serait enrôlé dans la pègre ? Allons, vous n'êtes pas sérieux…

Ils échangèrent un regard, puis Zehnné haussa les épaules, comme s'il s'agissait là d'une évidence.

L'ascenseur s'arrêta, et les portes s'ouvrirent sur un grand hall lumineux. Un homme vêtu d'une blouse blanche s'approcha pour accueillir les deux policiers, qui lui tendirent la main. Zehnné retira sa casquette gavroche, et Steiner constata qu'il était dégarni sur le sommet du crâne, que seules les tempes étaient encore bien fournies en cheveux grisonnants. Zehnné fourra son couvre-chef dans la poche de sa veste militaire puis, d'un signe de la tête, il engagea Steiner à le suivre.

Il allait être fixé. Il allait enfin savoir si son père s'était moqué de tout son petit monde en laissant croire qu'il avait disparu ou qu'il était mort. Steiner éprouva une étrange sensation, comme si une lumière le traversait, comme si ce qu'il s'apprêtait à découvrir allait le soulager. Il avait à peine conscience de la présence de Zehnné et du médecin, qui marchaient à quelques pas devant lui. Il avançait le long de ce couloir, le regard perdu dans le vague. Et si son père avait foiré ? Et si Joseph Steiner en avait eu marre de sa vie, de galérer tous les mois avec cette difficulté à joindre les deux bouts ? Peut-être en avait-il eu assez de se faire entretenir par son frère Yarone ? Pendant un court instant, Steiner laissa s'échafauder dans son esprit l'hypothèse selon laquelle son père aurait pu s'engager dans une affaire pas très propre afin de gagner un peu d'argent, mentir, trahir, voire tuer, et, pour finir, se faire descendre.

Le médecin ouvrit la porte de la chambre froide funéraire et les convia à pénétrer dans la grande pièce. Il alluma les tubes de néon, posa ses clés sur un bureau, puis s'avança jusqu'à la cellule réfrigérée. Celle-ci pouvait accueillir plusieurs défunts et comprenait même deux casiers spécialement conçus pour les obèses.

Après avoir déverrouillé le portillon du bas, à gauche, il tira le plateau sur lequel reposait le corps, recouvert d'un linceul blanc.

— Je vous laisse, commandant, je suis dans la pièce à côté, vous avez l'habitude. Venez me prévenir quand vous aurez terminé.

Zehnné le remercia. D'un mouvement de tête, il proposa à Steiner de se rapprocher.

— Allez, Samuel. Je sais, ce n'est pas très agréable. Quand il peut s'agir d'un membre de la famille, c'est pire que tout... C'est bon, on y va ? demanda-t-il en empoignant le haut du drap qui recouvrait le cadavre.

Zehnné découvrit la dépouille d'un seul geste. Cette dernière était carbonisée à 80 %, depuis la tête jusqu'en dessous des genoux. La zone abdominale avait été en partie épargnée par les flammes, probablement en raison de la position fœtale du corps dans le coffre.

Steiner observa le macchabée. Il fut saisi par la douloureuse impression qu'un serpent se tortillait au creux de son estomac, lui enlevant tous ses moyens. Ses oreilles bourdonnèrent et sa gorge se serra.

Malgré cela, il trouva la force d'avancer.

La taille pouvait correspondre, la carrure aussi. Cependant, il lui était extrêmement difficile de se prononcer. Aucun détail ne lui permettait d'identifier le père qu'il avait connu, qu'il avait aimé et pleuré.

— Il n'y a vraiment rien qui puisse vous aider à...

— Commandant Zehnné... d'après vous ? C'est pas vraiment comme un noyé, hein ? Parce que, même boursouflés, verdâtres, puants, à moitié bouffés par les poissons et avec les yeux qui leur sortent des orbites, ces cadavres-là, on a encore une petite chance de les identifier, mais quand on a devant soi un bout de charbon...

— Je comprends, Samuel, et...

— La taille et la carrure correspondent. Il avait un tatouage, un tout petit, là, sur l'épaule, indiqua-t-il à Zehnné en désignant de l'index la zone en question.

— Qu'est-ce que c'était ?

— Quoi ?

— Le tatouage...

— Ce dont je me souviens, c'est que le jour où il s'est fait tatouer, il s'est empressé de le montrer à son frère, Yarone. Mon oncle a piqué une crise, il détestait ce genre de trucs... Ils se sont engueulés, et ça s'est terminé par une bagarre. Je devais avoir dans les 13 ou 14 ans...

Steiner laissa échapper un petit rire, le regard dans le vague, comme s'il revoyait la scène.

— Ils se sont vraiment battus pour ça ?

— Ces deux-là s'aimaient comme doivent s'aimer des frères, mais ils se chamaillaient constamment. Et, oui, ce jour-là, mon oncle Yarone a mis une droite à mon père à cause de ce fichu tatouage. Je n'aurais pas aimé la prendre, il lui a d'ailleurs cassé une dent...

Steiner s'interrompit brusquement et fixa Zehnné d'un air étrange.

— Putain, oui ! La dent ! L'autopsie a été pratiquée, d'après ce que je vois, non ? Je peux jeter un œil au rapport ?

— Allons voir le docteur Fournier. Pourquoi, il y a un truc qui vous revient ?

Sans répondre, Steiner remonta le drap afin de couvrir entièrement le corps.

Dans son bureau, le docteur Fournier ouvrit une succession de tiroirs, farfouilla quelques secondes, puis il extirpa un porte-documents dans lequel il se plongea.

— Que cherchez-vous, au juste ? s'enquit-il sans lever les yeux.

Steiner lui arracha le dossier des mains et s'écarta de quelques pas. Il tourna les pages hâtivement.

— Vous pouvez me demander, vous savez. Je peux vous renseigner si vous avez besoin de savoir quelque chose de précis, insista le médecin.

— L'examen dentaire et des maxillaires, le panoramique, tout ça, c'est quelle page ? grogna Steiner.

— L'avant-dernière, il me semble…

Le flic messin l'interrompit d'un geste de la main, parcourut quelques lignes et, enfin, se tourna vers Zehnné.

— Là, qu'est-ce que vous lisez ?

— C'est l'examen dentaire ? Je le connais, le docteur Fournier m'a fait son rapport oral. Oui, ce cadavre possède une dentition saine, aucun…

— Voilà, aucune prothèse, pas d'implant ou je ne sais quoi. Ce corps n'est donc pas celui de mon père. Lui, il avait un implant à l'emplacement de la première prémolaire, détruite par tonton Yarone… Nous sommes donc fixés, commandant. Après, on peut toujours essayer la comparaison ADN…

Il posa le dossier sur le bureau du médecin, puis il quitta la pièce.

Zehnné le rejoignit sur le parking de l'hôpital, visiblement plus détendu qu'à leur arrivée. Il déverrouilla le véhicule, et Steiner s'y engouffra sans décrocher un mot.

Après avoir bouclé sa ceinture, Zehnné lui demanda :

— Bon… vous voilà soulagé ?

— De quoi ? répondit Steiner en soupirant. De savoir que mon père n'a pas connu une fin atroce et qu'il est toujours porté disparu ? Franchement, je ne sais pas. En tout cas, il va falloir que vous découvriez qui est ce gars qui s'est fait refroidir…

Steiner laissa glisser quelques secondes en observant Zehnné. Ce dernier se mit alors à rire.

— Ah, pas mal ! *Refroidi* au barbecue, j'adore ! Sinon, votre vol retour pour Metz est prévu quand ?

— Mon vol retour ? Il n'est pas question que je rentre ! Le passeport de mon père et les photos de ma péniche se trouvaient chez un type qui s'est fait assassiner, et vous croyez que je vais rentrer chez moi ? Non, nous allons prendre le temps de faire connaissance, commandant Zehnné.

— OK, mais si je dois vous appeler Samuel, vous pouvez m'appeler Pierre-Alain. De mon côté, je vais tout mettre en œuvre pour identifier ce cadavre, qui n'a rien d'un picard...

Le flic enfonça sa casquette gavroche sur sa tête, puis il mit le contact en pouffant de rire. Surpris, Steiner le regarda d'un œil rond.

— Un picard ? J'vous suis plus, là...

— Vous ignorez le jargon de la maison ou quoi ? Le picard, c'est un sans-abri qu'on retrouve mort de froid sur le trottoir. Rien à voir avec la Picardie. C'est juste une blague par rapport aux magasins de produits surgelés...

Steiner eut un sourire de connivence. Cela lui faisait du bien d'ironiser, de diluer la noirceur de son job, de violer le respect quasi religieux dû aux morts.

— Je sais que vous n'êtes pas au mieux de votre forme, que vous êtes accablé par le chagrin, que vous êtes toujours frustré par votre échec dans l'affaire du tueur de Metz, mais essayons de considérer les choses de façon positive, Samuel. Nous sommes en bonne santé, et il nous reste encore assez de jus pour tenter de rétablir l'ordre dans cette société.

— Il n'y a plus rien à rétablir dans cette société foireuse, Pierre-Alain ! Nous ne sommes que de simples fonctionnaires qui essaient de balayer le trottoir, juste assez pour que nos gamins ne marchent pas dans la merde. Et puis, je ne suis pas frustré par l'affaire du tueur de Metz. On l'a identifié, on sait qui il est. Il a réussi à fuir, voilà tout, mais on travaille toujours dessus et on finira bien par le mettre en cage.

Zehnné acquiesça.

— Oui, Samuel, sauf que justice n'a pas été rendue pour les familles des victimes. N'est-ce pas ce qui est le plus frustrant pour un enquêteur de la criminelle ?

— Je vous l'accorde. En ce qui concerne mon père, là non plus, justice n'a pas été rendue… C'est pour cette raison que mon vol pour Metz attendra.

4
Mauvais sort et maléfices

Juin 2019, Nice
Quartier de l'Ariane

Un chaud rayon de soleil matinal percuta le carreau de la fenêtre et vint mourir dans la chevelure de la vieille femme effondrée.

Assise sur l'une des chaises de la cuisine, elle s'était laissée aller aux larmes, et chaque sanglot l'empêchait d'articuler le moindre mot. Son amie, venue spécialement de l'arrière-pays grassois pour la soutenir, tentait de la réconforter en la prenant dans ses bras.

Elle poussa un verre rempli de rhum ambré qui traînait sur la table, puis insista :

— Allez, ma petite Viviane, faut que tu m'avales ce fichu rhum, tu vas pas t'enfiler tous ces cachets qui font dormir… Ça va te calmer, tu verras. Tu crois qu'il faisait quoi, cet enfoiré de Jean-Michel, avant d'aller au placard, hein ? Quand les flics lui mettaient la pression, il descendait des litres de whisky pour s'assommer. Et puis, moi, je suis sûre que c'est pas ton frangin qui s'est fait tuer, il est trop malin pour tomber dans un panneau pareil. On n'a plus 20 ans, ma belle, mais on la connaît, la musique…

— Même les 50, on les a plus, rétorqua Viviane entre rire et larmes.

Viviane Cerdan venait d'apprendre la mort de Claude, son frère. Elle savait que Cloclo, âgé de 62 ans, trafiquait à droite et à gauche, mais jamais rien de bien méchant. Il faisait un peu de contrebande, du trafic de faux papiers, du recel de temps à autre. Il était bien connu des petites frappes du quartier, et aussi de certains membres du gang des motards.

Quant à Nadine Morel, elle vivait à l'écart de Nice, dans la commune de Caussols. Elle s'occupait d'une vieille bergerie dont elle avait fait l'acquisition voilà bientôt trente ans. Elle y produisait jadis du fromage de brebis avec son compagnon d'alors, Jean-Michel Auban. Celui-ci, condamné pour meurtre, purgeait une peine de réclusion criminelle à perpétuité au centre pénitentiaire de Castellane. Mais Nadine avait fait aux enquêteurs de troublantes déclarations qui laissaient supposer que Jean-Michel Auban pouvait être un tueur en série. Un lot de *cold cases* avait refait surface, d'inquiétantes disparitions y étaient mentionnées, ainsi que de nombreux homicides non résolus.

Nadine avait révélé à la police toute l'horreur vécue pendant plus de vingt ans aux côtés de celui qu'elle qualifiait de monstre, de pervers narcissique et de tueur en série cannibale. Elle prétendait que son ex-compagnon avait goûté la chair de ses victimes assaisonnée d'ail et de persil. Elle assurait avoir mangé elle-même, à son insu, des morceaux qu'Auban avait cuisinés. Mais la plus glaçante des révélations restait celle qu'elle avait faite aux enquêteurs en 2005, alors qu'elle déballait le triste et macabre parcours de celui dont elle avait partagé le lit : *l'odeur pestilentielle que dégageait la cocotte-minute le jour où Auban avait décidé de faire bouillir la tête de l'une de ses victimes.*

Nadine n'avait plus beaucoup d'amis. La plupart l'avaient rejetée, traitée de balance. D'autres, *a contrario*, lui avaient reproché d'avoir gardé le silence aussi longtemps sur les crimes de son compagnon. Or Auban avait menacé sa conjointe, lui avait promis qu'il ferait abattre sa mère, son frère et sa sœur. Poussant l'horreur jusqu'à l'extrême dans le but de terrifier Nadine, il lui avait même juré de se délecter de leur foie, de leur cervelle et de leur cœur, avant de la tuer à son tour.

C'était pour cette raison que, lorsque Viviane Cerdan l'avait contactée, Nadine avait tout lâché pour descendre en ville réconforter sa seule amie.

— Tu es certaine que c'est lui ? Les flics t'ont dit quoi ?

Viviane se moucha très fort dans une feuille de sopalin et répondit, le nez encore obstrué et la voix pleine de trémolos :

— C'est la police judiciaire qui s'occupe du dossier, ils disent qu'ils viennent de l'identifier. Mais tu sais, comme Claude trafiquait du faux papier, ils ont cru qu'ils avaient affaire à quelqu'un d'autre. C'est horrible, ma Nadine… Tu te rends compte ? Mon frérot, lui qu'emmerdait personne… Pas comme ces racailles d'aujourd'hui, qui volent et qui saccagent, ou qui t'insultent dans la rue. Ce quartier, c'est devenu un véritable enfer…

— Tu vas devoir identifier le corps à la morgue ?

— Oui… De toute façon, les poulets veulent me voir, je vais être convoquée.

Nadine rapprocha le verre de rhum en faisant signe à son amie de l'avaler. Cette dernière la dévisagea un instant avec un regard de chien battu, puis s'empara du verre, qu'elle vida d'un trait.

— Bah voilà, ma Vivi, tu vas voir, ce machin-là va te chauffer la tuyauterie et te remettre les compteurs à zéro ! Bon, écoute ta vieille copine. Je crois qu'il va falloir que tu te mettes au vert, le temps que ça se tasse et que les flics aient résolu le meurtre. Je sais pas pourquoi, mais j'ai un mauvais pressentiment. Tu savais qu'ils étaient potes, ton frère et Jean-Michel ?

— Oui, et après ? répondit Viviane en reniflant.

— Si ce meurtre était lié à une affaire impliquant Auban et ton frère, ça pourrait être chaud pour toi, ma cocotte. Dans le doute, ce connard pourrait très bien t'envoyer des tontons flingueurs. Il pourrait être inquiet, se dire que t'es peut-être au courant de certains trucs de leur bizness.

— Mais tu veux que j'aille où, bon sang ? Mes enfants et mes petits-enfants sont ici, à Nice, à Mandelieu…

— Tu pourrais filer à l'anglaise chez ta cousine, à Lyon, ou, mieux, chez ta sœur à Madrid.

Viviane agita les mains devant elle en signe de protestation, la gorge nouée. Elle jeta violemment le verre contre le mur, puis fondit de nouveau en larmes.

Nadine se posa sur la chaise près d'elle et lui dit :

— Après, la bonne nouvelle, c'est que ce fils de pute est derrière les barreaux. Et tant que le dossier d'un des deux meurtres encore en instruction n'est pas clos, il ne fera rien. Je pourrais même avoir sa bénédiction pour que tu sois protégée. Il a trop peur que je me porte témoin dans l'hypothèse d'un procès et, surtout, que je le charge sur son passé…

★

Juin 2019, Nice
Caserne Auvare / Commissariat / SRPJ

Zehnné donna ses instructions à l'un de ses hommes, puis il fit signe à Steiner, qui patientait dans le hall. Il le conduisit au bout du couloir et l'invita à pénétrer dans son antre.

— Samuel, j'ai quelques news. Ça y est, on a pu identifier la victime du barbecue… Et il y a autre chose.

Zehnné s'installa derrière le fatras de son bureau, alluma son ordinateur, puis retira sa casquette. Steiner l'observait en silence, l'air amusé.

— Vous avez donc un nom… Il s'agit de quelqu'un que vous connaissez déjà ? Et cette autre chose ?

Devant l'impatience du flic messin, Zehnné tourna l'écran de son ordinateur vers Steiner.

— C'est ça, l'autre chose, Sam.

Steiner marqua une pause, à la fois surpris que Zehnné ait utilisé le diminutif de son prénom et abasourdi par ce qu'il voyait sur l'écran. Une chevalière en argent photographiée en gros plan sous trois angles différents. Sur l'un des clichés, les initiales J.S. apparaissaient très nettement.

— Nom de Dieu ! C'était la chevalière de mon père… Oui, je la reconnais bien. Où est-ce que vous…

— L'un de mes hommes l'a trouvée pendant la perquisition de l'appartement. Elle était dans l'un des tiroirs d'une commode, sous une pile de fringues. Vous ne pourrez pas la récupérer tout de suite, elle est aux scellés…

— Bon sang ! Mais qui c'est, ce type ? Allez-y, déballez-moi son CV, grogna Steiner en allant se poster devant l'unique fenêtre du bureau.

Il jeta un coup d'œil dans la cour de la caserne Auvare. Cette cour qui, par le passé, avait été l'antichambre de la déportation et où avaient été rassemblés en août 1942 cinq cent dix juifs, tous livrés à la Gestapo.

Enfin, il se retourna et revint se placer devant Zehnné en marmonnant :

— Allez-y, j'vous écoute...

— Le gars s'appelait Claude Cerdan, une soixantaine d'années, un vieux briscard. Il faisait un peu de tout, mais rien de très violent. Du faux papier essentiellement, du recel, ce genre de boulot. Son nom ressort notamment dans l'affaire d'un cambriolage. Il a fait plusieurs GAV chez nous, il y a déjà quelques années, mais n'a jamais eu de mises en examen ni de condamnations. Les papiers au nom de Dominique Roland sont des faux, il s'en est servi pour magouiller sur la vente d'une bagnole, bref, du petit gibier. Par contre, il a des potes pas très recommandables. Il y a deux ou trois mois, une équipe filochait des membres du gang des motards, le K11.43. Et sur les photos prises depuis le sous-marin, devinez qui apparaît ?

— Cerdan ?

— Gagné ! C'est pour ça que je veux organiser une rencontre avec Carlos. Je pense qu'on pourra discuter avec lui et obtenir deux ou trois infos...

— Carlos ? Qui est-ce ?

— Le big boss des K11.43. Il devait connaître Cerdan... Avec un peu de chance, c'est peut-être même lui qui a posé un contrat sur sa tête.

Dérouté, Steiner se massa le visage en soupirant de lassitude. Il inspira profondément et fit quelques pas dans la pièce.

— Qu'est-ce que c'est que cette histoire ? lança-t-il soudain. Ça devient flippant... La bague de mon père chez ce type, les photos de mon domicile, son passeport... De plus, ce Cerdan entretenait des relations avec votre gang local… Bref, admettons qu'il ait fait une gaffe, Mister Cerdan, et qu'il se soit fait liquider par votre fameux Carlos, bon, l'histoire est close. Merde ! Quel serait le rapport avec mon père ?

— Samuel, moi, je pense à une usurpation d'identité. Je suppose que votre père est passé par Nice voilà une vingtaine d'années afin d'acheter du matériel photo à ce fameux junkie, avant de s'envoler pour les États-Unis. C'est bien ce que vous m'avez dit, non ?

— Oui… Enfin, non, ce n'était pas vraiment par ici, c'était plutôt du côté de Castellane, je crois.

— Votre père a dû se faire dépouiller : papiers, argent, bijoux. Et le junkie a dû revendre le passeport et la bague à Cerdan, ou à quelqu'un qui les aurait revendus à Cerdan.

Steiner laissa échapper un petit ricanement ironique.

— Et mon père serait ensuite parti tranquille aux États-Unis, c'est ça ?

Zehnné ne répondit pas. Steiner enfonça le clou :

— Il n'aurait pas pu aller bien loin sans son passeport. Au pire il nous aurait téléphoné, au mieux il serait rentré à la maison. Et puis comment vous expliquez la présence des photos de la péniche ? Pourquoi elles étaient chez Cerdan ? Non, Pierre-Alain, je crois que mon père n'a jamais pris son vol pour la Californie. Et ce passage à Nice, il l'a effectué, mais il n'a jamais dû en repartir…

Zehnné acquiesça lentement avant de demander :

— Et votre famille, enfin… votre mère, qu'est-ce qu'elle pense de tout ça ?

— Maman est morte deux ans après la disparition de mon père.

Zehnné laissa s'installer un silence respectueux, puis il ajouta :

— Bon, je vais tâcher de mettre en place une équipe. Le procureur a saisi la PJ dans cette affaire, on va essayer de tirer tout ça au clair. Je pense effectivement qu'enquêter sur le meurtre de Cerdan va nous aider à découvrir ce qui est arrivé à votre père. Quoi qu'il en soit, des éléments troublants le rattachent à cet homicide.

— C'est pour cette raison que je vais rester quelques jours ici. Je veux faire la lumière sur la disparition de mon père, s'il s'agit bien de cela…

★

Juin 2019, Metz
Appartement de Lucianno

Le titre phare de Frankie Goes to Hollywood tourbillonnait dans l'appartement de Lucianno.

La quinzaine d'étudiants qui se trouvaient là dansaient sur le célébrissime « Relax » version remixée, ici un verre en main, là un pétard de shit ou d'herbe en bouche. Les éclairages étaient tamisés, ambrés, accentuant la confusion et la nonchalance.

Jordan et Rebecca prenaient l'air sur le balcon, accompagnés de Mounir Abdellaoui, surnommé Scarface en raison de sa cicatrice sur le front, ainsi que de Lucianno, le dealer de cocaïne qui fournissait Jordan.

— Elle déchire, ta soirée, Lucianno ! T'as pensé à tout, même si je sais que pour toi c'est une soirée de promo… La plupart des meufs et des mecs qui sont ici vont repartir avec leur marchandise, comme au fast-food, plaisanta Jordan avant d'avaler une lampée de vodka.

Il tendit la bouteille à Rebecca, qui s'empressa de boire elle aussi au goulot.

— Évidemment, y a rien de gratuit, frère, tu sais bien, rétorqua Lucianno avec une tape amicale dans le dos de Scarface. Bon, sinon, parlons bizness. Votre projet de webporn, il en est où ? J'investirais bien de la thune dans votre truc...

Scarface et Jordan échangèrent un regard embarrassé, puis, d'un discret clin d'œil, ils firent comprendre à Lucianno qu'ils ne désiraient pas en parler en présence de Rebecca.

— On ne devrait pas tarder à rentrer, Jay, souffla la jeune fille. Je dois me lever assez tôt demain, j'ai un cours de philo que je ne veux pas louper.

— Oui, on va y aller, bébé.

— Non, attendez, intervint Lucianno. Je vais vous faire goûter mon tout nouveau produit. C'est de la vraie colombienne, pas cette merde coupée que vous vous enfilez dans le tarin quand je peux pas vous fournir. Venez, suivez-moi, on sera tranquilles.

Jordan et Scarface s'observèrent de nouveau, l'air de ne pas y toucher, et Rebecca haussa les épaules en souriant.

Le petit groupe se retrouva à l'étage, dans la chambre de Lucianno, tous les quatre allongés sur son lit. Le jeune trafiquant posa devant lui un livre assez épais, puis étala quelques grammes de cocaïne sur la couverture.

— *Luca*, de Franck Thilliez ? Tu lis ça, toi ? demanda Scarface en faisant pivoter le livre pour avoir le titre face à lui.

— Ouais, pourquoi ? riposta Lucianno. C'est du thriller et c'est bien foutu... Mais toi, les bouquins, tu t'en sers comme déco dans tes chiottes, et à part quand tu squattes YouPorn ou Jacquie et Michel, les portes de la culture ne s'ouvrent pas souvent, chez toi...

Ils rirent de bon cœur, et Jordan fit circuler la bouteille de vodka, juste avant de casser les grumeaux de la poudre à l'aide de sa carte bancaire.

Rebecca but encore et encore.

Une ligne, deux lignes, des traces et encore des traces de coke. Elle se sentait une extraordinaire capacité à tout résoudre, tout faire, tout dire. Elle renifla fort, les sinus tapissés de la flamboyante colombienne.

Les quatre jeunes gens se laissèrent aller, étendus sur le lit, se partageant un pétard d'herbe. Ils entendaient les rires et les voix éraillées qui provenaient du salon, la musique, « Evil Spell », de Djyl & Franck Hat, ainsi que les verres que l'on entrechoquait.

« Evil Spell » : le mauvais sort, les maléfices. Étaient-ils en train de se vautrer dans le mal, s'offrant corps et âme au diable, se purgeant de tous les démons qui les dévoraient ?

La lueur de la petite lampe de chevet leur donnait un aspect serein, dessinait sur leurs visages de sensuelles arabesques entre ombre et lumière, sublimant le grain de leur peau. Jordan dénuda l'épaule de Rebecca, qu'il embrassa tendrement, remontant jusqu'à sa nuque.

Rebecca perdit toute notion de la réalité, le contrôle d'elle-même et tout jugement. Tellement de choses lui paraissaient dérisoires à présent ; plus rien ne lui semblait insurmontable, pas même la mort de sa mère.

Elle commença à donner un baiser langoureux à Jordan, puis ôta lentement son chemisier, retira son soutien-gorge, pour enfin venir s'installer à califourchon sur son compagnon.

Étourdis à la fois par les stupéfiants, l'alcool et ce à quoi ils assistaient, Scarface et Lucianno eurent un rire d'ados attardés, puis entreprirent de se joindre au duo.

Rebecca ignora tout d'abord leur présence, retira le pantalon de Jordan en riant, se retourna et finit par embrasser Lucianno.

À cet instant, Scarface eut un seul réflexe : il se saisit de son portable et commença à filmer la scène.

Presque confus, il s'approcha de Jordan et bredouilla d'une voix inquiète :

— Jay… Jay ? Je filme ? Je peux filmer ? Et toi, Rébé, t'en dis quoi, hein ?

En l'absence de réponse, il positionna son téléphone portable sur la petite table de chevet, déclencha l'enregistrement vidéo, avala une rasade de vodka et rejoignit le trio déjà à l'œuvre.

5

Comme un rat mort

Juin 2019, Castellane
Centre pénitentiaire

LES JOURS ET LES NUITS se confondaient en une seule trame isochrone : c'est ainsi que Jean-Michel Auban percevait le temps.

Depuis qu'il avait été enfermé à l'issue de son procès pour le meurtre de Jean-Claude Lornac, commis en 2004, il n'avait jamais cessé de penser à celle avec qui il avait partagé une grande partie de sa vie : Nadine Morel.

Voilà déjà quatorze ans qu'il pourrissait à l'ombre. Condamné en appel à dix-huit ans de réclusion, Auban avait ravalé toute son amertume et s'était contenté de faire profil bas. Mais Nadine avait parlé, elle avait révélé certaines affaires, et à présent il devait purger la perpétuité pour le meurtre d'un jeune pompier prétendument commis en 2002, du côté de Cannes. Il attendait patiemment la date de son procès en appel. Il savait quoi dire pour sa défense, il avait des arguments et un bon avocat.

Lorsque Nadine l'avait donné aux flics en 2005, il était loin d'imaginer qu'elle leur dévoilerait l'emplacement exact où était enterré Lornac. C'est cela qui l'avait foutu dedans jusqu'au cou. Auparavant, rien n'était supposé l'incriminer, car, comme chacun sait : pas de corps, pas de meurtre.

Il avait pourtant pris soin de bien l'ensevelir, quelque part sur le terrain de la bergerie. La Louisiane était une propriété suffisamment vaste, et jamais il n'aurait pensé que l'on puisse retrouver quoi que ce soit, hormis des ossements d'animaux ou les restes d'une charogne. En surface, oui, mais pas en profondeur… Il en avait déduit que Nadine avait peut-être tout vu.

J'aurais dû cramer le corps, ouais… comme avec l'autre connard ! ruminait-il fréquemment. À cela s'ajoutaient les réminiscences des terribles scènes de cette nuit de folie. Il y songeait très souvent, se demandant parfois comment il en était arrivé là. Nadine était-elle celle qui l'avait irrémédiablement conduit à sa chute ?

Pour quelle obscure raison était-il entré dans ce bar, à Cannes, en 1982 ? Qu'est-ce qui l'avait forcé, ce jour-là, à boire un verre dans ce fichu troquet ? Le destin ? Le hasard ? Qu'est-ce qui l'avait poussé à croiser le regard de cette femme et à lui sourire ? Un étrange désir… Celui de posséder et de contrôler.

Il n'avait jamais renié son histoire avec Nadine, mais il déplorait que les événements les aient conduits à de tels extrêmes, leur aient fait perdre de vue ceux qu'ils étaient l'un pour l'autre le jour de leur rencontre dans ce bistrot cannois.

Auban avait quitté femme et enfants pour Nadine. Néanmoins, son passé de truand l'avait rattrapé ; dès qu'il avait introduit un doigt dans l'engrenage, il avait été happé tout entier.

Pour quelle raison ce braquage avait-il foiré ?

Pourquoi Jean-Claude Lornac ? Peut-être parce que le grand patron l'avait un peu trop considéré comme un larbin corvéable à merci. La mission qu'il lui avait confiée à l'époque n'avait pas été une mince affaire. Elle consistait à faire évader un truand de la pègre varoise de la prison des Baumettes, à Marseille. Il s'agissait d'une véritable opération commando, et le grand patron avait voulu qu'Auban s'associe à un jeune braqueur, Jean-Claude Lornac. Pas loin de 30 000 euros, à partager avec son partenaire, avaient été alloués à Auban afin qu'il mène à bien l'évasion planifiée. Seulement, voilà : Auban avait jugé qu'il pouvait se passer de Lornac, qu'il était parfaitement capable d'assumer seul toute l'opération. Dans ce cas, pourquoi ce branleur aurait-il profité du fric ?

Auban se rappelait encore cette chaude nuit d'été gravée dans sa mémoire. Il avait convoqué Lornac à la bergerie, prétendument pour mettre en place le plan d'évasion. Lorsque le jeune homme s'était présenté, Auban, qui l'attendait devant la grille de la propriété, l'avait fait entrer en prenant soin de dissimuler l'arme à feu glissée sous sa ceinture, dans son dos.

Sur le chemin qui menait du portail à la bergerie, Auban et Lornac avaient discuté de choses et d'autres, et surtout du projet d'évasion. Puis, dès leur arrivée devant le grand bâtiment qui abritait les bêtes, Auban avait saisi son arme, posé le canon sur la tempe de Lornac et l'avait froidement abattu d'une balle. Une fois la victime à terre, il lui avait tiré un second projectile dans la poitrine.

Auban se souvenait aussi d'un moment d'incertitude quand il s'était demandé si Nadine, qui se trouvait à la maison ce soir-là, avait entendu les coups de feu. Probablement, puisque la bicoque ne se trouvait qu'à quelques pas. Mais peu importait : il l'avait fait, et l'argent n'aurait plus à être divisé en deux. Il avait toujours pensé que l'argent ne se partageait pas, que c'était personnel, qu'on ne donnait pas de l'argent : on le méritait, on le gagnait ou bien on le prenait, mais on ne le partageait pas comme on partage un apéro entre amis.

Auban refit surface et se retrouva dans la froide réalité de sa cellule. Il ouvrit le placard dans lequel il rangeait les provisions achetées à la cantine du centre et s'empara d'une boîte de cassoulet. Il ne cantinait que très rarement avec les autres détenus, il était plutôt solitaire, discret, et préférait manger seul. Au centre, aucun détenu ne bronchait devant Auban, tout le monde savait qu'il avait encore de solides connexions avec la pègre de la région, et personne n'osait vraiment l'aborder.

Jean-Michel Auban avait monté son propre réseau au sein de la prison. Entre le surveillant qui l'informait de ce qui se passait à l'extérieur, le détenu qui lui réservait sa place à la salle de sport et Morpheus qui lui fournissait un téléphone jetable chaque fois qu'il en avait besoin, Auban se sentait régner en maître absolu, tout en haut de la pyramide hiérarchique. Il avait également à sa disposition un jeune type qu'il surnommait « le pharmacien », un gars qui lui procurait des médicaments, des antidouleurs, des sédatifs, et même un peu d'herbe.

Tout en préparant son déjeuner, il replongea dans ses souvenirs. Le corps de Jean-Claude Lornac s'imposa à sa mémoire. Il le revit dans la lueur de sa torche électrique, gisant sur le sol de la propriété, crevé par deux balles de gros calibre, la moitié du crâne emportée par l'un des projectiles.

Il se souvint d'avoir creusé un trou quelque part sur le terrain de la Louisiane. La tâche lui avait paru interminable, et la fosse jamais assez grande pour accueillir un macchabée. À chaque coup de pelle, il lui avait semblé qu'une éternité s'écoulait ; à chaque coup de pelle, il avait compté une année de prison. Alors qu'il arrivait au bout de sa peine, il avait cru apercevoir le faisceau d'une lampe torche trouant la pénombre, là-bas, plus loin, aux abords de leur logement. Il n'avait jamais su si Nadine avait assisté à l'exécution et à l'ensevelissement de Lornac.

Après avoir passé une partie de la nuit à creuser, il était rentré à la maison, fourbu, en sueur et recouvert de terre.

Avec un étrange sourire, il avait retiré ses chaussures et, d'une voix fatiguée, s'était calmement adressé à Nadine qui l'attendait dans leur lit :

— Voilà, ça a pas été facile, ma grande… J'ai sué comme un bœuf, mais j'y suis arrivé. J'ai pris des cordes pour bien le ligoter, pour qu'il tienne moins de place dans le trou. Alors voilà, c'est fait, il est enterré…

6

« Satellite of love »

Juin 2019, Nice
Chambre d'hôtel de Steiner

STEINER S'INQUIÉTAIT POUR REBECCA. Il ne pouvait pas tenir plus de deux jours sans l'appeler, mais depuis les funérailles de Lise-Marie il avait jugé bon de lui laisser un peu d'air. Et puis Grégory s'occupait bien de sa fille, c'était un type en qui il avait confiance, un gars avec la tête sur les épaules.

Steiner esquissa un sourire en pensant aux plantes aromatiques en pot sur le pont de sa péniche. Rebecca se chargerait-elle de bien les arroser pendant son absence, ou planterait-elle un peu de marijuana à la place ? Cela l'amusait à présent, mais voilà deux mois, lorsqu'il avait appris que sa fille consommait de l'herbe, il avait frôlé la crise d'angoisse. Et puis la colère était retombée tandis qu'il se laissait aller au bon souvenir de sa propre jeunesse, celle de l'insouciance, des copains, des pétards au bord de la

Moselle, de la douceur des filles en fleur, de leurs baisers et de leur papillon noir qu'il fallait apprivoiser.

Lise-Marie était mourante à ce moment-là, et Steiner n'avait pas eu la force de se comporter en père autoritaire opposé aux drogues douces, au sexe et à l'alcool. Il avait accordé à Rebecca ce petit plaisir interdit, tout en la mettant en garde quant aux dangers de l'addiction.

Steiner s'empara de son téléphone, s'approcha de la fenêtre en lorgnant le parking de l'hôtel, puis il chaussa ses lunettes de vue. Il parcourut son répertoire, hésita un instant lorsqu'il tomba sur la fiche contact de sa fille, puis il continua jusqu'à la lettre S.

Il établit la communication et attendit.

Une voix enrouée lui répondit. Entre deux quintes de toux, son interlocuteur put enfin aligner plusieurs mots dans la même phrase :

— Samuel ? Comment tu te sens ? Tu tiens le coup, vieux ?

— C'est plutôt moi qui devrais te poser cette question, « vieux », rétorqua Steiner en riant franchement.

Il y eut un long silence à l'autre bout de la ligne. Le type s'éclaircit la voix avant de reprendre :

— Je sais… je sais tout ça, Sam, alors ne viens pas me faire la morale. L'alcool est une plaie, c'est une maladie, et tu le sais. Je n'en peux plus de tous ces antalgiques qui me donnent la nausée dès le réveil. Au moins, avec l'alcool, je me paie juste une belle barre dans le crâne en me levant, e

— Raymond ! Hey ! Raymond, je ne te juge pas, pas le moins du monde, OK ? Tu es mon ami, et je te comprends. C'est juste que ça me fait mal de savoir que tu souffres et que tu gâches ta carrière de cette façon…

— Oh, ça va, ma carrière est faite, non ? Je suis un peu sur le déclin, là…

— Arrête ! Tu es un psy de taille…

Raymond Sergianni s'esclaffa, entre rire et quinte de toux.

— T'arrêteras jamais, toi… *De taille*, c'est la meilleure blague que l'on puisse faire à un nain !

— Tu sais très bien ce que je veux dire. Tu es un éminent spécialiste et thérapeute, et si tes services en tant qu'expert près la cour d'appel sont toujours autant sollicités, ce n'est pas un hasard. Je n'ai pas envie que tu fiches en l'air les dernières années de ta carrière.

— Bon, Sam, si tu me parlais plutôt de la raison de ton appel, hein ? J'ai un patient qui arrive dans cinq minutes. Où es-tu ? Ça te dirait de passer prendre un verre dans la soirée ?

— Impossible, Raymond, je suis à Nice pour… disons que c'est une affaire compliquée, et j'aimerais beaucoup que tu me rejoignes. J'aurais besoin de tes lumières ici, si tu veux bien.

— Tu as des soucis ? Dis-le-moi… Mais il faut que ce soit du costaud si tu veux que j'annule les rendez-vous de ma patientèle, termina Sergianni en tentant de contenir un rire ironique.

— C'est du lourd, et c'est très personnel…

— Quoi ? Il ne s'agit pas de Rebecca, tout de même ?

Un bip annonça à Steiner un double appel. Il décolla le téléphone de son oreille, et la photo de Grégory Klein apparut sur l'écran.

— Je dois te laisser, Raymond, on cherche à me joindre. Prends le premier vol pour Nice, je t'expliquerai tout en détail une fois que tu seras ici.

Il accepta l'appel, impatient d'entendre la voix du beau-père de sa fille.

— Greg ? Tout va bien ?

— Sam, tu peux arrêter de flipper chaque fois que je te passe un coup de fil ? Ça devient pénible, j'te jure. Ta gamine va bien, mais…

— Mais quoi ? Il y a un problème ?

— Elle t'a contacté, récemment ?

— Non… Pourquoi ?

— C'est juste que…

— Elle a eu un accident, c'est ça ?

— Laisse-moi parler, Sam ! Y a rien de grave. Je m'inquiète juste un peu pour ta fille, et je tenais à ce que tu le saches. Elle est allée à une soirée étudiante hier soir, avec Jay…

— Ce Jordan, j'ai du mal avec lui…

— Elle devait rentrer assez tôt, préparer ses affaires pour la fac, et elle avait prévu de passer la nuit ici. Sauf que vers 23 h 30 elle m'a envoyé un texto qui précisait qu'elle ne rentrerait pas, qu'elle dormirait chez son copain, et que je n'avais aucune raison de m'inquiéter.

Steiner ne réagit pas. Grégory poursuivit :

— Elle n'est donc pas rentrée cette nuit. Mais je n'ai pas de nouvelles depuis le début de la matinée…

— Où est le souci, Greg ? Explique-moi. Si elle a passé la nuit avec Jordan, il n'y a pas à s'en faire.

— Alors ça, c'est la meilleure ! Monsieur Samuel Steiner qui reste impassible alors que je lui dis que sa fille n'est pas rentrée, c'est le comble… Toi, le parano de service !

— Il faut que j'apprenne à la lâcher, cette gamine, sinon elle finira par me détester. Je l'ai trop couvée, surprotégée, et ce depuis qu'elle est sortie du ventre de sa mère. Il faut que je prenne du recul, tu comprends, Greg ?

Le journaliste inspira profondément avant de répondre, l'âme en peine :

— Lise-Marie aurait été fière de toi, tu sais ? C'est bien, ce travail que tu fais sur toi, Sam, mais il ne s'agit pas uniquement de ça…

— Sois plus clair !

— Le comportement de Rebecca a changé du jour où Lise-Marie a été hospitalisée. Dès qu'elle a su que c'était la fin pour sa mère, c'est comme si elle avait voulu se laisser aller. Elle est devenue bizarre, elle adopte une conduite d'ado qui veut se consumer, tu vois ce que je veux dire ?

— Tu penses qu'elle pourrait se faire du mal ? demanda Steiner, paniqué.

— Je n'irai pas jusque-là, mais elle fume de plus en plus et porte des tenues assez provocantes, je t'assure. Et puis elle me parle très mal. Elle se comporte avec moi comme elle le ferait avec ses potes de fac…

Steiner observa une nouvelle fois le parking devant l'hôtel. Il aperçut deux motos de type trial qui zigzaguaient entre les voitures stationnées, tentant vainement de rattraper un troisième motard devant eux. Les pilotes, à peine âgés d'une quinzaine d'années, ne portaient pas de casque et avaient tous plus ou moins le même accoutrement : bermudas, T-shirts et sandales en plastique.

Steiner repensa au gang K11.43, dont Zehnné lui avait décrit les méthodes et l'organisation.

À l'autre bout du fil, Grégory Klein insista :

— Ho, Sam ! Je te dis que Rebecca devrait revoir sa garde-robe, qu'elle commence à m'insulter, et toi, tu ne réagis pas ?

— Si… Si, bien sûr, Greg. Sois plus ferme avec elle. Essaie de la visser, c'est moi qui te le demande.

— Tu seras de retour dans combien de temps ? Tu bosses sur une affaire ?

Steiner lâcha un petit rire ironique avant de répondre :

— T'arrêtes jamais, hein ? Tu veux toujours tout croquer, comme tous les journalistes... Je ne peux rien te dire, et je ne sais pas quand je serai de retour à Metz. Mais je te le demande comme à un ami, à celui qui était marié à la mère de ma fille : prends soin de Rebecca. Sois vigilant avec elle.

— Je vais tâcher de l'être. Seulement, elle risque de mal réagir. Je te le répète, elle se montre très agressive en ce moment...

— Laisse-lui du mou. Si elle te prend de haut, dis-lui simplement qu'elle aille réfléchir dans sa chambre, à la péniche, que vous avez besoin d'air l'un et l'autre. Je lui ai confié un jeu de clés et elle connaît le code, elle peut y aller quand bon lui semble. Appelle-moi si ça dérape...

Steiner raccrocha et plissa les yeux. Il essayait de distinguer les deux jeunes motards qui s'étaient arrêtés beaucoup plus loin, le long de la route, tout près de ce qui semblait être une station-service désaffectée.

Steiner enfila son blouson de cuir, ajusta les écouteurs de son smartphone et sélectionna une playlist. Zehnné lui avait fixé un rendez-vous sur le front de mer, le long de la promenade des Anglais.

Il pensa à Rebecca, à ce petit bout de femme qu'elle était devenue, avec son caractère, ses qualités, ses défauts.

Il enclencha la lecture de « Satellite of Love », de Lou Reed.

Oui, c'était cela. Rebecca était un satellite d'amour, un corps en orbite autour d'un corps plus massif. En l'occurrence, lui. Un satellite d'amour et de lumière, en perpétuel mouvement, en constante dérive, aussi, en pleine découverte de sa propre galaxie...

★

Juin 2019, Nice
Promenade des Anglais

Le soleil réchauffait agréablement la peau. D'un azur parfait, le ciel s'évanouissait sur l'horizon pour plonger au large de la baie des Anges, entre creux et vagues, loin du tumulte de la plage mythique.

Steiner retrouva Zehnné, installé sur un banc face à la mer. Ce dernier avalait un sandwich qui débordait de salade, le regard posé sur le ressac.

— Bonjour, Pierre-Alain. Votre message laisse supposer de bonnes choses, j'me trompe ? Vous avez du neuf ?

— Salut, Samuel, répondit Zehnné en lui serrant la main après avoir essuyé la sienne sur son jean. Oui, on a un peu avancé cette nuit. On a retrouvé la sœur de la victime. Une certaine Viviane Cerdan qui vit dans le quartier de l'Ariane. Elle est convoquée en fin de matinée, dans une demi-heure à peine…

— Et donc ? Elle va peut-être vous fournir des éléments qui vous permettront d'avancer sur l'assassinat de son frère, mais pas forcément sur la disparition de mon père… J'aimerais beaucoup l'entendre avec vous, cette dame, c'est jouable ?

— Si son frère a connu votre père, elle nous apprendra certainement quelque chose. Maintenant, s'il détenait son passeport à la suite d'un simple vol de papiers, on n'en tirera rien.

Zehnné se leva et ils se mirent à marcher en longeant la plage.

Steiner insista :

— Un vol de papiers ? Encore ? Ça ne tient pas, je vous l'ai dit. Il avait des photos de ma péniche, bon sang !

Zehnné acquiesça de la tête, puis il entraîna Steiner de l'autre côté de l'avenue, où stationnait son véhicule, tout près de l'imposant bâtiment du mythique hôtel Negresco.

— Venez, Samuel. Vous allez l'auditionner avec moi...

Quinze minutes plus tard, Zehnné s'installait face à Viviane Cerdan sans dire un mot.

Steiner observa le flic niçois qui retirait sa casquette, puis il laissa glisser son regard sur la sœur de la victime, persuadé que celle-ci savait ce qui avait bien pu se produire avec son père. Adossé au mur, les bras croisés et une chemise cartonnée dans la main, il attendit patiemment que Zehnné allume son ordinateur et l'invite à prendre place près de son bureau.

— Commandant Steiner, asseyez-vous. Viviane, veuillez accepter mes condoléances. Nous vous avons convoquée pour tenter d'éclaircir plusieurs points concernant l'assassinat de votre frère, mais aussi afin de faire la lumière sur les probables liens qu'il entretenait avec des figures de la pègre locale.

Les larmes aux yeux, Viviane Cerdan se moucha bruyamment. Elle s'était habillée de noir : jupe longue, chaussures, chemisier. Elle s'était même coiffée d'un ridicule chapeau à voilette qui lui conférait l'image d'une très vieille dame des villages d'antan. Son mascara s'était étalé sur ses pommettes et son fond de teint n'était plus vraiment frais.

— Connaissez-vous Carlos Gimenez, Viviane ? attaqua Zehnné.

— Oui, évidemment. Comme beaucoup de gens ici, à Nice... On sait bien que c'est une raclure et que vous ne faites pas grand-chose pour empêcher les crimes de ce Gipsy…

— Ce que je voulais dire, c'est : est-ce que vous le connaissez personnellement, d'une façon ou d'une autre ? insista le flic niçois en ignorant la réponse effrontée de la vieille femme.

— Vous n'allez pas bien, vous, ou quoi ?

— Votre frère était en relation avec Carlos et le K11.43. Par conséquent, vous pourriez avoir rencontré le Gitan. D'ailleurs, quels étaient les liens de votre frère avec ce criminel ?

— Je n'ai jamais rencontré ce connard de Carlos… Mais je sais qu'il rachetait des trucs à mon frangin, vous savez ce que c'est, des bibelots, des machins dans ce genre…

— Des bibelots ? s'esclaffa Zehnné en regardant Steiner.

— Vous savez très bien qu'il faisait un peu de recel, commandant, qu'il était aussi l'intermédiaire d'un faussaire. C'est tout ce que je sais.

Steiner prit place au côté de Viviane Cerdan. Il se pencha vers elle.

— Ah oui ? Des bibelots ? Des bibelots comme ça, par exemple ? demanda-t-il d'une voix forte en agitant une photo qu'il venait d'extraire de la chemise cartonnée.

La femme observa la chevalière en argent photographiée en gros plan, ainsi que les deux initiales J.S. gravées sur le bijou.

— Rien à foutre, de vot' bague, j'ai jamais vu ce truc…

— Ces photos-là non plus, vous ne les avez jamais vues ? insista Steiner en secouant les clichés de la péniche à quai.

Viviane resta silencieuse. Steiner lança un regard à Zehnné, qui l'observait d'un œil amusé. Ce dernier prit une voix plus douce.

— Si vous êtes au courant de quelque chose, Viviane, il va falloir nous en parler. Ces éléments ont été retrouvés chez votre frère, ainsi que le passeport au nom de l'homme à qui appartiennent la bague et la péniche. C'est une piste sérieuse, et on pourrait remonter jusqu'à l'assassin de Claude, pensez-y…

— Tout ce que je sais, c'est qu'il avait rendez-vous trois jours avant son… avant qu'il soit… Merde, c'est horrible, quand j'y pense.

— Voilà, ça commence à revenir. Avec qui, ce rendez-vous ?

— Avec Carlos. Ce gros porc voulait le voir, lui passer une commande…

— Une commande de quoi ?

— Ça, j'n'en sais rien. Claude ne me disait pas tout.

Steiner s'interposa de nouveau, visiblement irrité.

— Est-ce qu'il aurait entretenu des liens avec un homme du nom de Joseph Steiner ? Vous en a-t-il parlé, ou peut-être l'a-t-il simplement évoqué ? Cela aurait pu se dérouler voilà une vingtaine d'années…

— J'vois pas, non…

— Votre frère possédait les pièces d'identité de mon père, sa bague et ces photos de ma péniche. Vous m'expliquez ?

Viviane se figea soudain et sembla se remémorer un épisode de son passé, le regard dans le vague.

— Attendez, oui, oui… Comment vous dites, déjà ?

— Quoi ? grogna Steiner.

— Le nom de votre papa…

— Steiner… Joseph Steiner.

Elle hocha lentement la tête, persuadée de se rappeler un détail. Tout en fixant Zehnné d'un œil noir, elle répondit à Steiner :

— Bon sang, c'est dingue, mais oui ! Je me souviens d'un type, un photographe, je crois. Il voulait acheter du matos photo et il a rencontré mon frère dans un troquet. Il me semble que votre père est resté pas mal de temps dans la région. Et puis, à un moment, il devait de l'argent. Je ne sais pas à qui ni pourquoi, mais je me rappelle que Claude m'a dit qu'il allait peut-être gagner une péniche dans le nord ou l'est de la France, j'sais plus trop… Alors, Claude est allé voir Jean-Michel Auban pour qu'il lui trouve quelqu'un de sérieux, un fourgue qui aurait pu racheter ce rafiot…

Steiner buvait les paroles de Viviane, pendant que Zehnné consignait son témoignage.

— Et ensuite ? Ce fourgue, vous savez de qui il s'agit ? s'impatienta Steiner.

— Non, ce que je sais, c'est que Claude a présenté ce Joseph Steiner à Auban, c'est tout. Et puis après, je crois que je n'ai plus revu votre père… Et puis, vous savez, moi, toutes ces histoires ne m'intéressent pas. Je vous conseille plutôt d'aller rendre visite à Auban. Ce salopard doit bien savoir ce qui s'est passé.

7
Les rois du monde

Juin 2019, Metz
Péniche Upon a Star / *Domicile de Samuel Steiner*

REBECCA POSA SON SMARTPHONE sur la station audio connectée.

Elle augmenta le volume et vint rejoindre Jordan, qui était vautré sur le canapé du salon.

« One Day/Reckoning Song », d'Asaf Avidan, s'envola dans la grande pièce dépouillée de meubles.

— Cette péniche est tout simplement magnifique, affirma Jordan en tirant sur son pétard d'herbe. C'est vraiment celle de ton père ?

— Elle a appartenu à mon grand-père, et puis mon vieux en a hérité…

— Ton grand-père que tu n'as jamais connu ? Celui qui a disparu aux States ?

— Oui, lui… Bon, assez parlé des antiquités. Il faut vraiment qu'on discute, Jay, c'est important.

— Tu veux discuter de quoi ? demanda-t-il en lui passant le joint.

Rebecca avala une épaisse bouffée, puis elle rétorqua :

— Tu te fous de moi, Jay ? On a baisé avec tes potes ! J'ai baisé avec Mounir et Lucianno ! Et Mounir nous a filmés… Ça te parle ?

Jordan éclata de rire. Tout en farfouillant dans son portable, il lui répondit :

— C'est clair, et on a téléversé la vidéo sur le site qu'on a mis en ligne depuis hier. L'oseille tombe déjà !

Rebecca eut un hoquet, incrédule.

— Attends ! C'est quoi que t'as mis en ligne, Jay ?

— Le film de notre baise… Tu veux pas ? Tu m'avais dit que t'étais OK…

Rebecca sentit monter une colère incontrôlable, une vague qui lui laboura d'abord le ventre et finit par s'extraire de sa gorge en un long hurlement de rage.

Elle asséna une puissante et cinglante gifle à son compagnon et laissa les larmes couler sur ses joues, juste avant de bredouiller :

— Pourquoi t'as fait ça ? J'étais défoncée, j'ai dit n'importe quoi, merde ! Il faut que t'enlèves ça tout de suite, Jay ! Si mon père la voit, il te démonte et après il te tue !

— Wow, doucement, princesse… D'abord, nos visages sont floutés, on ne nous reconnaît pas. Ensuite, c'est un site payant, il faut un abonnement, donc ce n'est pas entièrement public. Après, en s'acquittant d'une somme, l'abonné peut avoir accès aux images sans la censure, et il peut visionner la vidéo en intégralité. Écoute, depuis qu'on a mis en ligne le film, le fric tombe. Je peux te montrer le compte bancaire qu'on a ouvert, si tu veux…

Rageuse, Rebecca le dévisagea un long moment. Puis, d'une toute petite voix, elle demanda :

— Combien ?

— 400 euros depuis hier, et ce n'est que le début. Si on étoffe le site avec d'autres vidéos, c'est sûr qu'on va cartonner…

— T'es un pervers, Jay ! J'y crois pas… Tu sais que je suis mineure, bordel ? J'ai 17 ans…

— Ouais, mais t'en auras 18 dans quelques mois. Ça va bien se passer, bébé, tu verras, c'est cool… On va se faire un tas de blé. Et dès qu'on rentre suffisamment de moyens, on se paie un voyage aux Seychelles, toi et moi…

— Aux Maldives, rectifia Rebecca, un sourire en coin.

— Aux Maldives, si tu veux, OK.

— Et c'est quoi, « rentrer des moyens » ?

Jordan prit Rebecca dans ses bras, l'embrassa sur l'épaule et expliqua :

— Ça veut dire générer assez de fric pour faire tourner la machine. On essaie de trouver des filles prêtes à faire ce genre de truc, et dès que c'est fait, on se trouve un local à louer pour y installer des box…

— Des box ? Pour quoi faire ?

— Bah… pour que chaque fille possède son compartiment et puisse *bosser* tranquille, pour les vidéos live, tout ça…

Rebecca eut un mouvement de recul.

— Hey, mec, t'es au courant que ça s'appelle du proxénétisme, ton entreprise ?

— Ouais, meuf, je sais… Mais personne ne sera lésé, tout le monde croquera du gâteau et tout le monde sera content, tu peux me croire. J'ai rendez-vous demain avec un spécialiste des montages financiers et un hacker, un mec super doué.

— Tu commences à me faire flipper, Jay…

Jordan se leva et fit quelques pas dans le salon. Il observa en sifflotant les cadres qui tapissaient le mur, tout près de la grande baie vitrée qui donnait sur le pont.

Il y avait des photos de Steiner, des instants de vie le représentant avec sa famille ou ses amis. Plusieurs clichés avec Raymond Sergianni, des photos de Rebecca à tous les âges, de Steiner et Lise-Marie lors de leur voyage à Rome, de vieux Polaroid de Joseph Steiner affublé d'une tenue de camouflage et d'un gilet multipoche, bardé d'appareils photo, ou encore le montrant sur le pont de la péniche accompagné d'un garçon de 14 ou 15 ans.

— C'est ton père, là, avec le lascar à la grosse barbe blanche ? On dirait Dieu, le vieux, ma parole, elle est chanmé, sa barbouze...

— Le lascar à la grosse barbe blanche, comme tu dis, c'était mon grand-père. Et le beau gosse à côté, oui, c'est mon daron. Ne cherche pas à esquiver, Jay, je t'ai posé une question. Si tu veux que je marche dans votre plan, à Mounir et toi, il va falloir m'en dire un peu plus. Alors t'arrêtes tes conneries et tu joues tapis avec moi. Si mon père venait à sentir un truc, il vaut mieux que je sache où j'en suis...

Jordan ralluma le joint d'herbe qui s'était éteint, puis revint s'asseoir près de Rebecca.

— Tu sais, bébé, je suis grave love de toi... Mais ce truc, faut pas que ça parte en sucette. Il va falloir que tu sois muette de chez muette, parce que ça craint vraiment si je me fais toper. Alors voilà, un type va nous monter un compte à l'étranger, aux Seychelles, et il va nous créer une société offshore, ça s'appelle une International Business Company. Elle sera exemptée d'impôts sur les dividendes, exemptée de taxes, genre TVA ou taxe pro, et on ne sera pas obligés de publier de livre de comptes ou ce genre de connerie. On pourra bénéficier du secret bancaire et être opaques aux yeux du fisc français…

Rebecca émit un sifflement d'admiration.

— Waouh ! Tu m'impressionnes, mon Jay. Mais arrête de me prendre pour une débile, comme si je ne savais pas qu'il faut être au taquet niveau discrétion. Je te rappelle qu'un détraqué mental m'a séquestrée il y a deux ans. Il voulait tuer toute ma famille, et moi avec. Donc, t'imagines bien que mon père me surveille comme le lait sur le feu…

— Je sais… c'est une histoire de dingue ! Le tueur de Metz a bien failli me priver de la plus belle meuf de la terre…

— Ta gueule, Jay ! Et pour le hacker, c'est quoi le délire ?

— Lui, il va nous permettre d'être totalement invisibles. Notre IP sera géolocalisée en République tchèque pendant quelques mois, et il la déménagera ensuite au Luxembourg ou ailleurs, voilà… Ce que je voulais dire, c'est que ces gens travaillent souvent avec d'autres personnes, et certaines peuvent être dangereuses. C'est pour ça qu'il va falloir qu'on soit prudents, Rebecca.

— Je veux te suivre, Jay… Un an, pas plus, et après je veux qu'on quitte la France. J'en peux plus d'être ici. Depuis la mort de ma mère, tout me paraît fade, sans couleurs. Alors, prends le fric qu'il y a à prendre, ensuite on s'en va.

Jordan acquiesça silencieusement. Il prépara deux fines lignes de cocaïne sur la table du salon, puis tendit à Rebecca sa paille en acier inoxydable.

— On va être les rois du monde, mon bébé, tu verras… Tiens, en attendant, prends ça, tu vas voir, tu vas t'envoler. On décollera dans un véritable avion dans quelques mois…

Rebecca s'empara du tube d'acier et prisa d'un seul coup la longue trace blanche. Elle renifla bruyamment, frotta la base de son nez, puis, écarquillant les yeux, pointa son index sur Jordan :

— Je te jure, Jordan, que même tous tes mafieux réunis ne feront pas le poids face à mon père s'il apprend ce truc… Alors, prions pour notre salut !

8

L'épouse d'Hannibal Lecter

Juin 2019, Castellane
Centre pénitentiaire

LA SALLE DU PARLOIR, aux murs blancs, était saturée d'une forte odeur de produits détergents. Les plinthes et les huisseries vert bouteille soulignaient la monotonie déprimante des lieux.

Steiner et Zehnné s'installèrent autour de la table, qui trônait au centre. Puis des portes claquèrent et Jean-Michel Auban fit irruption, encadré par deux gardiens. L'un d'eux s'adressa aussitôt aux visiteurs :

— On vous le confie, messieurs. Au besoin, on est à côté… Auban, tu restes zen, on revient te chercher dans un moment.

Le détenu s'installa face aux deux flics, un petit sourire en coin.

En fin de soixantaine, les cheveux poivre et sel, Auban affichait encore la carrure d'un homme assez robuste. Des épaules et un cou larges, un visage carré, un regard profond dessinaient l'image d'un homme à la fois inquiétant et mystérieux.

— Bon, je suppose que vous venez pour le barbecue de la zone industrielle, c'est ça ? J'ai vu ça à la télé, c'est dégueulasse, mais je ne peux pas vous renseigner. Je ne vois pas qui aurait pu faire ce genre de boulot. Les Gitans, peut-être… et encore.

— On ne vient pas uniquement pour ça, Jean-Michel. On va papoter de deux ou trois choses, de tes connaissances, tout ça…, rétorqua Zehnné en souriant.

Auban renifla, puis il demanda en montrant l'autre flic du doigt :

— Et lui, c'est qui ? Parce que bon, nous, on se connaît, Zehnné, mais lui, j'sais pas qui c'est, moi. Toi, tu m'as mis les bracelets parce que j'ai purgé Lornac, mais ton collègue, j'ai pas élevé mes brebis avec lui…

— Pourquoi ne pas me demander directement qui je suis, hein ? Ça serait plus simple… Je suis le commandant Samuel Steiner, de la brigade criminelle de Metz.

— Metz ? Houlà ! Mais qu'est-ce que vous foutez si bas ?

Auban toisa Steiner d'un air méprisant. Zehnné s'éclaircit la voix avant de reprendre :

— Toi, ça va ? On te traite bien ?

— Bouffe dégueulasse, lit de merde, mais qu'est-ce que tu veux, on n'est pas au Negresco, hein ? Alors, vas-y, balance… Qu'est-ce que tu es venu chercher ?

— Comme tu l'as dit, t'es au courant pour le barbecue. D'après toi, d'où ça peut venir ?

— T'as pas besoin d'un dessin, Zehnné, tu sais à quel point les mômes du K11.43 sont intenables. Ils sont imprévisibles et très dangereux. C'est un fou, ce Carlos, mais il a tout le monde avec lui. Les communautés gitanes, les petits Maghrébins des quartiers nord-est et quelques Corses…

Le flic niçois resta silencieux. Steiner serrait les mâchoires, rongé par l'envie de casser la figure à ce prétendu berger.

Zehnné continua :

— Oui, oui, je me doute bien que ça vient de chez eux, que c'est une soupe qu'ils ont préparée. Mais la victime, Claude Cerdan… Vous vous connaissiez, il me semble, non ?

Suspicieux, Auban lança à Steiner un regard de biais.

— On se connaissait, bof, façon de parler.

— Écoute, on sait que tu faisais des petites affaires avec ce type. Il avait souvent du matos à revendre, du faux papier, des bijoux, ce genre de choses, et tu aurais…

— C'est sa frangine qui vous a raconté tout ça ? l'interrompit le détenu.

Steiner s'avança au-dessus de la table.

— Henrique Gimenez, le père de Carlos, t'a présenté Cerdan voilà une vingtaine d'années. Cerdan avait besoin de revendre une péniche, et Henrique lui avait dit que tu pourrais éventuellement t'en occuper, vrai ou pas ?

— Une péniche ? Il y a vingt ans ? Ça date… Et puis, j'suis pas votre tonton officiel, moi, j'vais pas vous donner l'heure si on me file pas de biscuits.

Le fonctionnaire niçois décoda aussitôt le message.

— OK, Auban. Qu'est-ce que tu veux ? Je te préviens, c'est hyper limité, c'que je peux faire, et c'est à négocier avec le directeur de la prison.

— Un matelas ! J'en veux un du genre de ceux sur lesquels on baise dans les palaces de la Côte d'Azur. Un Merinos, un Dunlopillo, peu importe, un truc à mémoire de forme, un qui me soulage cette saloperie de sciatique…

Zehnné et Steiner échangèrent un regard complice.

— OK, c'est bon pour ton matelas si le directeur le valide. Maintenant, dis-nous un peu, qu'est-ce que tu sais sur Cerdan et cette péniche ?

Auban se tortilla sur sa chaise en se tenant les hanches et en bombant le torse, mimant celui qui souffrait horriblement du dos. Il gratifia Steiner d'un sourire mesquin, puis déclara enfin :

— Un beau jour, ce trou du cul d'Henrique est venu me trouver, il était embêté parce que Cerdan s'était entiché d'un pauvre gars, un photographe qui cherchait à acheter du matériel photo pas cher. Apparemment Cerdan avait conclu un marché avec ce bonhomme et un autre gugusse, et, d'après ce que j'avais compris, le type avait mis en gage sa péniche et l'avait perdue. Henrique flippait que ça dégénère, que le gars porte plainte, qu'il aille voir les flics ou je ne sais qui. Alors, il m'a envoyé Cerdan et ce gars…

Steiner l'interrompit :

— Qu'est-ce qui s'est passé ? Le nom de cet homme, tu le connais ?

— C'est au commandant Zehnné que je réponds, jeta Auban avec dédain.

— Ça va, Auban… Notre marché ne tient que si tu nous parles à tous les deux, ordonna Zehnné.

Il y eut un long silence, ponctué par le rythme des portes qui s'ouvraient et se refermaient dans les couloirs.

Auban fit la moue, grimaça en simulant une fois de plus la souffrance, puis il continua :

— Bah, ça date, tout ça. Le nom du gars, je me rappelle plus. Et les magouilles de ces deux-là non plus. Quoi qu'il en soit, j'ai pu fournir du matos photo au type grâce à un fourgue qui bossait pour moi, et je lui ai demandé de ne pas faire de vagues, et même de quitter Nice. Pour la péniche, j'ai dit à Cerdan qu'il devrait patienter, le temps que je trouve un acheteur sérieux… Voilà.

— Et après, cet homme, qu'est-ce qu'il est devenu ? s'inquiéta Steiner.

— Il devait prendre un vol pour les États-Unis, il nous avait claironné que c'était pour son job, qu'il partait enquêter sur une secte en Californie. Il y avait eu un suicide collectif. Je sais qu'il devait voir un type le lendemain de notre rencontre. Après ça, je ne l'ai plus jamais revu…

Le cœur de Steiner battait la chamade. Il était persuadé que l'homme dont parlait Auban était son père, et que celui-ci avait très certainement fait une mauvaise rencontre la veille de son voyage. Il se demanda qui pouvait bien être ce personnage avec lequel Joseph Steiner avait rendez-vous juste après avoir fait la connaissance d'Auban.

Alors que Steiner allait de nouveau s'acharner sur le détenu, Zehnné reprit le contrôle de l'entretien :

— Auban, il faut qu'on discute du barbecue de Cerdan. Si tu as des pistes sérieuses, tu nous mets dessus. Si tu fais des déclarations en bonne et due forme, je te promets de ne pas être une salope. Pour ton procès en appel, ça pèsera dans la balance, crois-moi…

— Je suis le premier à vouloir me sortir de ce merdier, tu le sais, Zehnné. L'histoire de ce pompier qui s'est fait flinguer en 2002 sur un parking, à Cannes ou je ne sais où, c'est pas moi, d'accord ? Et on m'a mis la perpète pour ça ! Cerdan, s'il s'est fait purger, c'est qu'il a dû fauter grave. Allez toujours voir Carlos, mais il n'y a pas que lui, il y a les Gitans, les Corses, les Arabes du quartier des Abattoirs, Dieu seul sait avec qui il magouillait…

— Les Abattoirs, c'est bien le quartier où habitait le terroriste de la promenade des Anglais, celui qui a fait un massacre le 14 juillet 2016 ? demanda Zehnné.

— C'est ça. Je dis ça, je dis rien, enfin, c'est surtout pour votre pote de Metz, là, mais le fourgue du matos photo habitait aux Abattoirs. Pour en revenir à Cerdan, j'ai vraiment pas mieux, commandant... Et pour les infos sur lui, sur le reporter, la péniche, qui a bavé ? C'est Nadine, hein ? Ma bonne Nadine, ma petite bergère...

Les flics restèrent silencieux. Alors que Zehnné se levait pour frapper à la porte et prévenir les gardiens, Auban cogna la table du plat de la main et haussa le ton :

— Ho ! J'ai posé une question ! La moindre des politesses, c'est de me répondre. Je veux savoir si c'est Nadine qui vous a parlé de moi. Parce que, pour que je me retrouve ici, il a bien fallu qu'elle l'ouvre, hein ? Et c'était qui, pour toi, ce type, m'sieur le commandant de Metz ?

— Ne commence pas ton cirque, Auban, lui conseilla Zehnné d'un ton glacial. Tu auras ton matelas de compétition, et ça ira comme ça. Il est probable que je repasse te voir, alors réfléchis, si des trucs te reviennent... Tu pourrais avoir besoin d'oreillers confortables. Et puis ça pourrait être une bonne chose que je glisse deux mots à ton sujet au procureur général, que je lui signale à quel point tu es coopératif. Juste avant ton procès en appel, ça peut changer la donne...

— J'suis pas une marraine, ni un tonton, ni une donneuse, Zehnné. Les seules fois où je m'allonge, c'est pour baiser !

Les gardiens pénétrèrent dans la salle du parloir pour emmener Auban, tandis que les deux flics regagnaient le long couloir.

— Dites-moi au moins si c'est Nadine qui vous a envoyés ici ! insista le détenu en donnant de la voix.

Il n'eut pour réponse que le fracas de la porte se refermant.

Sur le parking du centre de détention, Steiner agrippa Zehnné par la manche de son blouson.

— Cette Nadine, c'est sa femme ?

— Son ex-compagne… Elle a vécu plus de vingt ans avec Auban, répondit Zehnné en vissant sa casquette sur son crâne.

— Et ensuite ? Parce que notre bonhomme, il n'a pas l'air de la porter dans son cœur…

— Elle a balancé des tas de dossiers sur son compte. Selon elle, Auban aurait assassiné plus d'une dizaine de personnes. Par cupidité, par appât du gain, par jalousie, pour le compte de la pègre, ou encore par simple plaisir. C'est un peu grâce à cette Nadine qu'on a réussi à le coincer. Mais il y a pire…

Étonné, Steiner leva un sourcil interrogateur.

— Nadine Morel prétend qu'Auban a mangé de la chair humaine, qu'il a cuisiné des morceaux de ses victimes…

Le flic messin grimaça et eut du mal à déglutir. Après avoir absorbé l'information, il déclara :

— Je veux la rencontrer. Si Auban a été en contact avec mon père, elle doit savoir ce qui s'est passé.

— OK, fit Zehnné en hochant la tête, nous irons rendre visite à l'ex-épouse d'Hannibal Lecter…

Les traits de Steiner se décrispèrent. Il esquissa un sourire, conscient qu'il n'avait pas beaucoup souri depuis la disparition de Lise-Marie.

9

On a tous des comptes à rendre dans la vie

Juin 2019, Nice
Quartier de l'Ariane

VIVIANE détestait prendre l'ascenseur minable et grinçant de son immeuble. Mais elle n'avait pas le choix. Lorsqu'elle revenait du supermarché les bras chargés de provisions, elle devait l'emprunter pour regagner son appartement du troisième étage.

En appuyant sur le bouton de l'appareil, elle songea à la déposition qu'elle avait signée au commissariat. Elle repensa également aux étranges questions des flics, ainsi qu'à la disparition de son frère, qu'il allait lui falloir surmonter.

La cabine stoppa brusquement. Elle poussa la porte vitrée de l'épaule, récupéra ses sacs, puis s'empressa de rejoindre son logement.

Cela faisait quelques mois que Viviane souhaitait déménager, quitter le quartier et peut-être même Nice. Depuis que son frère avait subitement pris la décision de vivre seul dans un deux-pièces loin de chez elle, l'appartement qu'elle avait partagé avec lui paraissait démesuré.

Elle s'apprêtait à introduire la clé dans la serrure quand la minuterie de l'éclairage s'éteignit, plongeant le palier dans le noir. Elle sentit une étrange odeur, un mélange d'eau de toilette et de sueur.

— Merde ! Fait chier, cette lumière ! C'est toujours pareil…, marmonna-t-elle.

Elle fouilla dans sa poche pour trouver son portable et s'éclairer, mais elle n'en eut pas le temps.

Elle entendit grincer la porte du local à poubelles sur le palier, des pas, puis une main calleuse se posa sur sa bouche. Une voix masculine, rauque, lui conseilla :

— Faut pas avoir peur, on va pas vous faire de mal. Ouvrez votre porte avant que vos voisins se collent à leur œilleton et appellent les flics. On va discuter chez vous…

Après avoir tâtonné à la recherche de la serrure, Viviane réussit enfin à ouvrir.

Le type la poussa à l'intérieur, suivi par deux autres hommes, qui se mirent aussitôt à fouiller les placards.

Pétrifiée, secouée par un tremblement, Viviane observait les trois hommes vêtus de noir et cagoulés. Le plus costaud, celui qui l'avait forcée à les faire entrer chez elle, avait un léger accent hispanique. Il enfila une paire de gants de cuir noir, puis extirpa de sous sa ceinture une arme de poing.

— Pas de panique, mamie, on va pas te crever. Pour le moment… Mais il va falloir que tu nous écoutes très attentivement, sinon tu pourrais bien rejoindre ton frérot, précisa-t-il en posant le canon de l'arme sur le front de Viviane.

Il la poussa jusque dans la cuisine et lui fit signe de s'asseoir.

— Ton frangin commençait à trop l'ouvrir, alors si tu veux pas finir en merguez comme lui, ferme bien ta gueule ! On a des produits à écouler, nous, et cette affaire nous complique la tâche…

Viviane acquiesça d'un signe de tête, la mâchoire paralysée, les cordes vocales incapables de produire un son. Par l'encadrement de la porte de la cuisine, elle voyait les deux autres individus qui allaient de pièce en pièce, fouillant chaque tiroir ou placard.

— Qu'est-ce que vous cherchez ? Je peux vous aider, je peux vous donner un peu d'argent, si c'est ça, balbutia-t-elle.

— Tu la fermes ! Et tu restes muette avec les keufs, c'est clair ?

— Pourquoi vous avez fait ça à Claude ? pleurnicha-t-elle. C'était pas un méchant, et il ne vous a jamais trahis…

— Ton frère bavait trop, c'est tout. Le problème, c'est qu'il avait chez lui les papiers d'un autre type qu'on connaît pas. Tu sais s'il avait planqué des trucs chez toi ? Si t'es au courant, il faut déballer…

— Des trucs ? Quel genre ? demanda Viviane, toujours tremblante.

L'homme se pencha et susurra à son oreille :

— D'autres merdes qui auraient appartenu à ce bonhomme, par exemple, d'autres choses que son passeport et sa bague.

L'un des deux hommes qui fouillaient le logement fit soudain irruption dans la cuisine. Il était petit et efflanqué. Sans parler, par quelques moulinets et gestes, il fit comprendre au grand costaud que leurs recherches n'avaient rien donné.

L'homme se retourna et rangea son arme juste avant de s'adresser à Viviane Cerdan :

— Pense à te faire discrète, c'est la seule chose qui te permettra de rester en vie… Ton frangin habitait bien avec toi avant de déménager, non ? C'est laquelle, sa chambre ?

— C'est la deuxième, tout au fond, là-bas, fit Viviane en indiquant le couloir. Il y a encore toutes ses affaires…

— Si jamais tu te souviens de quelque chose, un truc dont il t'aurait parlé ou qu'il aurait planqué ici, tu déposes un exemplaire de *Nice-Matin* dans la vieille boîte aux lettres de la station-service désaffectée. On saura que tu veux prendre contact avec nous et on viendra te rendre visite…

★

Steiner paya le taxi et referma la portière.

Il jeta un regard aux alentours, puis il lorgna sa montre en remontant la rue qui conduisait à son hôtel.

Tout en marchant, il prit conscience qu'il n'avait pas vu passer la journée, que l'entretien avec Jean-Michel Auban s'était déroulé comme un film en avance rapide et qu'aucun de ses propos n'avait permis d'ouvrir une brèche dans sa quête. Mais la réalité était autre. Il avait à présent la certitude que son père s'était retrouvé dans une fâcheuse situation, et des éléments nouveaux venaient corroborer l'hypothèse d'une disparition pas aussi mystérieuse qu'elle en avait l'air.

À quelques mètres de son hôtel, Steiner perçut un bruit de moteur sourd et puissant qui enfla dans la rue.

Il se retourna et eut juste le temps d'apercevoir deux énormes phares à la lumière aveuglante, puis un crossover BMW aux vitres teintées stoppa à sa hauteur. Les portières passager et arrière s'ouvrirent, deux hommes cagoulés surgirent et le forcèrent à monter à l'arrière, au côté d'un autre individu cagoulé.

Les portières claquèrent et le X6 démarra en trombe. Il remonta la rue, tourna à droite une fois au bout, puis s'engagea dans le centre-ville.

La gorge nouée, Steiner précisa :

— Hé, oh, les gars, je ne suis pas de Nice, vous devez faire erreur... Déposez-moi par ici, et on en reste là.

Les quatre types cagoulés rirent ensemble. Après s'être éclairci la voix, l'homme qui se tenait à la gauche de Steiner répondit :

— Écoute, mon pote, j'ai un conseil à te donner : rentre chez toi très vite. Ce qui se passe ici, ça reste entre nous, avec les gars du quartier... OK ? T'as capté ?

Steiner fixa pendant quelques secondes les yeux de l'individu au milieu de la cagoule.

Avec calme, il rétorqua :

— Je ne suis pas à Nice pour le boulot. Mon père est passé par ici, dans la région, et il a disparu il y a plus d'une vingtaine d'années. Je veux savoir ce qui s'est passé, c'est tout... Je ne suis pas là pour vous empêcher de tourner en rond, je ne sais même pas qui vous êtes.

— Rentre chez toi, on t'a dit ! T'as pas compris ? C'est chaud, en ce moment, alors ne complique pas les choses, papa, OK ?

— Arrêtez vos conneries, je viens d' vous dire que je ne suis pas là pour vous.

Irrité, le type s'adressa au chauffeur :

— Conduis-nous derrière le kebab, frère... Commence à me faire chier, ce keuf.

Le véhicule s'engagea à vive allure sur le boulevard Victor-Hugo, emprunta une ruelle perpendiculaire et s'engouffra dans une impasse. Le conducteur immobilisa enfin le SUV et coupa le contact.

L'homme à la cagoule extirpa alors un Colt 45 de sous son blouson et posa la pointe du canon sur le flanc de Steiner, pendant que le passager, à l'avant, montait le volume de l'autoradio. Steiner reconnut aussitôt la voix de Steven Tyler, et celle-ci sonna à son oreille comme un funeste glas :

Everybody's got their dues in life to pay

Le second type à l'arrière du véhicule farfouilla dans sa poche, puis déplia un sac poubelle, qu'il enfila brusquement sur la tête du flic.

Tout en s'imaginant mourir au beau milieu du couplet de « Dream On », d'Aerosmith, Steiner eut une dernière pensée pour Rebecca. Il aurait préféré « Highway to Hell », d'AC/DC. Pour plonger aux enfers, il envisageait l'autoroute plutôt que la nationale.

Ne jamais savoir ce qui était arrivé à Joseph Steiner, ne pas pouvoir se recueillir une dernière fois sur la tombe de Lise-Marie, ne jamais plus se réveiller parmi les siens, mal mourir pour mieux renaître : ce flot de pensées le traversa tandis qu'il sentait le canon de l'arme s'enfoncer entre ses côtes.

Il ferma les yeux.

Everybody's got their dues in life to pay. « Oui, on a tous des comptes à rendre dans la vie... », pensa-t-il.

Après quelques brèves secondes, Steiner entendit la portière s'ouvrir et perçut la rumeur de la rue. On l'éjecta de l'habitacle sans ménagement et il percuta le trottoir, désorienté, s'inquiétant du moment où il entendrait le premier coup de feu, terrorisé à l'idée de sentir les projectiles pénétrer son corps. Puis, contre toute attente, il distingua le bruit du moteur qui redémarrait, des chuchotements. La peur le quitta et son rythme cardiaque se régula.

Il se mit à genoux, retira le sac poubelle qui l'étouffait et inspira une grande bouffée d'air.

La vitre de la portière arrière s'abaissa lentement et une voix forte tonna :

— N'oublie pas, dégage vite. Quand on est père, il faut parfois savoir faire des sacrifices pour ses gosses, non ? J'ai pas envie de bouger jusqu'à Metz pour rendre visite à Rebecca… Allez, gadjo, on s' dit pas à bientôt…

10

La Louisiane

Juin 2019, Metz
Domicile de Grégory Klein

— T'ES PAS MON PÈRE, putain ! T'arrêtes de me parler comme si j'avais 12 ans…

Furieuse, Rebecca jeta son blouson sur le canapé du salon et se dirigea vers la cuisine. Elle ouvrit le frigo, s'empara d'une bouteille de Coca et but au goulot.

Grégory l'observait, les bras croisés. Avant de prendre la parole, il ferma la porte du réfrigérateur, que Rebecca avait laissée béante.

— Il faut que tu sois raisonnable, ma grande, et que tu comprennes que ce n'est pas si facile pour moi. Maman n'est plus là, mais je veille encore sur toi, du moins pour quelque temps…

— Qu'est-ce que ça veut dire, « pour quelque temps » ? rétorqua la jeune fille en fouillant dans un placard.

— Bah… Je suppose que tu finiras par t'installer chez ton père, c'est un peu normal, non ? Et puis c'est un peu la loi, aussi… Tu es ici chez toi, on avait acheté cet appartement avec ta mère, mais je pense que ce serait bien de le vendre…

Rebecca soupira en haussant les épaules, puis elle s'installa à table en éventrant un paquet de chips.

Grégory s'assit à son côté, l'air confus. Il savait que Rebecca n'allait pas apprécier ce qu'il s'apprêtait à lui dire, mais il était nécessaire qu'il le fasse.

— Je voulais te dire aussi… Voilà, c'est important que tu prêtes attention à ta façon de te fringuer. Tu portes de plus en plus de tenues provocantes, t'es encore un peu jeune, non ?

— T'es sérieux, Greg ? Je m'habille comme je veux, putain ! C'est quoi, l'embrouille ?

— Mais regarde-toi, Rebecca ! Tes minijupes en jean, tes bas résille déchirés et tes T-shirts Santa Muerte, ça ressemble à rien ! Tu te maquilles, tu fumes, et en plus tu es devenue dédaigneuse… Tu crois pas que tu pousses un peu ? C'est pas toi, ça. Tu renvoies une image vulgaire de toi-même, et ça ne me plaît pas beaucoup.

Rebecca envoya valser le paquet de chips du revers de la main, puis se leva en pestant :

— Rien à foutre, que ça te plaise ou pas ! Et ce n'est pas parce que je me fringue comme ça que je fais la pute, OK ?

— Rebecca, je n'ai jamais dit ou pensé pareille chose, tu ne comprends pas ce que je…

— Mon père va finir par te casser la gueule, je vais lui dire comment tu me soûles ! ajouta-t-elle, les larmes aux yeux et des trémolos dans la voix.

— Justement, c'est lui qui m'a demandé de te parler. Il veut que je veille sur toi, c'est tout. Il tient beaucoup à toi, tu le sais…

Rebecca sécha ses larmes et balbutia :

— Mon père ? Mon père, il m'aime trop, il m'étouffe… Il pense que c'est comme ça qu'il doit se comporter avec sa fille, mais il me bouffe la vie ! Il croit que je suis encore son petit bébé. J'en peux plus, tu comprends ça ? J'ai besoin d'air ! Avec maman, c'était bien plus cool.

— Ton père n'use peut-être pas de la bonne méthode avec toi, mais comment peux-tu dire qu'il t'aime trop ? Des tas de gosses sont maltraités ou n'ont pas de parents. Il est souvent inquiet pour toi, et c'est normal.

— Bon, ça y est ? C'est fini ? Ça devient relou, à force. D'abord tu te prends pour un taliban en me reprochant de m'habiller trop court, et maintenant tu vas me faire une putain de morale paternelle ?

— Hé, oh ! Surveille ton langage…

— Et allez, ça continue ! Le catho outragé, maintenant. Tu vas me sortir quoi d'autre ? La police du web ? Tu veux contrôler mes SMS, mon Facebook, mon compte Insta ?

Hors d'elle, Rebecca courut jusqu'au salon pour récupérer son blouson. Elle extirpa son téléphone portable de la poche intérieure et le jeta aux pieds de Grégory.

— Tiens, vas-y, fais-toi plaisir…

— Qu'est-ce que tu fiches, bon sang ? Je ne te juge pas, Rébé, je te mets en garde, c'est tout… Ne prends pas la mouche.

— Ah ouais ? T'en as d'autres comme ça ?

— Oui, j'en ai d'autres, affirma le journaliste en se rapprochant de la jeune fille, et d'ailleurs ça concerne tes relations.

— Mes relations ? Qu'est-ce que tu cherches à me dire ?

— Ton petit copain, par exemple. Tu sais que ta mère ne l'appréciait pas vraiment, et ton père encore moins. Quant à moi, je crois que Jordan est toxique pour toi. Il serait bien capable de t'entraîner dans de sales trucs.

— Non mais j'hallucine ! s'emporta Rebecca en reculant d'un pas. Déjà, tu laisses maman en dehors de ça, et ensuite je ne te permets pas de juger Jay. Pour qui tu te prends ? Pour une sorte de psy à la con ?

Bien qu'exaspéré, Grégory resta silencieux, craignant de mettre de l'huile sur le feu, tandis que Rebecca poursuivait :

— De toute façon, t'es comme ton journal de naze, vous publiez de la merde parce que tu dis que de la merde... Jay, c'est mon mec, et je l'aime. Alors, oui, il a un gros nez, oui, il a les dents en avant, et après ? C'est le seul qui ne me prend pas la tête et le seul qui me laisse respirer...

— Je ne veux plus que tu le revoies, Rébé, ce gars va t'attirer des ennuis, crois-moi. Réfléchis un peu, songe à tes études de droit, tu es capable de faire un beau parcours...

— Tu sais quoi, Greg ? J'ai plus envie de parler avec toi. Je vais me tirer. Je pars sur la péniche de mon père, c'est aussi chez moi. Tu m'as soûlée ! Et, au fait, quand t'auras vendu cet appartement, je veux ma part, celle de maman...

Grégory rit doucement, comme pour calmer le jeu.

— T'emballe pas, ma grande, tu es encore mineure et ça sera à ton père de gérer ça.

— J'aurai 18 ans dans trois mois... J'crois pas que tu réussisses à fourguer un appart à 420 000 balles en si peu de temps. Donc, en attendant, je file chez mon père, et là-bas je serai moins emmerdée, puisqu'il n'est jamais là. Et surtout, ne me dis plus avec qui je dois baiser, comment je dois m'habiller ou me comporter. Pauv' con, va !

★

Juin 2019, Nice
Caserne Auvare / Commissariat / SRPJ

— Combien étaient-ils exactement ? demanda Zehnné en entraînant Steiner dans la salle de repos.

Il versa du café dans un gobelet qu'il lui tendit, puis reprit :

— Le modèle de la bagnole, vous vous en souvenez ?

— Un 4 × 4 BMW noir, ou un crossover du genre dernier modèle, j'sais plus… Et ils étaient quatre. J'ai bien cru que c'était fini pour moi.

— Celui qui s'adressait à vous, il avait un léger accent espagnol, c'est ça ?

— C'est exactement ça, et un fichu regard de tueur.

Zehnné se remplit à son tour une tasse de café, s'installa sur le vieux canapé déchiré et affirma, sûr de lui :

— C'est le Gitan et sa bande du K11.43, je suis certain que c'est Carlos… Il cherche à vous intimider, mais si c'est à ce point, c'est que l'affaire de votre père commence à les irriter, et forcément parce qu'elle est liée à l'exécution de Claude Cerdan. Il faut être prudent, Steiner, ces types sont capables de tout…

— Ils ont menacé ma fille, ces ordures ! Carlos connaît son prénom, et il sait que je vis à Metz. On doit le toper, Zehnné, on le traîne ici et on parle, entre hommes !

— Vous savez que je ne peux pas faire ça. Ça pourrait compromettre l'enquête sur le meurtre de Cerdan. Je risquerais très gros…

Le flic niçois avala une longue gorgée de café. Il posa son regard sur Steiner en grimaçant, l'air préoccupé, et lui confia enfin :

— On a deux ou trois tontons, ils pourront peut-être nous renseigner. Si Carlos envisage vraiment quelque chose de sérieux à votre encontre, on le saura très vite. On ne peut pas, comme ça, foutre en l'air nos dispositifs de surveillance...

— C'est vous qui êtes venu me trouver à Metz pour identifier ce macchabée, et maintenant ma fille est menacée. Alors, écoutez-moi !

— Non ! C'est vous qui allez m'écouter, Steiner. Moi, ça fait des années que je gère les tontons, et je n'ai jamais eu de soucis avec eux. Même si je me suis retrouvé quelquefois dans des situations piégeuses, qu'on m'a souvent proposé beaucoup d'argent, des bagnoles, des gonzesses, je n'ai jamais cédé et j'ai géré tout ça de main de maître. Alors, je vous le répète : s'il y a un réel danger vous concernant, on le saura. Il faut juste bien se connaître, et surtout connaître ses propres limites. Vous voyez où j'veux en venir ?

Steiner haussa les épaules.

— Allez-y, développez...

— Ce que je veux dire, Steiner, c'est que vous devriez rentrer chez vous, à Metz, et retrouver votre fille. Elle doit certainement avoir plus que jamais besoin de votre soutien en ce moment. Laissez couler. Nous, de notre côté, on va continuer sur le dossier Cerdan, et si on a des infos concernant un éventuel lien avec l'affaire de votre père, eh bien je vous contacterai rapidement, c'est promis.

Steiner resta silencieux, pensif, scrutant le sol du regard, comme s'il y cherchait un détail qui n'existait pas.

Agacé, il hocha la tête en agitant l'index devant lui pour souligner son refus d'obtempérer.

— Il est hors de question que je rentre chez moi ! On est sur le point de découvrir ce qui est arrivé à mon père, et vous voulez que je dégage ? Non. En revanche, j'aimerais qu'on aille rendre une petite visite à l'ex-compagne de Jean-Michel Auban, je suis persuadé qu'elle en sait beaucoup.

— Vous lâchez jamais rien, vous... Mais, en y réfléchissant, vous n'avez peut-être pas tort.

— Vous la connaissez un peu ?

— Un peu ? répéta Zehnné en riant. C'est à moi qu'elle s'est confiée quand elle a balancé les présumés meurtres d'Auban, ainsi que toutes les autres saloperies qu'il aurait perpétrées. C'est elle qui m'a indiqué l'emplacement du corps sur la propriété, et c'est moi qui l'ai exhumé avec l'équipe de l'identification criminelle. Nadine Morel vit sur la propriété qu'ils avaient acquise avec Auban, une bergerie qu'ils ont appelée la Louisiane. Ils y produisaient du fromage de brebis...

— Je rêve, là... Du fromage ? Où est-ce ?

— À Caussols, dans l'arrière-pays grassois. Mais... Nadine est un peu particulière, elle a du caractère, et...

— Tâchez d'organiser une rencontre, Zehnné, je pense que c'est nécessaire. Tenez-moi informé le plus rapidement possible.

En quittant la pièce, Steiner extirpa son portable qui vibrait au fond de sa poche et prit l'appel.

À l'autre bout de la ligne, Grégory Klein paraissait inquiet.

— Il faudrait que tu reviennes, Sam, Rebecca file un mauvais coton. Elle a besoin de se faire un peu secouer, si tu vois ce que je veux dire...

— Qu'est-ce qui se passe ? Tu as des soucis avec elle ?

— On s'est disputés, on a eu une conversation et cela n'a pas été à son goût. Elle a pris ses affaires et s'est tirée sur ta péniche. Je lui ai fait des remarques sur ses tenues vestimentaires, ses relations et sa façon de se comporter. Je n'aurais peut-être pas dû, après tout c'est à toi de lui parler de tous ces trucs.

— Non, tu as bien fait. Ce n'est pas si mal qu'elle passe quelques jours sur la péniche, seule, ça va lui permettre de réfléchir...

Grégory eut un soupir d'exaspération.

— Seule, je ne parierai pas là-dessus. Elle soutient son petit copain comme jamais, on ne peut rien dire à son sujet. Si tu veux mon avis, il va la retrouver sur la péniche... Franchement, Rebecca a changé, elle parle très mal et se comporte comme une racaille. Je pense que sa relation avec Jordan est toxique.

— Moi non plus, je n'aime pas trop ce gamin, il y a quelque chose qui me gêne chez lui, renchérit Steiner.

— Si ce n'était que lui... Jordan n'a pas vraiment l'air d'être un modèle de vertu, mais son copain m'inquiète davantage.

— De qui tu parles ?

— De Mounir Abdellaoui. Tous ses potes l'appellent Scarface. C'est un ami de longue date de Jordan. Et je crois savoir qu'il a déjà un petit curriculum, tu devrais vérifier... Sinon, toi, ça va ? T'es où ? Toujours à Nice ?

Avant de répondre, Steiner laissa défiler un flot d'images dans son crâne. Il revoyait Rebecca à l'âge de 5 ou 6 ans, ses sourires, ses gestes fragiles, il réentendait ses mots d'enfant, si innocents. Il revint enfin à la réalité, se forçant à croire que sa fille traversait seulement une mauvaise passe.

— Oui, je suis toujours à Nice. Surveille Rébé, je vais devoir visiter la Louisiane très prochainement...

11
Rejoindre la surface

Juin 2019, Castellane
Centre pénitentiaire

Auban coupa la communication et rangea le téléphone portable sous son matelas.

Depuis que le grand patron avait pété les plombs, il craignait que certaines têtes finissent par tomber. Parmi elles, celles de ses hommes de main, tous ses lieutenants qui œuvraient pour que la machine puisse continuer à tourner et à produire.

Et puis il y avait cette arme planquée à la bergerie que la police ne devait pas retrouver. Mais le plus préoccupant restait la visite des enquêteurs et l'affaire à laquelle ils tentaient de le rattacher.

Fier d'avoir obtenu des flics ce qu'il désirait, Auban s'allongea sur son nouveau matelas à mémoire de forme et glissa dans une sorte de léthargie. Un léger engourdissement s'empara progressivement de lui et il se laissa aller aux souvenirs – ceux qui l'avaient conduit où il se trouvait, ceux qui avaient fait de lui un homme enfermé et bâillonné. Il replongea également dans un passé moins violent, où il avait aimé une femme pour laquelle il avait abandonné sa vie de père de famille. Il revivait les sentiments qui l'avaient habité durant cette relation, toute la connivence ambivalente qui les avait liés. Comme un mariage, où l'on est unis pour le meilleur et pour le pire, où l'on prend les avantages comme les inconvénients, où l'on s'apprête à vivre d'intenses moments de joie comme des moments de peine, dans la santé comme dans la maladie. Le mariage du ciel et de l'enfer, en quelque sorte, célébré par l'illustre William Blake lui-même : tout avait fini par être empreint de chaos, de violence, de cruauté, de trahison et de tristesse.

Auban replongea dans l'obscurité de cette nuit où tout avait dérapé, cette nuit où son destin déjà noir avait définitivement sombré, avalé par les abysses insondables d'un enfer pas si biblique que ça.

Trois homicides dans la même nuit. La bergerie avait été le théâtre d'horreurs insoutenables ce soir-là.

D'abord, le meurtre du jeune Maghrébin, tué de deux balles dans la tête, puis vulgairement pendu à une esse de boucher et dépecé comme une bête à l'abattoir. Le Corse, un collaborateur d'Auban, était présent sur la propriété pendant ces événements. Il n'avait pu s'empêcher de vomir. Profondément choqué, il était ensuite resté prostré une grande partie de la nuit sur le fauteuil d'osier du « jardin-cuisine », désorienté, refusant de croire à ce à quoi il avait assisté.

Auban se revoit ordonner à son complice de l'époque d'abattre le Corse. Il avait estimé que ce dernier était devenu trop instable, qu'il avait très certainement perdu l'esprit et qu'il pouvait balancer aux flics l'horreur qui s'était déroulée sous ses yeux.

Son acolyte avait accompli ce qu'Auban avait exigé de lui sous la contrainte. Il avait abattu le Corse d'une charge de chevrotines et le silence était retombé sur la bergerie. Ils avaient alors brûlé le corps au milieu de la propriété, dans une sorte de clairière encerclée par les pins.

La Louisiane conservait ses secrets, profondément enfouis sur son vaste terrain.

Les quelques cochons élevés à l'époque à la bergerie s'étaient-ils délectés de chair humaine ? Y avait-il encore des cadavres enterrés au pied des pins ? L'ombre des suppliciés d'Auban hantait-elle toujours la Louisiane ?

Auban ouvrit les yeux. Il se refusa à laisser affluer les images qu'il avait tant de fois tenté de refouler. Mais inévitablement la scène se rejouait dans son esprit, encore et encore.

Si seulement le troisième homme n'avait pas débarqué ce soir-là… Si seulement ce type n'avait pas pris la décision d'abattre son complice, peut-être lui-même serait-il encore libre, loin de cette cage dans laquelle il commençait à prendre racine. Or, à en juger par les événements récents, il pressentait que cette affaire finirait par s'enchevêtrer avec le passé.

Il revit les phares trouer la nuit, la voiture s'engager sur le chemin cahoteux de la propriété. Il revit le véhicule s'immobiliser devant la caravane et le troisième homme en descendre. Celui-ci s'approchait de son complice, lui demandait d'une voix forte de s'agenouiller et lui tirait une balle dans la tête, juste avant d'ordonner à Auban de s'occuper du ménage et de faire disparaître le corps.

★

Juin 2019, Metz
Péniche Upon a Star / *Domicile de Samuel Steiner*

En passant dans le salon, Mounir enclencha machinalement la station audio connectée, et la playlist Deezer se déroula, laissant glisser la voix d'Alice on the Roof et son titre phare, « Easy Come Easy Go ». Il verrouilla ensuite la baie vitrée de l'entrée principale qui donnait sur le pont de la péniche.

Il s'arrêta un instant devant le mur de photos, étudiant celle qui représentait Steiner et son père, puis il entreprit de fouiller les tiroirs et les placards du salon. Il passa en revue les moindres recoins, retira quelques livres de la bibliothèque pour en vérifier le contenu, s'attarda sur la table basse du salon. La grande barre à roue de voilier, recouverte d'une épaisse vitre, laissait entrevoir en son centre une petite fente. Mounir écarta les deux pans et trouva une réserve de bouteilles de vin, de rhum vieux et de vodka polonaise. À droite du compartiment, une boîte noire rectangulaire était posée près d'un tas de magazines. Sur le couvercle, une plaque de laiton sur laquelle était gravée une inscription scintillait sous la lueur du plafonnier : *En souvenir de nos premières années de service / Comm. Zimmer*.

Mounir saisit le coffret et l'ouvrit.

Deux Glock 23 de calibre 9 mm se faisaient face dans l'écrin de velours. Mounir marqua un temps, surpris par sa trouvaille, puis il s'empara des armes en scrutant les angles du plafond, persuadé d'y apercevoir des caméras de surveillance. Il vérifia la sécurité d'un des Glock avant de le glisser sous sa ceinture, puis il rangea le second au fond de son sac à dos en songeant à Jordan. Il estimait que son camarade aurait lui aussi à se protéger, que leur entreprise attirerait sans aucun doute les charognards et tous les anges déchus de la pègre locale.

Je lui filerai le second Glock du flic. Il doit s'impliquer, pensa-t-il en se versant un grand verre de rhum.

Au niveau inférieur de la péniche, Jordan et Rebecca se trouvaient dans la chambre spécialement aménagée pour le tournage. Quelques parapluies de lumière, des réflecteurs ainsi que la caméra numérique avaient été stratégiquement placés dans la vaste pièce.

Assise sur le lit qui l'avait vue grandir, Rebecca serra Jordan très fort dans ses bras. Inquiète, le cœur battant la chamade, la cocaïne déjà diluée au creux de son organisme, elle sentait que quelque chose lui échappait, sans qu'elle puisse maîtriser le bolide dans lequel elle s'était installée ni freiner sa chute.

— Jay, je... je ne sais pas si ce qu'on fait... enfin, c'est complètement dingue. Tu t'en rends compte, hein ?

— On a dit qu'on le faisait juste quelque temps et qu'après on mettait les voiles, tu t'en souviens, mon cœur ?

— Oui... Oui, mais là, on va trop loin, non ? On attend deux filles qui vont se mettre à poil devant la caméra, et moi avec, ici, dans la péniche de mon père, tu te rends compte de ça ou pas ?

Jay serra Rebecca contre lui, embrassa tendrement son front, puis caressa ses cheveux en lui assurant :

— Tout se passera bien, tu verras. Ton visage sera flouté, on ne te reconnaîtra pas, promis. Tiens, prends ça, ça va te détendre.

Il lui tendit un verre de vodka qu'il lui avait préparé avant de se rendre dans la chambre.

Rebecca ne sentirait probablement pas la substance sédative et amnésiante que son compagnon avait diluée dans la boisson. Le GHB produirait très vite son effet, et elle ne se souviendrait d'absolument rien à son réveil.

D'abord la quiétude, la légère euphorie. Viendraient ensuite la désinhibition, la sensation de chaleur et d'ivresse, enfin l'engourdissement et l'endormissement une heure durant.

Rebecca avala son verre d'un trait, puis s'effondra, en pleurs. Elle se laissa aller dans les bras de Jordan, sanglotant, peinant à articuler les phrases, qui résistaient et demeuraient au fond de sa gorge. Les mots se firent durs, acérés, comme de longues dagues qui pénétraient son cœur, toujours plus profondément.

— Jay… Pourquoi ? Pourquoi ça m'arrive à moi ?

— Hey, bébé, faut pas te mettre dans tous tes états, tu sais. Tu peux éviter de le faire aujourd'hui si tu…

— Je parlais de ma mère, Jay… J'ai tellement mal de ne plus pouvoir la voir, de ne plus pouvoir lui parler, j'ai mal de ne plus pouvoir me blottir dans ses bras comme quand j'étais petite. J'ai l'impression d'avoir perdu quelque chose qui était essentiel au bon équilibre de ma vie. C'est comme si on m'avait retiré tout ce qui me permettait de me repérer dans cette putain d'existence, comme si j'avais égaré cette saloperie de GPS dont on n'arrive plus à se passer pour aller d'un point A à un point B…

Elle se laissa submerger par le chagrin et ne put contenir une nouvelle crise de larmes.

À peine ému, Jordan la força à s'allonger et lui retira ses baskets, sa jupe et son T-shirt.

— Il faut que tu te reposes un peu, Rébé, tout ira bien. Je suis conscient que c'est dur pour toi depuis la mort de ta mère, mais tu dois être forte, aller de l'avant. Dors un peu, je vais rester près de toi le temps que les filles débarquent.

Mounir est en haut, il se chargera de les réceptionner et nous préviendra…

Jordan s'allongea près de Rebecca en soupirant. Il jeta un rapide coup d'œil au matériel disposé tout autour du lit : les caméras, les projecteurs et les deux ordinateurs connectés. Ce qu'il s'apprêtait à faire n'était pas vraiment ce qu'il voulait au fond de lui. Mais, une fois de plus, ce qu'ils avaient élaboré avec Mounir lui rappelait combien le fric allait lui changer la vie.

Une fois de plus, il avait menti à Rebecca.

Une fois encore, il avait franchi une limite.

En sueur, la jeune fille balbutia quelques mots inaudibles en se tortillant sur le lit, visiblement mal à l'aise.

Elle sentit une vague de chaleur et un engourdissement s'emparer de son corps, lentement, jusqu'à lui ôter l'odorat et toutes sensations tactiles. Ses paupières ne purent résister plus longtemps et se fermèrent, lourdes comme des portes de cathédrale.

Rebecca distingua furtivement le visage de sa mère. Quelque part dans les nappes de brume qui enveloppaient son esprit, elle entendit le mince filet de sa voix perdue dans les limbes, sans comprendre le moindre mot.

À cet instant, elle eut l'impression que le sol se dérobait sous ses pieds et elle se sentit glisser, sombrer vers le bas, là où l'obscurité l'appelait, dans les profondeurs d'un terrifiant néant.

Rebecca ne pouvait avoir conscience que peu de monde revenait de cet endroit. Elle avait juste le pressentiment qu'aucune lumière ne la guiderait, mais elle plongea quand même, et la chute fut longue.

Jordan se pencha sur elle et contrôla la pulsation de son pouls sur la carotide. Il envoya ensuite un SMS à Mounir, et celui-ci débarqua quelques secondes plus tard.

— Alors, c'est bon ? Elle y est ?

— Oui... T'es sûr pour la dose ? C'est pas létal, hein ? Manquerait plus que ça...

Mounir régla l'orientation des parapluies de lumière, activa les caméras et pianota sur les ordinateurs portables.

— Ho ! Scarface, putain ! J' te parle...

— Arrête un peu, répondit Mounir, agacé. Ça va, elle va pas mourir, ta petite poule, elle a pris une dose de bébé. On dispose d'une heure environ. Alors, je connecte le site, je mets en ligne les caméras 1 et 2, et tu pourras commencer à faire ton affaire... Moi, je m'occuperai de modérer le live et d'encaisser.

Jordan se déshabilla, pas vraiment convaincu que Rebecca ne courait aucun danger.

— Je lui ai encore menti, putain, si... si elle s'en rend compte, je suis mort, marmonna-t-il.

— Fallait y penser avant, mais elle saura rien, ta grognasse. On lui dira qu'elle a fait un malaise à cause de la coke et des médocs qu'elle s'enfile, c'est tout. On lui fera avaler que tout s'est bien passé avec les deux filles...

— Si elle apprend que cette histoire de meufs est du pipeau, qu'elles n'ont jamais existé, elle me tue ! Tu m'entends ?

Mounir ricana tout en pianotant de nouveau sur le clavier de l'ordinateur.

— Elle le saura pas... Elle saura jamais qu'elle a été la seule à être filmée, et uniquement baisée par son mec.

Rebecca se retourna. Agitée, elle laissa échapper un gémissement.

Quelque part dans l'obscurité, une voix très lointaine résonna. Rebecca glissa encore davantage sur ce qui semblait être la pente infinie de la gueule d'un volcan sans fond.

Elle distingua la voix de sa mère, elle aurait pu la reconnaître entre mille : *N'aie pas peur, Rebecca, je suis là, mais il faut que tu remontes…*

Les mots de Lise-Marie lui parurent si doux : *Ma chérie, tu dois remonter maintenant. C'est à la surface que tu comprendras tout.*

Mais elle n'avait aucune raison de la rejoindre, cette surface, elle n'avait aucune envie d'abandonner sa mère, seule, perdue dans le froid et le noir.

Rebecca, tu dois regagner la surface, remonte ! Ce n'est pas aujourd'hui que tu trouveras le chemin.

Plus intensément, semblant provenir du cœur du volcan, la musique la gagna. La voix à la fois touchante et pénétrante de Billie Eilish eut pour effet de ralentir sa chute dans les profondeurs. Elle laissa les paroles de « When the Party's Over » l'éblouir et la traverser, cette chanson qu'elle avait tant de fois laissée tourner en boucle dans ses écouteurs lorsqu'elle se trouvait au chevet de sa pauvre maman. Sans se l'avouer, Rebecca avait toujours su que la partie se terminerait un jour pour sa mère, comme elle se termine toujours pour chacun d'entre nous.

Bouleversée, elle s'agrippa comme elle put afin de ne pas sombrer :

Once we've both said our goodbyes
Let's just let it go

Rebecca sentit une vague de froid l'envelopper.

La tristesse, la mélancolie et la colère la pénétrèrent alors.

Il faut remonter, Rebecca, tu dois rejoindre la surface…

12
Le labour

Juin 2019, Caussols
Bergerie La Louisiane

Après avoir suivi une route en lacets, longue et tortueuse, Steiner et Zehnné parvinrent enfin devant la propriété de Nadine Morel.

Le flic niçois immobilisa son véhicule sur le bas-côté, à cheval sur le talus. Le portail en fer forgé s'ouvrait sur un chemin caillouteux, celui-là même sur lequel Jean-Michel Auban avait abattu un jeune braqueur voilà quelques années.

Caussols se desséchait sous les 35 °C de ce mois de juin. Le paysage lunaire de l'arrière-pays grassois subissait les conséquences de ce que les médias appelaient déjà une canicule sans précédent, probablement meurtrière pour les plus fragiles. La végétation avait l'apparence de la paille, jaune et craquante, et l'air était aussi sec et poussiéreux que l'harmattan d'Afrique centrale.

Steiner s'épongea le front, essoufflé par l'altitude et le souffle brûlant qui l'agressa lorsqu'il sortit de l'habitacle.

— C'est fou, cette météo… On se tape des transitions de saison qui font peur. Plus de printemps, on passe juste du froid au chaud, du frigo au four…

— Peut-être à Metz, pas à Nice. Nous, on a un climat raisonnable, un sacré microclimat, rétorqua Zehnné, un tantinet railleur.

Steiner ne réagit pas. Silencieux, il s'avança jusqu'au portail de métal. Il remarqua l'acier rouillé des barreaux, les mauvaises herbes tout autour, le manque d'entretien.

— Nadine continue d'élever quelques bêtes, mais elle ne produit plus de fromages comme elle le faisait par le passé avec Auban, précisa Zehnné tout en envoyant un SMS à Nadine Morel.

Un nom étrange sur la boîte aux lettres, pas de sonnette ni aucun autre moyen pour contacter la propriétaire. Juste un portail et un haut mur de pierre afin d'éloigner les curieux.

— Vous pensez vraiment qu'elle va nous recevoir ? s'inquiéta Steiner. Elle n'avait pas l'air emballé du tout…

— Elle m'a promis qu'elle nous recevrait, et elle va le faire. Sous son air bourru de femme à poigne, Nadine respecte les gens, même si parfois elle leur dit trop ce qu'elle pense.

Nadine apparut à cet instant-là, descendant placidement la pente du chemin en faisant signe aux deux flics.

— Vous êtes en avance, non ? lança-t-elle en reprenant son souffle.

— Je ne crois pas, Nadine. On avait dit 10 h 30, et il est 10 h 30, rétorqua Zehnné en souriant.

Elle extirpa de sa poche un lourd trousseau de clés, puis déverrouilla la serrure du portail.

— Allez, entrez… Suivez-moi.

Steiner laissa Zehnné et Nadine remonter le sentier en leur indiquant d'un geste qu'il les rejoindrait. Après avoir refermé le pesant ouvrage en fer forgé, il s'empara de son téléphone portable et composa le numéro de Jean-Charles Magnan.

Steiner avait toujours gardé de la gratitude pour lui : il restait le magistrat qui avait dirigé avec panache l'enquête sur le tueur de Metz.

— Monsieur le juge ? C'est le commandant Steiner…

— Monsieur le juge ? Allons, arrêtez ça, commandant, je ne suis plus juge, vous le savez.

— Vous préférez monsieur le député ? C'est plus officiel, je dois l'avouer…

— Vous connaissez mon prénom, commandant. Que me vaut cet appel ? Tout va bien ?

Steiner hésita. Il observa les silhouettes de Nadine et Zehnné qui disparaissaient au bout du chemin avant de répondre :

— J'aurais besoin de vos services. Je suppose que vous êtes toujours en contact avec des magistrats du palais, à Metz, peut-être même avec le nouveau procureur et le nouveau juge d'instruction, et je me disais que vous pourriez glaner quelques renseignements pour moi.

— Tout dépend de ce dont il s'agit, cher commandant. Vous savez tout comme moi que le secret de l'instruction est parfois bien verrouillé.

— J'en suis conscient… Lors de l'affaire du tueur de Metz, nous avons par moments franchi la ligne, vous et moi, et cela s'est avéré payant. Mais rassurez-vous, cette fois-ci ce n'est pas dans le contexte d'une instruction criminelle.

Le député s'éclaircit la voix.

— Dites-moi de quoi il retourne, commandant, et je verrai si je peux vous venir en aide.

— J'ai besoin de renseignements au sujet de deux personnes, deux jeunes adultes. Et, à vrai dire, l'un d'eux est le petit ami de ma fille...

— Vous êtes inquiet ? Que se passe-t-il exactement avec votre fille ?

— J'aimerais que vous essayiez de vérifier si ces deux gaillards traînent des condamnations, s'ils ont déjà comparu devant un juge, par exemple. Vous pourriez peut-être discrètement consulter les archives. Le petit copain de ma fille s'appelle Jordan Caplan, et son camarade, c'est Mounir Abdellaoui. Beaucoup le surnomment « Scarface »...

— Scarface ? Il me semble avoir déjà vu passer ce nom dans certains dossiers ou sur des dépositions, des rapports, mais je peux confondre, vous savez, je me fais vieux, plaisanta Magnan.

— Tenez-moi au courant, si vous le voulez bien.

— On pourrait se rencontrer à Metz, j'ai un créneau demain, entre 14 et 15 heures.

— Je ne suis pas à Metz, monsieur le juge. Je dois encore rester un jour ou deux à Nice.

Il s'écoula quelques secondes avant que Magnan demande :

— Au risque d'être indiscret, vous vous y trouvez pour raisons professionnelles ?

— On peut dire ça, mais pas uniquement. Il y a eu un homicide ici, à Nice, et la victime aurait pu être liée à mon père peu avant sa disparition...

Zehnné se retourna et aperçut Steiner qui remontait la pente en peinant.

Nadine désigna d'un vaste geste le bâtiment qui leur faisait face : un imposant édifice en pierre qui s'élevait sur deux étages. Ici et là, deux ou trois caravanes parquées sur un terrain aride. Étouffé par les murs épais de la bergerie, le bêlement des brebis restait malgré tout perceptible.

— On va traverser le champ que vous voyez devant vous, ça coupera, et on ira papoter dans le jardin-cuisine. C'est ma véranda, précisa Nadine en s'épongeant le front.

Steiner les rejoignit en haletant, ruisselant de sueur lui aussi. Il donna une poignée de main à Nadine et s'engagea sur le terrain avec son homologue niçois.

Alors qu'il traversait la langue de terre, Steiner fut pris d'un étourdissement. Il s'agenouilla au pied d'un arbre, dans les herbes sèches, le souffle court et le teint blême. En écho lointain, il entendait le bêlement des brebis qui résonnait sous son crâne.

— Oh ! Steiner, qu'est-ce qui vous arrive ? s'inquiéta Zehnné.

— C'est rien, sûrement un malaise dû à la chaleur… Et la pente du sentier m'a achevé.

Nadine tendit au flic messin une main vigoureuse, le tirant à elle pour l'aider à se relever.

— Ça va aller, levez-vous. Z'êtes pas bien robustes, vous, les gens de la ville. Mais ça fait souvent ce truc quand on passe sur le « labour ». C'est peut-être le fantôme de Lornac qui vient vous hanter, dit-elle en riant. Auban l'avait enterré pas loin de cet arbre. Vous vous en souvenez, vous, hein, commandant Zehnné ? Vous avez déterré le macchabée avec votre équipe.

Embarrassé, Zehnné esquissa un semblant de sourire en hochant la tête.

Il se rappelait très bien tous les détails. Comment effacer pareilles choses de sa mémoire ?

Nadine fit entrer les policiers dans une grande véranda envahie de plantes grasses, tout près de la bergerie. Grâce à un climatiseur portable qui ronronnait dans un coin, il faisait moins chaud qu'à l'extérieur. La pièce sentait la pourriture végétale, le gras de cuisine et le fuel.

Après avoir scruté les moindres recoins de la pièce, Steiner et Zehnné s'installèrent sur un grand canapé en osier. Nadine réapparut alors, des bouteilles de bière fraîches dans chaque main et une coupe de champagne sur un plateau.

— Bon, les gars, moi, j'ai pas la journée. Faut que je soigne les bêtes, alors pas de détours, on va à l'essentiel.

D'un regard complice, Zehnné fit comprendre à Steiner qu'il pouvait commencer.

— Ça a le mérite d'être clair, Nadine. Alors voilà, j'ai besoin de savoir quels étaient les liens que vous entreteniez avec Auban. Je sais que vous étiez en couple, mais lui arrivait-il parfois de vous confier certaines choses ? Sur ses relations, par exemple, sur les coups qu'il aurait pu préparer…

Nadine haussa les épaules.

— Pffff ! Auban était un type froid, taciturne, c'était pas son genre de baver sur le foutoir de sa vie. Après, il m'a évidemment mise au pied du mur sur certaines affaires. J'ai même assisté, impuissante, à ce qui pourrait être des exécutions…

— Vous ne m'avez jamais parlé de ça, Nadine, intervint Zehnné en se redressant.

— Du calme, tout ce que je raconte là, c'est ce que vous savez déjà. Je ne l'ai jamais vu de mes yeux, mais bon, j'étais sur les lieux… La tête dans la cocotte-minute, vous croyez quoi ? Que c'est Spielberg qui a écrit le scénario ?

Steiner se racla la gorge pour gagner de nouveau l'attention de Nadine.

— Aurait-il évoqué une affaire concernant un homme qui vivait à Metz ? Un gars qui aurait mis en gage sa péniche, qu'il aurait fini par céder à un certain Claude Cerdan ?

Nadine haussa les épaules une nouvelle fois. Elle avala une gorgée de champagne et essuya ses lèvres du bout des doigts.

— Bah… le pauvre Claude. Je suis amie avec sa sœur, Viviane, mais elle ne m'a jamais parlé de cette affaire de péniche. Auban faisait du gros recel, parfois, mais là… Et puis, je ne me souviens plus trop, il a fait tellement de conneries, celui-là. Sur la fin de notre histoire, j'étais plus que consciente d'être piégée dans une relation toxique, une sorte de cellule de laquelle il était quasiment impossible de s'échapper. Alors, quand ça sentait le roussi, je voulais en savoir le moins possible. Le jour où il a menacé ma vie et celle de mes proches, je me suis dit qu'il fallait que je m'efface. Il y en a eu tellement…

— Tellement de quoi ? demanda Steiner.

Nadine continua, le regard perdu dans le vague :

— Il y a d'abord eu mon meilleur pote, Francisco Attali, qu'il a flingué le soir de son anniversaire. Ensuite, c'est son ex-beau-frère qui y a eu droit. Après, le jeune Arabe, et le Corse, et Lornac. Vous comprenez pourquoi j'ai fermé ma gueule ? Ce connard tentait de me persuader que j'étais folle, et il me faisait comprendre que tout ce que je croyais avoir vu ou entendu, c'était le fruit de mon imagination. C'était un sociopathe qui tuait parce qu'il aimait ça… J'ai même bouffé de la chair humaine à mon insu. Ça l'a fait bander, ça, de me faire ingurgiter de l'humain…

Un voile brillant nimba les yeux de Nadine. Elle se frotta les paupières et se ressaisit. Elle avala un peu de champagne avant de poursuivre :

— Auban était heureux quand j'étais déprimée, que je faisais la gueule ou que je ne parlais à personne, il sentait qu'il avait une emprise sur moi. Dès que je voyais des amies, que je sortais avec elles pour aller boire un verre, que je riais et passais du bon temps, il enrageait, fulminait et devenait très con. C'était un de ces pervers narcissiques qui intéressent les psys d'aujourd'hui, un prédateur qui cherchait à détruire ma personnalité par la manipulation mentale. J'étais sa proie, et il le savait. De toute façon, Auban était persuadé que je ne sortirais jamais rien de ce sac de merde. Il me l'avait dit : « Si tu en parles, tu finiras à l'asile, personne te croira. » Vu que c'était un bonhomme très instable, j'ai toujours pensé que ma seule chance de me débarrasser de lui, c'était qu'il foute le camp de lui-même. Mais, cette terrible nuit, j'ai cru que j'allais y passer. Je ne voyais pas pourquoi il me laisserait en vie, étant donné que, ce soir-là, ils n'ont pas fait de quartier et ont zigouillé tout le monde…

— C'était quand ? osa Steiner.

— La nuit où ont été butés l'Arabe, le Corse et un homme qui bossait avec Auban. C'est au moment où la bagnole est arrivée, avec ce type que je n'avais jamais vu, que c'est définitivement parti en vrille.

— Qui était cet homme ? Vous souvenez-vous d'un nom, de son visage ? C'était lui ? fit Steiner en brandissant une photographie de son père.

— J'en sais rien, mon gars, c'est vieux, tout ça…

— Steiner… Joseph Steiner. Ce nom vous rappelle-t-il quelque chose, Nadine ? Essayez de vous souvenir, c'est important pour moi.

— Je ne sais plus, non, ça ne me dit rien. Quand cette bagnole a débarqué, je me suis planquée dans la maison. Je me suis dit que c'était encore un de ces braqueurs qui venaient voir Auban et que moins j'en saurais, mieux ça vaudrait pour mon petit cul.

Zehnné vola alors au secours de Steiner. Il se leva et fit quelques pas. Il contempla l'extérieur par-delà la baie vitrée crasseuse de la véranda, puis, sans se retourner, il demanda à Nadine :

— Allez, Nadine, il faut nous dire. Le troisième homme, c'était qui ? Et ce type avec sa bagnole, celui qui s'est pointé en fin de soirée, qui c'était ?

Nadine Morel se leva, vissa une casquette délavée sur son crâne et déclara d'une voix très sûre :

— Bon, les garçons, je vous l'ai dit, j'ai pas la journée. Alors, merci d'être passés, et j'espère que j'ai pu vous aider, même si je ne me souviens plus de ce type. Refermez bien le portail en sortant… Et évitez de traverser le « labour », vous allez encore nous faire un malaise de jeune communiante, m'sieur Steiner !

13

L'âme en chute libre

Juin 2019, Nice
Best Western Plus (hôtel de Raymond Sergianni)

LE LENDEMAIN, le soleil avait décidé de remettre le couvert sur le littoral, mais avec des températures bien plus acceptables. Alors que la France brûlait sous son été caniculaire aux relents de 2003, Nice jouissait de son climat méditerranéen.

C'est en tenue estivale que Raymond Sergianni accueillit Steiner. Chemisette hawaïenne verte fleurie de tiarés blancs, bermuda kaki et spartiates de cuir brun.

Confortablement installé dans l'un des fauteuils du hall, le psy dégustait un Bloody Mary que lui avait préparé l'employé du Best Western. Il s'amusait à faire tournoyer les glaçons dans le fond de son verre quand il vit débarquer Steiner au comptoir d'accueil.

— Hey, je suis là, viens ! Prends un siège, Sam. Tu bois un verre avec moi ?

— Non, merci… Il est à peine 11 heures du matin, Raymond, je vais plutôt boire un café. Comment tu vas ? Apparemment bien. Si t'as sorti la chemise fétiche de Tom Selleck, c'est que ça doit aller.

Sergianni esquissa un petit sourire qui s'effaça aussitôt.

Il avala une rasade de vodka, puis précisa en désignant son bagage encore au sol, accompagné de sa paire de béquilles :

— Sam, je suis là pour deux ou trois jours, grand max, alors il va falloir que tu me dises clairement ce qui se passe. Je suis désolé, mais j'ai des contraintes.

— Je sais, Raymond, et je ne veux pas que cela vienne désorganiser l'activité de ton cabinet.

— On s'en fout, du cabinet, je… c'est plutôt de moi qu'il s'agit. J'ai pas mal d'examens médicaux ces derniers jours, ça me prend beaucoup de temps. Des radios, des scanners, des prises de sang, enfin, tout un bazar…

Steiner leva les sourcils, surpris. Il recula sur son siège pour mieux observer son ami, puis demanda :

— Raymond, qu'est-ce qui se passe ? C'est ton achondroplasie qui…

— Je ne vais pas tourner autour du pot, Sam. On m'a diagnostiqué une saloperie de cancer des os… voilà. Merde, t'es chiant ! J'voulais pas parler de ça, mais je te connais, tu ne lâches jamais rien, termina-t-il en avalant une nouvelle gorgée de son Bloody Mary.

— Mais tu le sais depuis quand ? Pourquoi tu ne m'en as pas parlé plus tôt ?

— T'étais au fond du gouffre avec la maladie de Lise-Marie. Si tu veux tout savoir, mon fémur droit, le tibia, les vertèbres et mon humérus gauche sont touchés. Les métastases peuvent atteindre les poumons et la moelle osseuse d'ici à quelques mois. Ça te va, comme ça ? Tu peux me dire pour quelle raison je suis là, maintenant ?

Abasourdi, Steiner hocha la tête, comme pour marquer son incompréhension devant tout ce que venait de lui révéler son ami. Il le sonda du regard pendant de longues secondes puis, d'un geste, il fit comprendre à l'employé qu'il désirait boire la même chose que Sergianni.

Il avait besoin d'un remontant très fort, un anesthésiant, tout ce qui pourrait apaiser le flot de rage qui cavalait en lui.

— Ah, finalement tu te lâches ? T'as raison, ça fait du bien, lui fit remarquer le psy.

— Pourquoi ne pas m'en avoir parlé… Bordel, Ray !

— Hey, détends-toi ! Je te l'ai dit, je ne voulais pas de ta compassion ni de ton chagrin. Je voulais que tu sois près de Lise-Marie, que tu lui accordes toute ton attention pour ses derniers moments auprès des siens… Bon, t'as vu que mon bagage est mince, je ne reste pas longtemps, alors accouche !

Steiner fut ému par les propos de Sergianni. Il ressentit une intense douleur, comme si des milliers de lames lui perforaient la poitrine et s'enfonçaient peu à peu dans ses chairs. Le chagrin le submergea enfin, et il songea à sa fille :

— As-tu vu Rebecca ces jours-ci ? En ville ou ailleurs ?

— Oui, il y a trois ou quatre jours, au bar À la Lune, en centre-ville. Je m'y trouvais avec un confrère, on prenait un verre. Elle est arrivée avec deux types, l'un d'eux avait une cicatrice sur le visage…

— Scarface, sans doute, le pote de son petit copain.

— Deux jeunes qui devaient avoir à peu près le même âge que ta fille, rien de méchant. Je crois que l'autre, c'était son petit amoureux, celui qui se trouvait aux funérailles de Lise-Marie…

— C'est lui, oui, répondit Steiner en serrant les mâchoires.

Ses yeux s'attardèrent sur l'épaisse mixture du Bloody Mary que venait de lui apporter le serveur, puis il prêta l'oreille au délice musical que diffusait la radio de l'hôtel. Il reconnut le piano et les violons d'Ólafur Arnalds qui jouaient « Near Light ». Il en eut un frisson, et il ne sut dire s'il s'agissait là d'un signe. Quelques semaines avant d'être définitivement hospitalisée, Lise-Marie passait ce titre en boucle. Cet album du génie islandais que lui avait offert Rebecca était le dernier qu'elle avait pu écouter avant de rendre les armes. Chaque soir, avant de fermer les paupières, Lise-Marie laissait son souffle se réguler sur le rythme de « Near Light ».

— Et donc, c'est quoi le rapport ?

— Rien, c'était comme ça… Je t'ai demandé de venir parce que j'ai besoin que tu évalues le profil de quelqu'un. Je veux savoir si elle nous ment, si elle cherche à nous manipuler.

— « Elle » ?

— Oui, c'est une femme. Il s'agit de l'ex-compagne d'un criminel qui est aujourd'hui derrière les barreaux, Jean-Michel Auban. Ce type pourrait bien être coupable d'une série de meurtres jamais élucidés.

— Mais… je ne comprends pas. Tu travailles en collaboration avec la PJ de Nice sur ces homicides ?

— Non, à vrai dire, je ne suis pas là pour ça. Cet Auban pourrait avoir connu mon père voilà vingt ans, et il pourrait également l'avoir entraîné dans une affaire pas très propre…

Sergianni avala le fond de son verre et en commanda un second. D'un œil vitreux, il lorgna sa montre en soupirant, puis marmonna :

— T'es en train de me dire que ton père aurait trempé dans des magouilles, qu'il aurait bossé avec la pègre locale ?

— Je n'en sais rien, à vrai dire j'en découvre chaque jour davantage, et l'affaire prend des proportions de plus en plus énormes. J'apprends des choses absolument incroyables à propos de mon père, des pans entiers de sa vie dont j'ignorais l'existence.

— Parle-moi de l'ex-compagne de ce présumé tueur en série…

— Elle s'appelle Nadine Morel, elle vit dans la bergerie qu'elle avait acquise avec Auban, sur la commune de Caussols. Je pense qu'elle en sait plus qu'elle ne le laisse paraître au sujet de mon père et qu'elle a des choses à dire. Mais je sens qu'elle n'arrive pas à apaiser sa conscience, elle protège un secret. Soit elle nous manipule, le commandant Zehnné et moi, afin de protéger une personne de son entourage, soit quelqu'un fait pression sur elle, et dans ce cas elle court un réel danger. Elle prétend avoir assisté à un véritable massacre, il y a vingt ans, sur sa propriété. Auban aurait convoqué plusieurs types, des gars que Nadine connaissait et qui avaient l'habitude de passer à la bergerie. Seulement, parmi eux, il y aurait eu un homme qu'elle n'avait jamais vu. Je ne voulais pas te mêler à ça, Raymond, je sais que c'est personnel, mais…

— Et tu penses qu'il pourrait s'agir de ton père ?

Steiner resta silencieux, se laissant de nouveau bercer par Ólafur Arnalds, l'âme en chute libre, comme un parachutiste malchanceux condamné à s'écraser 4 000 mètres plus bas.

Sergianni but une gorgée, posa son verre et sauta de son fauteuil. Il s'empara de son sac à dos et de sa paire de béquilles, puis confia à son ami :

— Donne-toi du temps, mais pas trop. Le temps me manque, Sam. Je sais que c'est difficile pour toi en ce moment, que tu songes beaucoup à l'avenir de ta fille, que la disparition de Lise-Marie te bouleverse et opère sur toi comme un lent poison, que tes potes te donnent des nouvelles pas très bonnes à propos de leur santé, mais il faut que tu t'accroches. Tu n'es pas un super-héros, Sam, tu es juste un homme sensible, plein de bons principes, avec des faiblesses, des failles, des fractures… Et tu as besoin qu'on t'aide. Tu peux compter sur tes amis, et tu le sais. Je suis là pour toi, mais je veux que tu continues de me considérer comme le Sergianni que tu as toujours connu. Ne laisse pas ma maladie te leurrer, ne cherche pas à m'épargner, reste toi-même. Tu as une belle âme, Sam, même si en ce moment elle a plutôt tendance à plonger dans l'abîme… En ce qui concerne ton affaire, il faut que j'en sache un peu plus, j'ai besoin d'outils, de leviers.

Steiner fouilla dans sa poche et lui tendit une clé USB.

— Alors, voilà ce qu'il te faut. C'est l'enregistrement de notre entretien à la bergerie… elle, Zehnné et moi. Avec ça, tu pourras peut-être esquisser l'évaluation du profil de cette femme…

Sergianni hocha la tête. Il tapota l'épaule de son ami et rejoignit en claudiquant l'ascenseur qui menait aux étages. Sans se retourner, il s'adressa à Steiner :

— Organise-nous un rendez-vous avec cette dame, je veux la rencontrer. J'ai besoin de voir ses yeux, d'entendre sa voix et de l'observer. J'ai besoin de la sentir. Je saurai alors si elle transpire le mensonge, l'imposture ou la terreur.

14

Le sabre d'abattis

Juin 2019, Nice
Quartier de l'Ariane

Viviane Cerdan boucla la dernière valise et la porta dans l'entrée de l'appartement, aux côtés de ses deux autres bagages.

L'épisode des hommes cagoulés l'avait secouée. Elle avait immédiatement pris conscience qu'elle courait un grand danger si elle restait dans le quartier, et qu'il lui fallait se mettre au vert le temps que les choses se tassent.

Et lorsque les flics comprendraient que l'os qu'ils avaient à ronger s'atrophiait et ne leur suffirait bientôt plus, ils reviendraient à la charge.

Viviane avait réservé un vol direct pour Lyon. Sa cousine lui avait promis qu'elle l'hébergerait aussi longtemps qu'elle le voudrait.

La vieille femme était persuadée que les hommes du K11.43 lui avaient rendu visite afin de l'intimider, et surtout pour tenter de retrouver des éléments compromettants, des preuves qui pouvaient impliquer Cloclo. Mais ils n'avaient pas découvert l'enveloppe kraft scotchée sur le retour de bois, au dos de son armoire. C'était impossible. Encore au petit matin, elle s'était assurée de sa présence en baladant sa main derrière la penderie en merisier.

Viviane alla prendre quelques affaires dans sa salle de bains, s'accorda une paire de chaussures supplémentaire qu'elle espérait réussir à fourrer dans sa valise, puis passa dans sa chambre pour récupérer l'enveloppe.

Elle avait besoin de son passeport, celui que lui avait spécialement fait préparer son frère, au nom de Monique Leblanc. Claude lui disait toujours qu'il fallait prévoir l'imprévisible et que, s'il fallait tout lâcher du jour au lendemain et mettre la distance Terre-Lune avec sa famille, ses amis et son petit chez-soi, il valait mieux le faire à la vitesse de la lumière.

Elle glissa sa main derrière l'armoire, agrippa l'enveloppe et l'arracha de la paroi. Fébrile, elle la déposa sur le lit et l'observa comme si elle avait devant elle l'échantillon d'un bacille mortel ou une bombe à retardement. Les souvenirs la submergèrent, les émotions aussi. Elle laissa les images de cette terrible nuit la traverser de part en part. Elle réentendit très faiblement, tel un écho perdu dans le lointain, la sonnerie de son téléphone et la voix étranglée de Nadine qui cherchait à contenir sa terreur…

Viviane décacheta l'enveloppe, l'ouvrit, et son cœur loupa un battement. Elle la laissa retomber sur le lit, horrifiée, comme si l'enveloppe s'était enflammée.

Elle ne rêvait pas : son passeport et celui de son frère ne s'y trouvaient plus.

Ses mains se mirent à trembler et un vertige l'étreignit. À cet instant, Viviane comprit qu'elle n'était plus en danger, mais quasiment morte. Quelqu'un avait substitué un tas de vieux papiers aux documents de voyage et avait remis l'enveloppe à sa place.

Viviane osa espérer que les photos s'y trouvaient encore. Elle fouilla le contenu du dossier, les doigts agités par un frémissement incontrôlable.

Rien non plus.

Ce n'était pas la disparition de la photo de Claude prise lors de son service militaire à l'époque de la guerre d'Algérie qui l'inquiétait le plus, mais plutôt celle du cliché sur lequel figuraient tous les protagonistes de la nuit du massacre. Elle était consciente que cette photo, prise quelques jours avant la terrible soirée, représentait beaucoup pour ceux qui avaient survécu, qu'elle constituait une preuve impliquant plusieurs d'entre eux.

Elle ferma les yeux et fit appel à sa mémoire, espérant faire naître une représentation mentale du cliché. Et elle les revit… tous.

Il faisait nuit. Sur l'image, on pouvait distinguer l'arrière-plan : le mur de la bergerie sur lequel se projetait l'ombre de cinq hommes. Même si leurs visages étaient flous à cause de la surexposition et du grain, on pouvait identifier, de gauche à droite, Jean-Michel Auban, torse nu, le Corse, l'Arabe, le troisième type et, enfin, celui qui avait tout orchestré.

Jamais elle ne pourrait oublier le visage de ce sinistre personnage. Elle frissonna à l'idée d'avoir croisé sa route, et elle se souvint du jour où il l'avait menacée de mort.

L'image mentale du groupe s'évapora et Viviane reprit ses esprits. Elle cavala jusqu'au bureau, s'installa devant son ordinateur et se connecta au site de réservation en ligne d'une compagnie aérienne. Elle prit un aller simple à destination de Madrid et annula son vol pour Lyon. Sa sœur l'accueillerait chez elle, au cœur de la capitale espagnole.

Il était impératif qu'elle disparaisse, qu'elle oublie ce qu'elle savait. Il fallait que les membres du K11.43 l'oublient aussi : Carlos, Auban, et surtout l'homme au chapeau de feutre…

★

La nuit était tombée, laissant les lueurs de la côte draper la baie des Anges de son fard enchanteur.

À quelque distance du quartier de l'Ariane, l'enseigne de la station-service désaffectée projetait son ombre sur le trottoir. Une vieille chaîne de plastique rouge et blanc interdisait l'accès à la plateforme de béton près de l'entrée, à l'emplacement où se trouvaient jadis les pompes à essence. On aurait pu croire le lieu désert, mais l'enfilade de motos garées de manière anarchique devant le portail automatique de l'atelier de mécanique indiquait le contraire.

À l'intérieur, dans l'arrière-salle de l'entrepôt, de jeunes garçons discutaient, assis sur des morceaux de carton, entre une flaque d'huile de moteur et une caisse à outils. Plus loin, vautrés sur des banquettes de fourgon délabrées, d'autres se passaient un joint ou s'enfilaient une ligne de cocaïne en ricanant niaisement.

L'odeur qui stagnait dans la pièce était répugnante. Des relents de bière, de vomi, d'urine et de tabac flirtaient avec ceux de vieux cambouis et de poussière.

Du haut de ses 16 ans et encore gonflé de fierté, Toufic savait que les autres le respecteraient désormais comme un grand frère. Il percevait leurs regards de biais, il entendait leurs chuchotements. Tous savaient que le petit Toufic et Marcus avaient purgé Claude Cerdan, qu'ils l'avaient plombé au gros calibre et terminé au barbecue. Ça, pour les membres du K11.43, ça s'appelait avoir des couilles.

Marcus s'approcha du jeune Maghrébin, lui ôta sa casquette d'une pichenette, puis prit place à son côté, juste avant de lui adresser la parole d'un ton présomptueux :

— Enlève-moi cette casquette de merde, on voit pas tes cicatrices sur le crâne, et puis ça fait trop blaireau.

Toufic le dévisagea en serrant les mâchoires et marmonna entre ses dents :

— Lâche-moi, toi ! Regarde comme ils me matent tous, hein ? C'est qui l' patron, maintenant ?

— Reviens sur terre, oh ! Le patron, c'est Carlos, et fumer un type, c'est pas non plus ce qui fait de toi un dieu. T'as juste fait ton job pour le K11.43, rétorqua Marcus en lui assénant une claque amicale derrière la tête.

— N'empêche que… Carlos sait qu'on a assuré de ouf sur cette affaire, et je suis sûr que maintenant il va nous demander de monter sur des braquos, tu verras.

À cet instant, accompagné d'une magnifique rousse vêtue d'un équipement de motard, Carlos pénétra dans la pièce. Comme à son habitude, il se positionna derrière la ruine qui était autrefois le comptoir de la station-service, et les chuchotements cessèrent. Quelques regards se détournèrent de celui de Carlos, d'autres se plongèrent dedans. Le boss allait prendre la parole, ce qui signifiait que le sang devrait couler une nouvelle fois.

— Bon, les gars, il va falloir qu'on fasse du ménage, et rapidement. Les derniers événements nous ont mis dans la merde, les keufs commencent à devenir nerveux. Les photos, on a pu les récupérer, et on sait que la vieille connaît l'identité du grand patron. Ce qui veut dire qu'elle peut tout balancer à n'importe quel moment. J'suis pas très chaud pour la descendre, mais le boss l'a ordonné…

Toufic se leva brusquement, excité :

— Moi ! J'y vais, moi, Carlos ! La vieille, je la fume, si tu veux.

Un murmure se répandit parmi les membres présents et des dizaines de paires d'yeux se posèrent sur le jeune effronté. Mila, la grande rousse collée à Carlos, dévisagea Toufic d'un air mauvais.

— Je t'ai pas d'mandé de l'ouvrir, Toufic, et personne va fumer personne. Je veux qu'on me ramène la vieille ici, et on verra après. Akhim, Sergio, Luka, Mehdi et Karim, vous êtes sur le coup. Je veux une équipe solide, cette fois. Vous prendrez le 4 × 4 BMW. Votre intervention chez elle a été top et vous avez assuré avec l'enveloppe. Les autres, vous pouvez vous tirer, on ferme la station pour ce soir.

Alors que les membres du groupe gagnaient la sortie, Carlos interpella Toufic et Marcus :

— Vous deux, vous restez un peu avec moi, on doit discuter. On va se poser dans les anciens vestiaires, c'est mieux pour papoter…

Mila eut un sourire et posa les doigts sur la nuque de Carlos. Elle rejeta ses mèches rousses en arrière d'un mouvement de tête, puis se dirigea vers les vestiaires. Carlos reprit :

— Il faut que je vous parle de Cerdan, c'est important, les gars. Tout ça, ça devient trop chaud… Il faut que je vous pose deux ou trois questions au cas où les keufs viendraient me soûler.

Toufic n'en revenait pas que le patron s'intéresse autant à ce qu'il avait fait pour le K11.43. Marcus, les mains crispées dans ses poches, n'en menait pas large. Généralement, les discussions avec le patron dans les vestiaires, ce n'était pas très bon.

D'un geste, Carlos leur indiqua de passer devant lui, et ils avancèrent tous vers les anciens locaux du personnel.

Une fois à l'intérieur, Toufic et Marcus marquèrent un temps d'arrêt, puis eurent un mouvement de recul. Effrayé par ce qu'il voyait, Toufic tenta de ressortir, mais Carlos lui asséna une gifle si violente que le jeune garçon s'effondra au sol.

— Putain ! Tu nous fais quoi, Carlos ? s'étrangla Marcus, les larmes aux yeux.

— Tu fermes ta gueule ! Tu rentres là-dedans et tu vas t'asseoir, sale fils de pute ! rétorqua le Gitan en lui crachant au visage.

Au sol, Toufic geignait, les lèvres fendues.

Au centre de la pièce, de grandes bâches en plastique transparent étaient étendues sur le sol. Deux chaises en bois trônaient au milieu, une paire de menottes posée sur chacune d'elles, une ceinture de cuir enroulée sur le dossier et une autre sur l'un des pieds. Dans un éclat de l'éclairage poussif, entre pénombre et halo de lumière, Mila se tenait debout, une imposante machette dans la main gauche. L'étrange sourire qu'elle arborait laissait subodorer que le pire allait venir, que ce qui suivrait s'inscrirait dans les annales des crimes innommables.

— Allez ! Le gamin et toi, posez votre cul sur les chaises. On va parler comme des bonhommes, insista Carlos en élevant la voix.

— Tu te fous de moi, Carlos ? Qu'est-ce qu'elle fait, elle, avec son coupe-coupe ? Et les bâches en plastique ? C'est un putain de délire à la Dexter ou quoi ? pleurnicha Marcus en reculant.

Carlos l'empoigna et le tira jusqu'au siège. Toufic se releva et tenta d'ouvrir la porte du local, mais celle-ci était verrouillée. Il hurla longuement, implorant une aide qui ne viendrait jamais.

Mila l'agrippa fermement par la nuque en posant la pointe du grand coutelas sur son dos, et Toufic se laissa guider jusqu'à la chaise.

Ils les attachèrent à l'aide des menottes, lièrent leurs chevilles avec la lanière de cuir, puis enroulèrent la ceinture du dossier autour de leurs cous, ce qui permettait de maintenir leurs têtes légèrement en arrière. Mila les bâillonna enfin avec du ruban adhésif, puis recula et attendit que Carlos la rejoigne et prenne la parole :

— Vous savez, cette lame que Mila manipule, c'est pas une vulgaire arme blanche. Oh non ! C'est plus que ça ! Au Sénégal ou à la Martinique, on l'appelle un « coupe-coupe » ou un « coutelas ». Ça sert à tailler la végétation dans la brousse et à couper la canne à sucre. En Nouvelle-Calédonie, on appelle ça un « sabre d'abattis », c'est dire... Et à La Réunion, on l'appelle « sabre à canne ». Celle de Mila, c'est un coupe-coupe de la Martinique, c'était au grand-père de son ex-mec, un béké qui a sectionné les couilles de pas mal d'employés récalcitrants. C'est une arme idéale, efficace, elle fait pas de bruit, elle est intraçable, elle demande ni entretien ni munitions...

Marcus entra dans une intense crise de panique. Il hurla derrière son bâillon, les yeux exorbités, pendant que Toufic pleurait doucement, résigné à mourir.

— J'aime le travail bien fait, vous comprenez, les gars ? continua Carlos, sourd aux plaintes de ses deux lieutenants. Et sur le coup de Cerdan, vous avez salopé le boulot. Qu'est-ce que je vous ai dit à propos des barbecues, hein ? Toujours vérifier la boîte à gants, bordel ! Il y avait encore les papiers... Pauvres connards ! Alors, on va pas traîner, je vous paie pas pour vous branler.

Carlos fit un signe de tête à Mila, qui se rapprocha de Marcus.

— Tu devais apprendre les bases à Toufic, et tu me l'as mis dans la merde, ce gamin…

Marcus jura encore derrière sa muselière d'adhésif.

Mila empoigna une touffe de ses cheveux, bascula un peu plus sa tête en arrière et lui trancha la gorge d'une oreille à l'autre, d'un seul geste, vif et appliqué.

Le sang jaillit et crépita sur la bâche en plastique, pendant que Marcus se laissait aller sur sa chaise à une sorte de danse spasmodique.

Toufic hurla à son tour, terrifié par la scène que son cerveau venait d'enregistrer.

— Toufic, ça ira vite, tu ne t'inquiètes pas, hein ? Allez, Mila, finissons-en…

Résolue, elle termina le travail sous le regard horrifié de l'adolescent : après avoir desserré la ceinture et asséné plusieurs coups de machette sur la nuque de Marcus, elle parvint à lui briser les os du plexus cervical et, tailladant les chairs, à détacher complètement la tête du tronc.

Toufic fut pris de nausée. L'adhésif empêcha le vomi de s'évacuer par la bouche et une partie s'introduisit dans ses narines.

— Je suis désolé que tu doives assister à ce truc, mon petit gars, mais le grand patron a réclamé vos têtes, ricana Carlos pendant que Toufic s'étouffait dans ses propres vomissures.

Il ordonna à Mila de mettre fin au supplice de l'adolescent tout en essuyant une goutte de sang sur sa joue.

Elle posa la tête de Marcus aux pieds de Toufic, avant de lui couper la gorge et de rejoindre Carlos.

Ils restèrent ainsi l'un contre l'autre, observant le jeune garçon qui se vidait de son sang, agité par une série de spasmes.

La douche de lumière, diffusée par un plafonnier en forme de cloche, s'étendait sur les épaules et le sommet du crâne des deux bourreaux, leur conférant un éclat presque surnaturel, creusant leurs traits jusqu'à effacer l'expression de leur visage.

Carlos se tourna alors vers Mila, qui laissa tomber au sol la machette ensanglantée, écarta les mèches rousses qui encadraient son visage, puis il l'embrassa longuement tandis que le silence retombait dans l'ancien vestiaire de la station-service.

15
Le pacte du silence

Juin 2019, Nice

ANDREA BOCELLI, encore… Toujours et encore, chaque fois que Steiner sentait que les choses tournaient mal ou que le cafard s'insinuait au creux de ses veines pour le mettre à terre.

Le refrain d'« Il Mare Calmo Della Serra » cessa brusquement, et le flic messin ajusta ses AirPods. Le bip lui indiqua un appel : Jean-Charles Magnan. Steiner savait que l'ex-procureur irait fouiller le passé des étudiants que fréquentait Rebecca et qu'il avait certainement des infos à lui communiquer.

— Monsieur le juge ?

— Ahhh… Je vous ai déjà dit d'arrêter avec ça. Appelez-moi Jean-Charles, hein, d'accord ? Je reprends contact avec vous au sujet de la petite mission que vous m'avez confiée.

— Les nouvelles sont bonnes ?

— Disons qu'il va falloir tenir ces jeunes gars à l'œil, Sam. Le petit ami de votre fille possède un curriculum suffisamment intéressant pour que l'on se penche sur son cas, et son camarade aussi...

— C'est-à-dire ? s'inquiéta Steiner.

— Jordan Caplan a seulement 19 ans, mais il a eu quelques embrouilles avec la justice alors qu'il était mineur. Rien de bien sérieux jusqu'à l'année dernière. C'est après que ça devient plus compliqué. À 18 ans, il s'est fait arrêter par la police, ivre, au volant de la bagnole de sport que papa et maman lui avaient achetée pour célébrer l'obtention de son permis. Il a également été appréhendé en possession de cannabis, un peu d'herbe, et plus récemment d'un demi-gramme de cocaïne. Fin 2018, ça se corse : plaintes concernant des agressions à caractère sexuel, attouchements... C'est dommage, il me semble qu'il prépare une licence, il pourrait se construire un bel avenir, ce p'tit gars.

— Vous êtes en train de me dire que ma fille fréquente un délinquant sexuel ? s'étrangla Steiner en ouvrant la fenêtre de sa chambre d'hôtel.

— Attendez, Samuel, rien n'a jamais pu être prouvé. Le petit jeune s'en est sorti chaque fois, faute de témoignages convaincants. Votre Jordan n'a donc jamais été inquiété pour ces faits.

Une sorte de crépitement parcourut la ligne et Magnan ajouta :

— En revanche, le dénommé Scarface, Mounir Abdellaoui, c'est un autre gabarit. Il ne joue pas dans la même cour. Lui, il a plutôt tendance à verser dans la délinquance informatique...

— Un genre de hacker ?

— On peut dire ça. J'ai contacté quelques personnes à la direction centrale de la PJ, et ils m'ont orienté vers un spécialiste à la sous-direction de la lutte contre la cybercriminalité. Là, j'ai pu en savoir un peu plus sur votre lascar. Mounir a 21 ans, et il a déjà été condamné à une peine avec sursis après avoir été jugé dans une affaire de rançon informatique. Il avait tenté de forcer le POBI...

— Le quoi ? l'interrompit Steiner.

— C'est le portail bancaire Internet sécurisé du serveur de la Banque de France. Vous commencez à comprendre ? Abdellaoui est un virtuose du clavier, et ce n'est pas de piano que je parle. Une équipe travaille toujours sur lui, mais c'est un maestro, et les adresses IP qui lui sont attitrées ne sont que des couvertures, des écrans de fumée...

— Nom de Dieu ! J'arrive pas à croire que ma Rebecca traîne avec des types pareils. J'en ai froid dans le dos.

— Elle ne le sait peut-être pas. Ces deux-là me semblent être les rois de la dissimulation. Bon, je dois vous laisser, à présent, Samuel, mais au besoin n'hésitez pas à faire appel à mes services. J'ai le bras un peu plus long, maintenant.

Steiner acquiesça en émettant une sorte de grognement. Il hésita, puis, toujours tourmenté par l'affaire du tueur de Metz, demanda à l'ex-juge d'instruction :

— Magnan, vous avez des nouvelles, pour Cristiano Veloso ? Interpol n'a jamais tilté... À croire que ce type s'est désintégré, c'est pas croyable.

— Vous ne pensez pas que vous auriez été le premier informé si j'avais eu du nouveau à ce sujet ? Ce gars doit être à l'autre bout de la planète. Dans le pire des scénarios, il commet encore des atrocités en toute impunité. Dans le meilleur, il est mort ou en train de croupir dans une cellule au bout du monde. Steiner, ne vous laissez pas bouffer par ce vieux dossier, allez de l'avant, comme vous savez si bien le faire. Je suis conscient de l'épreuve que vous traversez, mais votre fille a besoin de vous. Continuez d'être le bon père que vous êtes, Steiner. Ne faites surtout pas comme le mien… Ne jugez pas, ne laissez jamais croire à votre enfant qu'il est coupable, que son comportement, ses choix ou ses sentiments ne sont pas dignes ou authentiques.

★

Les portes de l'ascenseur s'ouvrirent et Steiner se retrouva dans le parking souterrain de l'hôtel.

Tout en cherchant désespérément son véhicule de location parmi ceux garés dans leur case, il composa le numéro de téléphone du capitaine Moser, à la PJ de Metz.

Trois sonneries. Quatre.

— Putain ! Moser, réponds, nom de Dieu ! pesta-t-il en jouant avec sa télécommande de déverrouillage pour repérer sa voiture.

Cinquième sonnerie. Moser était un homme qui prenait le temps de vivre.

— Capitaine Moser, j'écoute ?

— Ah, enfin !

— Samuel ? Tout va bien ? T'es bientôt de retour ?

— Pas dans l'immédiat, Moser, j'ai encore quelques détails à régler à Nice. Comment ça se passe au service ?

— Bah, comme d'habitude, répondit Moser d'un ton détaché. On est toujours sur l'affaire de l'homicide du SDF, ça n'avance pas et…

Steiner s'éclaircit la voix pour interrompre son subalterne.

— OK. Moser, je vais te demander un petit coup de main, mais ça doit rester entre nous. Pas de procédure, pas de juge, pas de réquisition officielle…

— Quoi ? Qu'est-ce que tu veux faire, Sam ?

— Je vais te fournir deux noms, tu prends deux hommes du service et tu me montes une filature. Mounir Abdellaoui et Jordan Caplan. Abdellaoui est surnommé Scarface, il traîne un curriculum de cybercriminel, un genre de hacker qui a failli faire sauter la Banque de France. Quant à Caplan, il semble aimer les très jeunes filles. Plusieurs citations à comparaître, des plaintes pour attouchements sur mineur, mais jamais de condamnation.

— Ah ouais, quand même ! Quel âge, le bonhomme ?

— 19 ans. Le gamin est en fac, on lui donnerait le Bon Dieu sans confession, tu vois ce que je veux dire ?

— Quel est le rapport entre les deux ? demanda Moser en bâillant.

— Ils sont potes, et j'espère qu'ils ne sont pas en train de faire des conneries. Le pire, c'est que Caplan est le petit ami de Rebecca…

★

Juin 2019, Caussols
Bergerie La Louisiane

Après avoir retrouvé Raymond Sergianni à son hôtel, Steiner avait encapé la route de Grasse afin de rejoindre la commune de Caussols. Dans l'habitacle, la voix de Lou Reed se superposait au ronronnement du moteur et aux vibrations de la carrosserie.

Il avait préféré ne pas informer le commandant Zehnné de cette petite visite que son ami et lui s'apprêtaient à rendre à Nadine Morel. Steiner restait persuadé qu'elle avait des choses sur le cœur, mais que la présence de Zehnné l'empêchait de les déballer.

La route défilait dans l'arrière-pays niçois, tel un long ruban de tissu sombre que l'on aurait posé sur une île perdue. Le paysage se désertifiait à mesure que le véhicule franchissait les virages, laissant derrière lui des habitations, un mas, des traces de civilisation.

Steiner observa du coin de l'œil Sergianni qui s'assoupissait, bercé par la chaleur, le tangage du véhicule et probablement les médicaments mêlés aux deux verres de vodka qu'il s'était déjà enfilés depuis son réveil.

Comment était-ce possible ? Son complice, son ami de toujours, allait peut-être tirer sa révérence. Alors, il irait rejoindre Lise-Marie, et puis ils l'attendraient, jusqu'au jour où son heure à lui serait venue.

Steiner se gara devant le portail en fer forgé, puis coupa la radio. Sergianni émergea, les paupières lourdes. Le soleil piquant l'empêcha de les ouvrir totalement, et il demanda d'une voix caverneuse, avec une grimace :

— On y est ? C'est ici, l'antichambre du diable ?

— Je n'y ai jamais vu le diable, mais j'y ai vu des macchabées, ça c'est sûr ! répondit une voix rocailleuse de derrière le portail.

Steiner et Sergianni saluèrent Nadine Morel d'un signe, puis s'avancèrent.

— Je vous attendais. Vous êtes certain que ça va aller, le monsieur ? dit-elle en montrant Sergianni. Parce que quand vous êtes venu l'autre jour, vous avez vu la pente pour accéder à la propriété, hein ?

Sergianni agita une main en jetant un regard complice à son ami.

— Oh, pas de souci, madame, j'ai ma Porsche de compétition dans le coffre… Un fauteuil roulant flambant neuf, loué hier à Nice pour une poignée de dollars.

En soupirant de lassitude, Steiner s'empressa d'extraire le fauteuil du coffre et de le déplier. Il sua ensuite cinq bonnes minutes comme un âne à pousser son ami sur le chemin cailloutеux, avant d'arriver enfin au bout de ses peines : le sommet de la pente.

Essoufflé comme s'il avait lui-même poussé son propre fauteuil, Sergianni s'adressa à la bergère, qui ne semblait point souffrir de la déclivité :

— Je suis vraiment ravi de faire votre connaissance, madame Morel. Quand mon ami m'a dit que vous aviez vécu toutes ces choses, j'ai préféré l'accompagner, d'autant que son père était un grand ami du mien.

— Madame Morel ! s'esclaffa-t-elle. Appelez-moi Nadine, sinon je vous fais dévaler la pente, vous et votre fauteuil de compétition.

— Je ne préfère pas, Nadine, répondit Sergianni en riant.

Le trio parvint enfin à hauteur de la bergerie, juste devant le terrain baptisé « labour ». Comme la fois précédente, Steiner dut ployer un genou et reprendre son souffle. La tête lui tournait, et une sorte de nausée valsait dans les tréfonds de son estomac.

— Décidément ! Déjà, la dernière fois… Vous êtes sûr que tout va bien ? s'inquiéta Nadine.

— Oui… Oui, je… C'est étrange, c'est exactement à cet endroit que je ne me sens pas bien, comme l'autre jour.

— Bah, il faut vous mettre au sport ! En même temps, vous avez poussé un fauteuil avec un homme dedans, et la pente est raide.

— Fut une époque où je pratiquais le krav-maga, j'avais la caisse, mais…

— Le kraff quoi ? demanda Nadine.

— C'est votre bergerie ? Elle est immense…, interrompit Sergianni pour passer à autre chose.

Nadine les conduisit dans son jardin-cuisine et, d'un geste, indiqua à Steiner le vieux canapé en osier. Comme lors de la précédente visite du flic messin, elle revint avec des bières fraîches, ainsi qu'une coupe de champagne pour elle.

— C'est très agréable, cet endroit, mentit Sergianni en retenant son envie de vomir.

L'odeur de pourriture végétale était plus forte que la première fois, toujours mêlée à une émanation tenace de friture et de fuel que faisait tournoyer un léger souffle d'air. À cela venaient s'ajouter des effluves de fumier et d'excréments en décomposition.

Partout dans la véranda, les plantes grasses, gigantesques, donnaient une fausse impression de quiétude. Il se dégageait du lieu une étrange vibration, une force qui semblait graviter tout autour d'eux.

— Nadine, on va pas se mentir, commença Steiner. Si j'ai demandé à vous revoir, c'est que j'ai senti que la présence du commandant Zehnné vous avait un peu gênée, j' me trompe ?

— C'est pas faux. Mais, vous savez, j'ai beaucoup réfléchi : je ne peux pas tout dévoiler, il y a des choses qui doivent rester enfouies, enterrées, c'est comme ça... Ce con d'Auban pourrait bien ressortir d'ici quelque temps si l'acquittement est prononcé lors de son prochain procès en appel. Et j'ai pas envie qu'il me fasse la peau...

Steiner insista d'une voix très douce, maîtrisée :

— Nadine, je ne veux pas mettre mon nez dans les crimes ou toutes autres saloperies qu'Auban aurait pu perpétrer. Je veux juste que vous dévoiliez ce qui s'est passé le soir du massacre et, surtout, savoir si mon père était présent.

Nadine soupira en remuant la tête. Elle avala une gorgée de champagne, puis elle s'assit sur le fauteuil en osier. Une serviette en coton noir avait été jetée sur le dossier.

— Vous voyez ce siège sur lequel je pose mon arrière-train ? fit-elle en le désignant de l'index. C'est celui sur lequel est resté prostré le Corse une grande partie de cette putain de nuit. J'ai mis du temps avant de pouvoir y flanquer de nouveau mes fesses. Pour le reste, c'est pareil. J'ai mis un temps fou à accepter, à avaler toute cette merde, alors j'ai pas envie de régurgiter ce bazar si c'est pour finir malade comme un chien ou, pire, me faire plomber... J'avais tout raconté au collègue de Zehnné à l'époque, le capitaine Mathy, mais il ne m'avait pas semblé convaincu par mon récit, et ça aussi c'est décevant. Par la suite, les juges sont allés jusqu'à lui demander de s'occuper de moi, pour qu'il ne m'arrive rien de fâcheux. Mathy voulait que je quitte la Louisiane, il voulait me faire protéger, mais je n'ai jamais voulu partir. Il y a mes bêtes, ici, je m'occupe toujours des brebis, et je crois même que ce sont elles qui m'ont évité de sombrer. Je vis avec mes démons et mes petits anges, c'est comme ça. Et peut-être qu'un jour j'arriverai à écraser toute cette saloperie...

Sergianni s'avança avec son fauteuil. Il s'arrêta près de Nadine.

— C'est pour cette raison que je suis ici, Nadine, je peux vous aider à vaincre ces démons.

Elle dévisagea le psy en se demandant ce qu'un homme de si petite taille pouvait bien lui apporter, en quoi il pouvait l'aider.

Steiner revint sur la terrible nuit.

— Vous nous avez parlé du Corse et du Maghrébin, vous nous avez expliqué qu'ils se sont fait tuer tous les deux. Mais vous nous avez aussi dit qu'Auban avait un complice, ce soir-là, et que c'est lui qui aurait descendu le Corse d'une charge de chevrotines. Ensuite, aidé d'Auban, il aurait brûlé le corps sur la propriété, c'est exact ?

— C'est tout à fait ça. Auban a d'abord buté le Maghrébin, il l'a ensuite pendu au crochet et l'a dépecé. Et le Corse, c'est son complice qui l'a purgé.

— Et c'était qui, Nadine ? demanda soudain Steiner d'un ton agressif.

— Oh ! J'vous ai déjà dit que cette affaire est vieille, j'ai plus la mémoire d'un ordinateur, vous croyez quoi ?

— Et cet homme, celui qui est arrivé avec sa voiture en fin de soirée, c'était qui ?

— Nadine, lâchez-vous. Si vous savez quelque chose, si le nom de ces deux types vous revient, vous pouvez parler. Cela vous fera du bien... Vous pourrez alors ôter cette serviette noire qui se trouve sur le dossier de ce siège, intervint Sergianni.

Nadine avala d'un trait le fond de sa coupe, puis observa les deux hommes. On pouvait entendre ronronner le climatiseur et on percevait le son de la garrigue, plus bas, non loin du « labour ».

— C'est facile pour vous, répondit-elle enfin, le regard plongé dans celui de Sergianni.

— J'ai juste besoin de savoir, Nadine, vous comprenez ? supplia Steiner. Auban a certainement dû vous parler de ce type, non ? Joseph Steiner, vous n'avez jamais entendu ce nom ?

— Vous savez, ça a été dur d'accepter le meurtre de mon meilleur pote. Francisco représentait beaucoup à mes yeux, plus qu'un frère. Et puis ce connard a aussi flingué son ex-beau-frère... Tous ces souvenirs, pour moi, c'est dur... Et il y en a tellement d'autres. J'ai fini par accepter de passer un accord avec lui, sinon je ne serais pas là à discuter avec vous.

— Un accord ? Quel genre ? demanda Sergianni.

— Ma vie était menacée, elle a toujours été menacée quand j'étais au côté d'Auban. Alors, je lui ai fait la promesse de ne jamais rien dévoiler, vous comprenez ? Il fallait que je me protège, et aussi ma mère, mon frère et ma sœur. J'ai gardé le silence uniquement pour pouvoir rester en vie.

Il savait que je ne parlerais pas, il me disait que je finirais à l'asile. Il me disait qu'il me décapiterait si j'ouvrais ma gueule, et qu'il ferait la même chose aux membres de ma famille, qu'il leur boufferait le foie, le cœur et la cervelle.

Sergianni et Steiner échangèrent un coup d'œil, stupéfaits.

— Voilà pourquoi j'ai passé ce putain de contrat avec le diable, le pacte du silence. Alors, je suis désolée, mais… je ne peux pas vous en dire plus. Il faudra attendre l'issue du procès en appel.

Le regard de Nadine se fit noir, brillant. Elle dut serrer les mâchoires très fort pour ne pas se laisser aller aux larmes.

Quelques instants plus tard, alors que Steiner et Sergianni redescendaient le chemin caillouteux, Nadine les interpella en faisant de grands gestes derrière eux.

Steiner attendit qu'elle les rejoigne. Essoufflée, elle commença par s'adresser à lui :

— Et vous, commandant, comment vous auriez réagi, hein ?

— C'est-à-dire ? Je ne comprends pas.

— Si votre famille avait été menacée de mort, vous auriez fait quoi ? Vous auriez passé sous silence les crimes d'un tueur pour protéger les vôtres, ou vous seriez allé trouver les flics pour tout déballer ?

Steiner hésita longuement. Les images de Rebecca et de Lise-Marie enlevées par le tueur de Metz affluèrent dans son esprit. Il aurait fait n'importe quoi pour les tirer d'affaire si ce malade le lui avait demandé.

— J'aurais évidemment gardé le silence, Nadine. Oui, c'est certain.

Elle hésita à son tour, puis s'approcha du flic en baissant les yeux. Elle souffla alors à son oreille :

— Je me souviens bien d'un type qui devait partir aux États-Unis. Il était présent la nuit du drame, et il était censé décoller le lendemain, il avait un vol pour 9 heures. Je ne sais pas ce qui s'est passé avec lui cette nuit-là, moi, je m'étais réfugiée dans la maison. Quant au type à la bagnole, je ne l'ai jamais vu. Voilà... Et maintenant que j'ai brisé ce putain de pacte du silence, évitez de repasser me voir. La garrigue a des oreilles, et je vais beaucoup moins bien dormir, maintenant.

Sergianni prit la main de Nadine dans la sienne.

— À présent, essayez de retirer cette serviette noire qui recouvre votre siège, et vous verrez, vous dormirez beaucoup mieux. Et puis, si vous avez encore des choses à dire, appelez-moi.

Le regard dans le vague, elle acquiesça de la tête en s'emparant machinalement de la carte que lui tendait Sergianni, puis elle raccompagna les deux hommes jusqu'au portail.

Lorsqu'ils furent partis, elle sentit soudain un poids s'envoler, comme si son souffle se faisait plus léger et que sa poitrine se décontractait.

Le parfum de la mort flottait toujours sur la propriété, la présence d'Auban hantait encore les lieux, mais Nadine était parvenue à briser le pacte qui la liait au mal.

II

« CON TE PARTIRÒ »

16

La poupée gothique

Juillet 2019, Nice
Quartier de l'Ariane

— SI J'AI ACCEPTÉ DE VOUS EMBARQUER sur cette scène de crime, c'est uniquement pour ne pas que vous restiez seul, lança Zehnné à Steiner, un sourire en coin.

Il gara la voiture près d'un cordon de sécurité surveillé par une poignée d'agents, puis ils descendirent en observant l'attroupement de badauds à proximité de la zone. Plus loin, au beau milieu de la décharge, près d'un énorme tas d'immondices, un groupe d'hommes s'activait. Devant l'entrée, les fourgons des pompiers et les véhicules de police stationnaient, gyrophares en mode intervention.

Steiner marmonna en refermant sa portière et rejoignit Zehnné :

— Vous avez aussi probablement accepté de m'embarquer parce que vous pensez que cela pourrait être lié à l'affaire de mon père. J' me trompe ?

— Écoutez, je n'ai aucune certitude pour le moment. Tout ce que je sais, c'est qu'il s'agit d'un double homicide. Deux gamins, dont un très jeune, apparemment. Sûrement des membres du K11.43. Quant à l'identification, je pense que ça va être coton…

— Pourquoi ça ? s'étonna Steiner.

— Décapités, les deux. Et on leur a coupé les mains.

— Merde…

À l'entrée de la décharge, ils présentèrent leur carte et leur plaque, puis avancèrent jusqu'au groupe massé près des corps.

Zehnné serra quelques mains et se retrouva face au procureur de la République, qui plaquait un mouchoir sur son nez.

— Commandant Zehnné. Évidemment, la PJ a été saisie. Vu la gravité des faits et les éléments que m'ont immédiatement fournis vos enquêteurs, je me suis déplacé. Décapitations, tortures, on se croirait dans un film de Scorsese… Tout semble indiquer qu'il s'agit d'un règlement de comptes. Et il va falloir déterminer si ce double homicide est lié à celui de Cerdan. À vous de calmer le jeu, Zehnné : le maire a fait remonter au préfet, les touristes ont peur, tout le monde ne parle plus que de l'affaire Cerdan au parquet. Je peux compter sur vous ?

— La question ne se pose même pas, monsieur le procureur. Je file rejoindre mes hommes, jeta Zehnné, nerveux, en désignant les techniciens de la police scientifique.

— Attendez, vous ne m'avez pas présenté, intervint le magistrat en lançant un coup d'œil interrogateur en direction de Steiner.

— Ah oui, pardon, je ne sais pas où j'ai la tête. Voici le commandant Steiner, de la PJ de Metz.

Le procureur examina Zehnné d'un air froid, le sourcil relevé, la bouche ouverte, laissant glisser son regard sur Steiner afin de bien faire comprendre qu'il espérait des explications claires.

— Le meurtre de Cerdan pourrait être lié à la disparition du père du commandant Steiner, survenue il y a une vingtaine d'années, précisa Zehnné. Mais tout est dans mon rapport. Les éléments que nous avons retrouvés sont mentionnés, le passeport au nom de Joseph Steiner, la bague, etc. Il pourrait également y avoir un lien avec un massacre qui aurait eu lieu, voilà quelques années, dans l'ancienne bergerie de Jean-Michel Auban.

— Ah, d'accord ! C'est donc le fameux Steiner qui apparaît sur les documents, termina le magistrat, visiblement plus détendu.

Il serra vigoureusement la main du flic messin.

— Bonjour, commandant, je suis Michel Millet, procureur de la République. Je vous souhaite du courage, et je ne doute pas que nous démêlerons le vrai du faux dans cette histoire. J'ai une grande confiance dans la personne et les qualités du commandant Zehnné. Nous avons ici, à Nice, une PJ solide et efficace. Commandant Zehnné, je vous attends dans mon bureau, au palais, disons en fin de journée. Cela vous convient-il ?

— J'y serai, monsieur le procureur, répondit Zehnné en regardant s'éloigner le magistrat.

Les deux flics firent quelques pas et découvrirent les deux victimes. Les corps avaient été déposés l'un contre l'autre, nus, la peau lacérée, probablement à l'aide d'un cutter. Le nombre XIV avait été gravé sur leur pectoral droit en chiffres romains. Les cadavres étaient livides, vidés de leur sang. L'odeur des ordures tout autour était nauséabonde, et ce décor de fin du monde bâti sur les déchets de l'homme accentuait le sentiment d'impuissance et de rage qui submergeait Steiner. Cette scène surréaliste semblait tirée du film *L'Enfer des zombies*, de Lucio Fulci.

— Qu'est-ce que c'est que ce truc ? demanda Steiner en masquant son nez à l'aide du dos de sa main. Ce « XIV » sur leur poitrine, ça correspond à quoi ?

— Regardez les poignets et les chevilles, et la base du cou aussi, juste sous la ligne de décapitation, dit Zehnné.

Alors que Steiner s'approchait du cadavre, une voix s'éleva dans leur dos, plus bas sur le tas d'immondices.

Peinant dans la pente, le médecin légiste les rejoignit en s'époumonant, probablement épuisé par son embonpoint.

— Hey, Zehnné ! Ne touchez à rien pour le moment, ils viennent faire les photos. Moi, j'ai déjà les miennes, mais c'est pour la PTS. J'ai vu que t'avais remarqué... Les marques... Poignets, chevilles et tout l'bordel.

— Et à la base du cou, sous la ligne de décapitation, qu'est-ce que c'est ?

Le légiste dévisagea Steiner d'un œil de poisson mort, puis s'expliqua :

— Ces deux-là ont sûrement été torturés juste avant de perdre la tête. Ils ont été attachés, et les dermabrasions prouvent qu'ils ont essayé de forcer sur leurs entraves. Les pieds, c'est un lien assez large. En ce qui concerne les mains, je pencherais pour une paire de menottes. Quant au cou, il s'agit apparemment du même lien que celui des chevilles.

— En gros, c'est une exécution qui a pris du temps, c'est bien ça ?

— Sans aucun doute. Et on peut imaginer que l'une des deux victimes a vu mourir l'autre. Sûrement les racailles du K11.43, souffla le médecin.

— Impossible. Ça ne peut pas être eux...

Steiner s'invita dans la conversation :

— Qu'est-ce qui vous fait dire ça, Zehnné ?

— Ils n'ont jamais fait ça, jamais ils n'ont gravé quoi que ce soit sur les corps, comme dans ces films de tueurs en série à la con.

Plus loin, les tractopelles à l'œuvre sur les tas d'ordures, le bruit des sacs remplis de merde crevant sous l'effet des gaz, l'effluve pestilentiel qui s'en échappait, les matières qui craquaient, explosaient, et toujours, toujours, ces relents fétides exacerbés par le soleil et la chaleur de ce début juillet...

— C'est peut-être qu'ils veulent faire passer un message fort, cette fois-ci, lâcha Steiner en jetant un dernier coup d'œil aux cadavres.

Le légiste et Zehnné s'observèrent un bref instant, surpris qu'une hypothèse aussi logique vienne d'un type qui ne connaissait pas les K11.43.

Deux agents de la police technique et scientifique firent signe au trio de bien vouloir s'écarter, puis ils commencèrent à photographier les corps et l'environnement.

— C'est ça, Steiner, c'est sûrement ça ! Mais pourquoi, bon sang ? À quoi ça correspond, ce XIV ?

— Tout ce qui se passe aujourd'hui, ici, à Nice, tout ça est forcément lié à mon père...

— On n'en sait encore rien. Pour le passeport et la bague, je vous l'ai déjà dit, votre père s'est fait braquer et Cerdan était receleur, donc...

Steiner agita sa main devant lui pour interrompre le flic :

— Stop ! On ne va pas se mentir, OK ? Voilà, je... je suis allé voir Nadine Morel avec mon ami psy, et...

— Vous avez fait quoi ? hurla Zehnné.

— Vous avez très bien entendu. Elle savait des tas de choses qu'elle n'avait pas voulu déballer devant vous. Elle m'a révélé que votre collègue de l'époque ne l'avait pas crue, le capitaine Mathy, il me semble... Et elle a du mal à se confier aux flics du coin.

— Nom de Dieu ! Vous êtes complètement givré ou quoi, Steiner ? Vous savez que si ça s'apprend, ça va être la merde ? Son témoignage ne sera pas recevable, vous êtes hors procédure, bordel !

— Elle m'a avoué que mon père était présent le soir du massacre et qu'il a connu Auban. En revanche, elle ignore pourquoi il était là et quel était son rôle auprès d'Auban.

— Que dit votre psy à propos de Nadine ? Elle pourrait avoir tout inventé... Vous y avez songé ? objecta Zehnné d'un ton plus posé.

— Il va me faire un rapport, il est dessus. Écoutez, Zehnné, je veux travailler avec vous officiellement sur cette affaire. C'est de mon père qu'il s'agit.

Silencieux, Zehnné abandonna les cadavres et entreprit la descente du monticule. Steiner dévala la pente à son tour, se hâtant de rejoindre le flic niçois.

— Oh ! Je vous ai parlé, Zehnné ! Alors ?

— C'est hors de question. Rentrez chez vous, bon sang ! On va s'occuper de savoir ce qui est arrivé à votre père, je vous le promets. Retournez à Metz, votre gamine a besoin de vous, Steiner. Sa maman doit lui manquer terriblement... et son papa aussi.

★

Juillet 2019, Metz
Domicile de Grégory Klein

— Ah, ça y est, tu viens chercher tes affaires, tu boudes ? Tu vas dormir sur la péniche de papa ? s'enquit Grégory en regardant Rebecca qui s'activait.

La jeune fille serra les mâchoires et fronça les sourcils pour toute réponse. Sur son lit, une valise à roulettes noire dans laquelle elle tentait de bourrer un maximum de vêtements.

— Ça va, Rébé, arrête ! Tu peux rester, tu peux même t'enfermer dans ta chambre si tu veux, et on essaiera de ne pas se croiser dans l'appartement. Ton père ne devrait pas tarder à rentrer, et je n'aime pas te savoir seule sur cette péniche, là-bas, sur le quai du canal de Jouy.

— Lâche-moi, Ducon ! Je vais me poser au calme. J'ai plus envie de te voir ! répliqua-t-elle en lui lançant un coup d'œil furibard.

Grégory grimpa quatre à quatre les marches qui conduisaient à la mezzanine, là où Rebecca avait établi sa chambre.

— Hey ! Je ne suis pas ton chien, Rebecca. Si tu veux partir, je ne m'y oppose pas. Sauf que je te surveillerai. Je ne veux plus que tu voies ce Jordan, il est toxique, dangereux pour toi…

— Putain, tu fais chier, Greg ! Et Jordan, tu le laisses tranquille ! C'est mon mec, merde ! hurla-t-elle en jetant une pile de linge dans l'escalier.

— Écoute, je vais être franc avec toi. J'ai été alerté au sujet de ton petit copain. Le capitaine Moser, le collègue qui travaille avec ton père, m'a mis en garde.

— Et qu'est-ce qu'il veut, ce trou du cul ?

— Rebecca, surveille ton langage… Jordan aurait été impliqué dans des histoires d'attouchements ou d'attentat à la pudeur, alors je refuse que tu traînes avec lui !

Rebecca observa le journaliste, puis elle ricana niaisement.

— Tu deviens con ou quoi ? Je te répète que t'es pas mon père, bon sang ! Et puis c'est quoi, ces conneries d'attouchements ? Je rêve, ma parole…

Elle arracha sa valise du lit, poussa violemment Grégory, puis déposa son bagage sur le palier, au sommet de l'escalier.

— Pour le moment, Sam n'est pas là. Et j'ai pas envie qu'il t'arrive quelque chose. Il m'étriperait, tu n'as pas idée. De toute façon, t'as raison, il n'est jamais là quand t'as besoin de lui, ça a toujours été son défaut.

— Fais attention à ce que tu dis sur mon père !

— Tout le contraire de ta mère. Elle, elle était plutôt laxiste avec toi. Je pense que c'est la maladie qui altérait son jugement, cela la rendait parfois inapte à prendre les bonnes décisions…

La jeune fille explosa, une terrifiante expression sur le visage :

— Putain ! T'es qu'un connard, Greg ! Comment tu parles de maman ? Comment tu oses ? Elle est morte, putain !

Grégory tenta de poser une main sur l'épaule de sa belle-fille, mais celle-ci l'esquiva et lui cracha au visage.

— Fils de pute ! Pauv' type !

N'ayant pas les mots pour répliquer, se laissant submerger par une vague de colère, et aussi pour se prouver à lui-même qu'il avait toujours le contrôle, Grégory commit l'irréparable : il gifla Rebecca.

La puissance de la gifle la fit reculer, et elle perdit l'équilibre.

Elle buta contre la valise et dévala l'escalier, percutant le garde-corps pour terminer sa course tout en bas, sur le carrelage du grand salon.

Tétanisé, Grégory eut du mal à réagir. Il observa un bref instant la jeune fille allongée au sol, le visage recouvert par ses longs cheveux noirs. Elle avait tout de ces poupées gothiques mi-humaines, mi-sorcières qu'elle adorait quand elle était enfant et dont elle avait couvert les étagères de sa chambre. On aurait dit l'une d'elles, jetée à terre, désarticulée. Grégory attendait que Rebecca se relève, qu'elle l'insulte, le maudisse, lui crache de nouveau dessus. Mais elle ne bougeait plus ; la poupée gothique restait inanimée.

Toujours en haut de l'escalier, il distingua une tache de sang qui grandissait près de la tête de sa belle-fille.

Pris de panique, son cœur loupa un battement et il dévala les marches. Il s'agenouilla près de Rebecca, en larmes, désemparé. Il lui tapota les joues, l'appelant sans discontinuer, priant pour qu'elle revienne à elle.

De sa main ensanglantée, il s'empara de son portable et composa le numéro des urgences.

— Urgences médicales, j'écoute ?

— Venez ! Venez vite, je vous en prie !

— Calmez-vous, monsieur, dites-nous ce qui se passe, lentement.

— Je l'ai tuée ! Je l'ai tuée ! Par pitié, venez vite, j'ai tué ma belle-fille !

17

Morpheus

Juillet 2019, Castellane
Centre pénitentiaire

Tout en déambulant dans la cour de promenade, Auban raccrocha et rangea discrètement le téléphone portable au fond de sa poche. Même si son utilisation restait strictement interdite, Auban passait ses communications au nez et à la barbe des surveillants. En détention, tout fonctionnait comme dans n'importe quelle société organisée, tout se monnayait, le moindre service, le plus petit objet. L'argent permettait de déverrouiller quelques portes.

Et Auban protégeait les intérêts d'une poignée de matons.

Après avoir jeté un discret coup d'œil autour de lui, il s'approcha d'un grand Black qui fumait une cigarette. D'une carrure impressionnante, celui-ci avait le crâne rasé et recouvert en totalité par des tatouages maoris. Son visage était également noirci d'arabesques et de symboles polynésiens, et une cicatrice fendait son arcade sourcilière. Quant à sa main droite, elle ne comportait plus que le pouce. C'était là le vilain souvenir que lui avait laissé une seconde d'inattention à l'atelier menuiserie.

Auban restitua le téléphone au tatoué, puis il prit place à son côté en marmonnant :

— Il faut que tu revoies tes tarifs de location de portable, Morpheus, t'es trop cher.

— Tu peux contacter tous tes potes, estime-toi heureux, c'est bien, non ? Et mes tarifs, je les baisserai quand je serai mort, sinon je m'appelle plus Morpheus.

— Faudrait que t'arrêtes avec ce nom à la con, on n'est pas dans *Matrix*. Et pour tes tarifs, tu vas les baisser, tu m'entends ? N'oublie pas qui se trouve devant toi. J'ai une armée à l'extérieur, alors ne cherche plus à m'entuber, Morpheus de mes deux, on est bien d'accord ?

Le grand Black écrasa son mégot contre le muret sur lequel ils étaient tous deux assis, puis il rétorqua :

— Je porte ce nom parce qu'il fait flipper tous ces connards, crois-moi. Ils ne me respecteraient pas autant si je les laissais m'appeler Youcef… Bon, et sinon, on devait parler de Carlos, c'est bien ce que tu m'as dit ce matin, non ?

— Ça devient inquiétant. Carlos a pris des risques et des décisions sans nous consulter, il a cru qu'il dirigeait tout ce putain de merdier !

— Et le grand patron, il en pense quoi ?

— J'attends des consignes plus détaillées, mais il m'a déjà donné le feu vert pour rétablir l'ordre. Avec les conneries de Carlos, les flics pourraient bien remonter jusqu'au patron. Et là, on est tous morts…

Ils interrompirent un instant leur conversation et observèrent deux détenus qui se chicanaient, plus loin, au fond de la cour. L'un d'eux aligna une droite à son adversaire, qui s'écroula au sol. Le type lui fit les poches et le dépouilla de son paquet de cigarettes.

Morpheus se leva, mais Auban le retint par le poignet.

— Rassieds-toi ! Rien à foutre de ces parasites, ils se bouffent la gueule pour des clopes, tandis que nous, on gère des affaires. En fait, ce qui me gêne, ce n'est pas tant que ces merdeux du K11.43 aient salopé le barbecue, non. Ce qui me rend dingue, c'est que ce bouffon de Carlos ait pu prendre la décision de les punir. Et encore, s'il avait fait du bon boulot ! Ce connard de Gitan est allé larguer les corps à la décharge plutôt que de les cramer ou de les couler au milieu de la baie. Oui, il leur a tranché la tête et les mains, mais ce n'est pas le pire, écoute bien ! Cette fausse couche de Gipsy a scarifié les corps ! Il s'est pris pour John Doe dans *Seven*...

— John Dou ? C'est qui ? demanda Morpheus, ahuri.

— Laisse tomber. Il a gravé le chiffre du patron sur le torse des gamins ! Tu te rends compte ?

— Quoi ? Le XIV ?

— Oui, le XIV, putain ! Je viens d'avoir la confirmation par téléphone. Il a voulu rendre son truc mystique, du genre pour faire peur... Ou alors, c'est pour faire tomber le boss et s'asseoir sur son siège. Mais s'il fait ça, il va mettre tout le monde dedans. Il faut dégager cette sous-merde, tu m'entends ? On n'a pas besoin d'un illuminé dans son style. On trouvera bien quelqu'un pour gérer notre petite armée. Le K11.43, c'est l'orphelinat des petites frappes perdues de Nice, et, comme dans toutes les sociétés de misère, un chef sommeille en elles pour mener le peuple à la guerre, termina-t-il avec un rire gras.

— Qu'est-ce que tu suggères, toi, Jean-Michel ? Moi, je fais du bizness de portables et de clopes, alors ne viens pas me demander de refroidir quelqu'un.

Auban secoua la tête. Il alluma une cigarette, posa sa main sur l'épaule du colosse, puis lui annonça :

— Je trouverai sans problème au sein des K11 des petites mains capables de le faire. Je me charge de mettre un contrat sur la tête de Carlos. Mais toi, de ton côté…

Morpheus buvait les paroles d'Auban, un nœud au ventre, à la fois terrorisé par la tâche que celui-ci allait lui confier et fier d'entrer dans son cercle de confiance.

— Comme tu sors dans deux jours, je veux que tu prennes la place du Gitan. Tu vas diriger nos petits soldats. C'est bon pour toi ?

Une sonnerie retentit soudain aux quatre coins de la cour de promenade. Une file d'hommes se forma et commença à regagner l'intérieur du centre.

— Bien sûr que j'en suis, Jean-Michel. Mais… tu te fous pas de moi ?

— Je ne plaisante jamais en affaires.

Ils s'empressèrent de rejoindre la file, côte à côte. Tirant une ultime bouffée sur sa cigarette, Auban ajouta :

— Une dernière chose, Morpheus…

— Je t'écoute.

— Pour Carlos, je te l'ai dit, on va s'en charger. Par contre, je veux que tu me retrouves cette salope de Viviane.

— La sœur de Cerdan ?

— On a récupéré chez elle des documents qui pourraient me compromettre. Mais pas seulement moi : ça pourrait foutre le grand patron dans une merde noire. Viviane connaît son identité, elle pourrait péter les plombs et tout déballer. Alors, dès que tu es dehors, tu montes une équipe et tu me la serres. On avisera ensuite.

Ils se séparèrent un court instant. Chacun passa sous le portique de détection, puis ils empruntèrent le couloir qui menait aux ateliers. Morpheus sourit alors et demanda à Auban :

— Et une fois que je l'ai serrée, la connasse, je fais quoi ?

— Tu l'amènes à bord du *Nebuchadnezzar*, tu invites Neo et vous faites une tournante ! répondit Auban en éclatant de rire.

— Ah ah ah, très drôle. J' suis sérieux, Jean-Michel.

— Et moi, je te fais une réponse qui l'est tout autant : tu auras des consignes en temps et en heure, Morpheus. Mais, pour le moment, on est dans la matrice, et ses murs ont des oreilles…

Des portes claquèrent de chaque côté du long couloir et, un à un, les détenus rejoignirent leurs ateliers respectifs.

Auban venait de lancer les dés. Ses pions allaient se positionner.

18

Zone de turbulences

Juillet 2019, Metz
Centre-ville, parc de l'Esplanade

— PUTAIN, c'est la merde, Scarface ! C'est vraiment la merde ! Ce con de journaliste m'a fait flipper, il a failli me laisser sur le carreau. Je sais pas ce qui lui a pris…

— Qu'est-ce que tu baves, toi ? demanda le jeune type qui venait d'arriver à vélo.

— Je suis allé sur la péniche pour voir Rebecca, et je suis tombé sur son beau-père. Il était là-bas pour récupérer des fringues de Rébé et… et il m'a agressé. Il m'a jeté sur le quai en menaçant de me foutre à l'eau, en me disant que tout ce qui était arrivé était de ma faute, parce que j'avais une mauvaise influence sur sa belle-fille…

— Et c'est quoi, ce qui est arrivé, hein ? s'impatienta Scarface.

Les larmes aux yeux, Jay répondit avec la voix d'un ado qui muait :

— Rebecca est dans le coma. Elle a eu un accident ! Du genre brutal, tu vois ? C'est une putain d'histoire de malade, Mounir ! Elle est tombée dans l'escalier, chez lui, pendant qu'elle préparait ses bagages. Elle a glissé, et son crâne a heurté le carrelage au bas des marches. C'est ce que ce connard m'a raconté.

— Je n'y crois pas une minute, Jay ! Ce bouffon t'a monté un pipeau pour que tu t'éloignes de Rebecca. Il y a un truc qui sonne faux, là-dedans. Moi, je crois plutôt que ta petite chérie a tout lâché au journaleux. Et là, ça devient chaud pour notre petit cul…

— Il faut tout arrêter, Scarface, c'est mort.

— Ou alors… ou alors ce baltringue l'a butée. Il l'aurait fumée pour le fric, sachant qu'elle bossait pour nous, continua Scarface, sourd à ce que venait de dire son camarade.

Tout autour d'eux, les touristes et les Messins déambulaient dans le parc de l'Esplanade, gosses et poussettes en renfort. Le soleil inondait les allées, percutait les façades et les bas-reliefs du palais de justice, qui se dressait à l'extrémité du parc. Le jaune d'or de la pierre de Jaumont reflétait davantage encore la lumière estivale qui caressait les lieux.

Entre deux cris d'enfant et les bruits des jets d'eau que crachaient les fontaines, Jay s'adressa de nouveau à Scarface :

— Et tu sais, quand je vois ce putain de tribunal, je me dis que, quand on rentre là-dedans, c'est que des choses sont en train de changer dans ta vie, mec… C'est jamais bon, tu vois ? Tu peux te prendre un rappel à l'ordre comme tu peux te prendre perpète… Me dire que Heaulme est passé dans ce bâtiment, ça me fait grave flipper…

— Hé, attends, frère ! On n'est pas des tueurs en série, nous, OK ? Il va rien se passer si on continue de rester discrets, on…

— Tu crois que j'ai pas capté qu'un bouffon de la police me file le train depuis hier, hein ? l'interrompit Jay, indiquant d'un signe de tête un homme assis quelques bancs plus loin.

Le type en question faisait défiler des pages sur sa tablette, écouteurs ancrés au creux des oreilles.

— Je l'ai aussi vu ce matin quand je suis passé au bar À la Lune après mon agression. Il est entré juste après moi et il a commandé un café. Je suis sûr que c'est un keuf.

Scarface observa l'homme discrètement. Il détailla ses vêtements, son visage, ses mains. L'inconnu paraissait serein, absorbé par son activité.

— Tu sais quoi, Jay ? Tu deviens complètement parano. Et si tu te reprends pas, tu vas vraiment péter les plombs. T'es encore sous coke ou quoi ?

— Non, c'est pas de la paranoïa, c'est de la prudence. Mon flair m' dit que je suis filé, et peut-être même sur écoute.

— Arrête un peu…

Jay regarda Scarface droit dans les yeux.

— Tu comprends pas ? J' vais tout arrêter. Je refuse de me retrouver au placard pour détournement de mineur, exploitation illégale de site pornographique ou je ne sais quoi d'autre. Mon père va finir par me tuer. Sans compter que j'ai plus envie de bavasser devant les juges, de m'emmerder à leur expliquer l'inexplicable, que mes parents casquent pour des baveux hors de prix, pour finir par croupir à l'ombre pendant des mois ou des années. J'arrête, Mounir.

— T'es con ou quoi, frère ? Quel blaireau voudrait laisser tomber un bizness qui a déjà rapporté plus de 2 000 euros en trois jours ?

— T'es sourd ? On arrête tout ce merdier. Rebecca est dans le coma, c'est indécent, sordide, même, de continuer à exploiter ses vidéos. C'est putain de glauque…

— Tu te fous de ma gueule ? Il y a longtemps que t'as dépassé toutes les limites de la décence, toi…

Jordan se leva en marmonnant entre ses dents. Il ralluma le pétard d'herbe qui s'était éteint entre ses doigts, puis il rétorqua en avançant son visage tout près de celui de Scarface :

— Tu vas retirer toutes les vidéos dans lesquelles apparaît Rebecca et tu me sors du projet. J'arrête, j' te dis ! C'est fini. Tu devrais m'écouter, j' te répète que ça pue le flic en ce moment.

Scarface se laissa aller à un ricanement.

— Si tu veux arrêter, pas de blème, Jay. Mais moi, je continue, et les vidéos de Rebecca sont aussi ma propriété. Alors, viens pas me faire ta morale à deux balles, et laisse-moi bosser. Je te filerai un peu de blé pour ta participation et celle de Rebecca.

— J'en veux pas, putain ! Je veux que tu retires les films du site et que tu…

— Tu veux que je te dise ? On va faire encore mieux, répondit Scarface en soupirant.

— Non, j'en veux plus, de tes plans de merde.

Scarface le dévisagea d'un regard fourbe tout en farfouillant dans son dos, sous son T-shirt. D'un geste lent, il extirpa l'arme à feu dérobée sur la péniche de Steiner et posa discrètement la pointe du canon sur l'abdomen de Jordan.

— Écoute-moi bien, frère. Tu vas suivre mes instructions à la lettre, sinon je risque de me fâcher, tu captes ? Ce fils de pute de journaliste, on va le faire cracher, OK ? Puisque le père de Rebecca est pas là et que ce con est censé veiller sur elle, on va négocier avec lui. Tu vas lui demander 10 000 euros en cash, et s'il refuse, j' te jure que je diffuse les vidéos de ta meuf en train de se faire monter en l'air.

J'hésiterai pas à les transférer sur tous les réseaux sociaux. T'imagines, le cul de Rebecca sur Facebook, Insta et Snap ?

— T'es vraiment le pire des enculés ! Pourquoi tu me fais ça ?

Mounir laissa se dessiner sur ses lèvres une moue enfantine. Les sourcils froncés et le regard noir, il répondit :

— Pour une seule et unique raison, frère, pour la raison du plus fort, pour ce qui fait bander les mecs, pour ce qui fait mouiller les meufs, pour ce qui fait plier le monde : le fric ! La thune ! Alors, réfléchis bien. J'ai pas envie de te plomber, mais s'il le faut, j' le ferai, et j' coulerai ton corps au fond de la Moselle, tu peux me faire confiance.

★

Le ressac couvrait la voix des quelques personnes présentes sur la plage. À perte de vue, le sable s'étendait en une interminable langue d'ivoire léchée par l'écume mourante. Les couleurs du ciel, de la mer et de la plage communiaient, comme dans une aquarelle d'Alexandre Jean-Baptiste Brun.

Près d'un amas rocheux, un homme était allongé sur une serviette, plongé dans un sommeil profond. Son corps était hâlé, musclé, sans défauts. Le plus curieux était son visage, qui paraissait comme effacé d'un coup de gomme. Les yeux, le nez, la bouche, tout semblait avoir été estompé.

Juste à côté, un filet tendu entre deux poteaux métalliques départageait un terrain de volley. Deux équipes de deux personnes allaient s'affronter. Tout le monde souriait, heureux, le visage ambré, la peau bronzée par le soleil d'été. Samuel Steiner serra Rebecca contre lui, l'embrassa, puis il fit un signe à l'équipe adverse, qui envoya le ballon dans les airs, marquant ainsi le début de la partie de beach-volley.

Les deux autres joueurs se voulaient redoutables. Joseph Steiner et Jean-Michel Auban faisaient rouler leurs biceps, tentant de déstabiliser leurs adversaires à grands coups de blagues salaces. Rebecca riait de bon cœur, pendant que le ballon claquait sous les paumes.

Après quelques minutes, Samuel Steiner décela certains détails qui ne collaient pas, quelque chose d'inhabituel... Par-delà l'écran de poussière en suspension, ce qu'il vit le terrifia : alors que Joseph Steiner frappait la balle au-dessus du filet, son bras gauche se détacha, sans aucune effusion de sang. Joseph ne paraissait même pas se préoccuper de ce qui lui arrivait. Samuel voulut hurler, mais aucun son ne parvint à s'extraire de sa gorge. Puis vint le tour de Rebecca. Elle perdit un bras elle aussi, ainsi qu'un pied, qui se détacha mollement. Les deux bras d'Auban tombèrent ensuite au sol comme deux fruits trop mûrs et une partie de son visage se mit à fondre, dégoulinant lentement sur son thorax.

Samuel se précipita sur Rebecca, qui haletait, les yeux à demi clos. Il tenta de positionner la tête de sa fille en arrière, mais il constata qu'il n'avait plus de mains pour le faire. Affolé, il jeta un regard circulaire sur le terrain de volley et constata que son père pourrissait lentement sur le sable. Près de lui, Auban n'était plus qu'une forme liquide grisâtre et noire.

De nouveau, Steiner tenta d'appeler à l'aide, sans y parvenir. Il était terrassé par la douleur physique, démoli par la souffrance de voir disparaître sa famille. Avant de fermer les yeux et de se laisser mourir, il aperçut le type qui, jusqu'alors, était resté allongé sur sa serviette. Celui-ci venait de se lever en titubant. Il n'avait pas de visage, à peine quelques traits et des cicatrices boursouflées.

Il s'approcha du terrain de volley, ramassa à pleines brassées les restes de Rebecca et de Joseph Steiner, puis se rendit au bord de la route qui longeait la plage. Là, il jeta les fragments de cadavres au fond d'un trou qu'il avait creusé dans le sable, tout près d'un arbre.

Submergé par la rage, le chagrin et d'indescriptibles émotions, Samuel Steiner sentit que son cœur cessait de battre. Il perçut une vibration, un choc, un tremblement interminable, et, enfin, il parvint à hurler de toutes ses forces.

Quand il ouvrit les yeux, il constata qu'il se trouvait toujours sur son siège dans l'avion qui le ramenait à Metz. Près de lui, une vieille dame inquiète l'observait avec insistance. Elle lui indiqua de l'index les pictogrammes qui venaient de s'éclairer.

— Faut boucler sa ceinture, on traverse une zone de turbulences, qu'il a dit le commandant de bord, assura-t-elle d'une voix qui réconforta Steiner.

Le front luisant, le cœur encore en cavale, il attacha sa ceinture et ferma les paupières.

Voilà plusieurs jours qu'il traversait une zone de turbulences. Il tenait la barre tant bien que mal, combattant au creux de vagues titanesques pour éviter le pire des naufrages…

19

Délivrance

Juillet 2019, Caussols
Bergerie La Louisiane

LE TAXI S'IMMOBILISA sur le bas-côté et le chauffeur descendit. Il ouvrit le coffre et restitua à Sergianni son fauteuil roulant.

Nadine était venue l'accueillir au portail. Elle remercia le chauffeur et se chargea de pousser elle-même le fauteuil sur le chemin.

Elle n'avait pu résister au besoin de vider une nouvelle fois son sac. Le psychothérapeute lui avait permis de goûter à un échantillon de quiétude lors de sa récente visite, et Nadine avait rapidement compris qu'il lui fallait vomir les dernières ordures qui l'empoisonnaient depuis des années. C'est pour cette raison qu'elle s'était empressée d'appeler Sergianni et de lui accorder un nouvel entretien, en précisant toutefois qu'elle désirait le voir seul.

Installés dans le jardin-cuisine, ils se regardèrent silencieusement pendant une poignée de secondes, puis Sergianni prit la parole :

— Je suis vraiment ravi que vous ayez pris la bonne décision, Nadine. Vous verrez, ça va vous faire un bien fou.

— Bière ? Champagne ?

— Euh... vodka. Vous avez ça ?

— Il doit m'en rester un fond, je vais voir.

Nadine revint avec un plateau sur lequel reposaient un verre de vodka, une coupe de champagne et un ramequin d'olives vertes.

Sergianni ouvrit le feu :

— Nadine, je crois que vous avez fait un grand pas, l'autre fois. Vous avez ouvert votre cœur et votre esprit. Cela vous a fait du bien, j'en veux pour preuve le dossier du siège sur laquelle vous venez de vous asseoir. Vous avez retiré la serviette noire qui le recouvrait, et l'odeur de cette pièce est différente. C'est comme si vous aviez décidé de vous nettoyer du passé, de ce qui s'est produit ici voilà vingt ans. L'odeur d'humus de vos plantes et de vos cactus est soudain moins gênante... Elle disparaîtra totalement, de façon progressive, lorsque vous m'aurez enfin tout confié.

Nadine hocha timidement la tête. Elle but une gorgée de champagne, puis se lança :

— Vous imaginez bien qu'il s'est passé pas mal de choses ici, et pas que des belles. Auban faisait ses saloperies, et il faisait pression sur moi pour que je ferme ma gueule. Tout ce que j'ai déjà raconté aux flics, tous ces trucs de malade, je sais que ça ne vous intéresse pas. Je suis bien consciente que ce que vous voulez entendre a rien à voir avec les crimes d'Auban. Même si ce fils de pute m'a fait bouffer la chair d'une de ses victimes à mon insu, même si ça reste spectaculaire et hors norme, je sais que vous êtes venu chercher autre chose. Et pour être sincère, je crois que ça va me soulager, oui. Je pourrai enfin faire disparaître cette odeur…

Elle observa le petit bout d'homme qui avalait son verre d'un trait. Elle commençait à aimer ce type qui lui parlait par métaphores, même si elle devinait qu'il utilisait de vieilles ficelles de psy, des gimmicks qui n'étaient plus d'actualité. Lui aussi paraissait triste, résigné à accepter le pire, tout en restant fort comme un Avenger que rien ne pourra détruire. C'était peut-être cela qu'elle commençait à apprécier chez Sergianni.

— Je vous écoute, Nadine. Prenez le temps qu'il vous faut. Personne ne sait que je suis ici, et il n'y a vraiment que vous et moi. Alors, commencez par ce qui vous semble le plus important, peut-être par ce qui vous pèse le plus.

Elle lui décocha un sourire et se lança :

— Voilà une vingtaine d'années, Auban était associé avec plusieurs types liés à la pègre locale. Il participait à de gros casses dans la région, des coups très bien organisés. Du braquage de banque et de joaillerie haut de gamme, si vous voyez ce que j' veux dire. Pas la bijouterie Leclerc du coin, plutôt du Chopard, Van Cleef & Arpels, ce genre de boutique, quoi. Leur équipe fonctionnait plutôt bien et, un jour, un bonhomme est arrivé, soi-disant recommandé par le grand patron…

— Qui était ce « grand patron », Nadine ? l'interrompit Sergianni, intrigué.

— Voilà que vous commencez à me poser des questions de flic, vous aussi !

— Je suis désolé, je voulais plutôt dire : que représentait-il pour vous ?

Elle vida sa coupe de champagne et reprit son récit :

— Moi, ce type me faisait flipper. Je ne l'ai jamais vu, mais tous les mecs le craignaient, même Auban. C'était un genre de Keyser Söze. Il dirigeait toute l'organisation d'une main de fer depuis n'importe quel endroit du globe. Un homme très puissant… D'après les rumeurs, c'est toujours lui le patron.

— Bon, vous en étiez à cet homme qui se serait pointé, recommandé par le big boss lui-même…

— Oui… Un jour ce mec débarque et, je ne sais pour quelles raisons obscures, Auban décide de l'héberger quelques jours ici, à la bergerie. D'après ce que j'avais capté, ils projetaient de braquer la joaillerie Chopard, à Cannes. Claude Cerdan faisait partie de l'équipe. Auban l'avait intégré pour l'impliquer, mais son vrai boulot, c'était de refourguer les bijoux, l'or et les pierres. Il y avait le Corse, aussi, et l'Arabe. Celui-là, c'était le chauffeur, il pilotait n'importe quel bolide et savait se faufiler dans les petites ruelles. Le nouveau, Auban l'avait recruté parce que les gueules des types de sa bande étaient trop connues. Plusieurs s'étaient déjà fait baguer ou avaient fait la planche.

— Baguer ? La planche ?

— Soit ils s'étaient déjà fait choper par les flics, soit ils s'étaient plusieurs fois évadés de taule. Donc, le nouveau, lui, il devait faire le guet pendant le hold-up, mais surtout aller à Cannes en reconnaissance, faire des photos des lieux, discrètement, et ramener un topo propre.

Sergianni fit pivoter son fauteuil et donna un tour à ses roues. S'approchant de Nadine, il demanda :

— Donc, ils ont une équipe, ils vont braquer Chopard à Cannes, mais… ?

Nadine détourna les yeux et laissa son regard errer sur la garrigue.

— Nadine ?

— Ils… Le braquage s'est mal passé, tout a merdé et ils sont rentrés, voilà. Je peux pas aller plus loin, j' vous jure, Raymond, j'essaie mais j'y arrive pas !

— Nadine, pourquoi est-ce que vous m'avez parlé de ce hold-up, pour quelle raison avoir choisi ce moment ? Est-ce parce que vous avez ressenti le besoin absolu de relater cet événement ? Pourquoi celui-là ? insista Sergianni.

— Parce que… parce que je sais ce que vous êtes venu chercher, et ce que votre ami, le flic de Metz, est venu chercher, lui aussi. Et je sais ce que c'est de rester dans le noir, de ne pas avoir les réponses aux questions qu'on se pose, d'être dans l'attente permanente qu'un rayon de soleil perce les ténèbres… Votre ami veut savoir ce qui est arrivé à son père, et c'est logique. Seulement, en vous révélant ce secret, j'ai comme la sensation que je vais trahir quelqu'un, sans savoir qui. C'est aussi pour moi une révélation de plus qui va évidemment me mettre dans une situation pas commode, vous comprenez ?

— Nadine, que s'est-il passé ? Si vous le savez, il faut m'en parler. Vous libérerez votre conscience, ce sera une formidable délivrance, et mon ami Steiner sera lui aussi libéré, il aura enfin une réponse à cette question qu'il se pose depuis des années.

— Je vais vous raccompagner au portail, votre taxi a dû revenir.

— Non ! Non, Nadine, cette fois vous devez aller jusqu'au bout. Parlez-moi de cet homme…

— Quel homme ?

— Vous savez très bien de qui il s'agit…

Elle s'empara du plateau et revint un instant plus tard avec, de nouveau, une coupe de champagne et un verre de vodka. Le regard de Sergianni s'illumina à la vue des glaçons flottant à la surface. Il saisit sa boîte de pilules, en avala une de la taille d'un bonbon Mentos, puis il s'empressa de faire couler le feu slave dans son gosier.

La tête lui tournait. Son traitement chimique, l'alcool et la fatigue commençaient à épuiser ses réserves physiques. Mais il ne s'avoua pas vaincu pour autant :

— Nadine, vous devriez vous libérer. On essaiera de rester le plus discrets possible à propos de cette histoire, on ne fera pas de vagues. Pas de médias, pas de fouille-merde. Je pourrais même vous prendre comme patiente dans un programme thérapeutique, ce qui nous permettrait d'invoquer le secret médical.

Nadine leva les yeux, évitant le regard de Sergianni, scruta l'extérieur, puis murmura :

— Vous me promettez ? On pourra essayer de ne pas ébruiter ce truc ?

— Si vous devenez ma patiente, on gardera certaines choses pour nous, vous avez ma parole. Qu'avez-vous à dire, Nadine ? Allez-y, délivrez-vous de ce cancer.

Nadine se pencha pour être à la hauteur du psychothérapeute, puis souffla :

— Je ne vous dirai rien d'autre que ce qui va suivre. Après ça, il faudra vous en aller. L'homme que Jean-Michel Auban a pris sous son aile, celui qu'il a hébergé ici, celui qui a fait les photos de reconnaissance et braqué Chopard avec l'équipe, son nom, c'était bien Joseph Steiner…

20

« Enjoy the Silence »

Juillet 2019, Metz
Hôpital de Mercy / Ars-Laquenexy, service de réanimation

LA MOINDRE MARQUE, la moindre rayure incrustée dans le vieux linoléum de la salle d'attente paraissait refléter tous les malheurs du monde, renfermer les gémissements et les plaintes des familles effondrées. Le silence et la sobriété qui plombaient la pièce laissaient place au recueillement.

Des écouteurs vissés sur les oreilles, Steiner se tenait assis sur une sorte de siège en thermoplastique, le dos courbé, le visage caché entre ses mains. Depuis les profondeurs de la salle, des lamentations qui paraissaient s'extraire de l'épaisseur des murs lui provenaient, il lui semblait percevoir les cris déchirants des mères apprenant le décès de leur enfant, les hurlements de rage de pères assommés de découvrir que leur petit ne se réveillerait jamais plus.

Face à lui, Grégory Klein, en larmes, ne parvenait pas à détacher son regard de celui qui venait de perdre son armure, qui se trouvait nu, désemparé et totalement vide pour affronter le mauvais sort qui s'abattait sur lui.

D'abord hésitant, Klein se décida enfin à rompre le silence, des trémolos dans la voix :

— Je... écoute, Samuel, je... Cette salle d'attente me fait flipper... Tu veux pas qu'on aille boire un café à la machine ?

Il attendait, dans l'espoir d'une réaction qui viendrait désamorcer la bombe qui palpitait en lui. Mais aucun mouvement ni frémissement n'animait Steiner.

— On n'a qu'à... L'assistant du neurochirurgien ne devrait plus tarder, mais je pense qu'on va devoir encore patienter. Il m'a dit qu'il t'attendait pour se prononcer sur l'état de Rebecca, et maintenant tu es là. On peut aller boire ce putain de café, s'il te plaît, Sam ?

Steiner releva la tête, les traits déformés par la fatigue et l'angoisse. Il fixa Grégory, les yeux pleins de colère. Il desserra enfin les mâchoires.

— Greg, est-ce que tu te rends compte que c'est ici, dans cet hôpital, que Lise-Marie a combattu son cancer, que c'est ici qu'elle a rendu son dernier souffle ? Hein, t'es conscient de ça ? Et aujourd'hui je suis obligé de revenir dans cet endroit maudit parce qu'un connard n'a pas su veiller sur ma fille. C'était pourtant pas grand-chose, il suffisait de s'occuper d'une gamine qui traverse une crise d'adolescence. Mais non. Je ne sais pas quoi te dire, à part : « Fais chier ! » J'en ai ras le bol de toutes ces épreuves à traverser, marre de la merde qui vient se coller sous mes semelles chaque fois que je fais un pas ! Quant au café, je vais passer mon tour. C'est plutôt une double dose de kérosène qu'il me faudrait avaler.

— Samuel, je suis tellement désolé, si tu savais à quel point…

— Boucle-la !

— Si je pouvais revenir en arrière, si je pouvais… J'éviterais cette dispute, cette confrontation avec elle…

— Ferme-la, Greg, l'interrompit Steiner. On ne revient pas sur le passé, et j'en sais quelque chose. La vie est une salope avec laquelle tu couches jusqu'à ce qu'elle te quitte. J'ai aussi ma part de responsabilité, je n'étais pas là. Ma fille avait besoin de moi, et j'étais ailleurs. Maintenant, laisse-moi, on se verra tout à l'heure avec le médecin.

Il leva la tête vers les prospectus punaisés au mur, et ceux-ci lui firent froid dans le dos. Ils vantaient les mérites d'associations qui orientaient les familles vers des groupes de soutien psychologique encourageant l'acceptation du deuil, le tout illustré d'images pieuses de la Vierge Marie ou de saint Christophe.

Le cœur serré, Steiner rebrancha ses écouteurs et laissa la voix de Dave Gahan le pénétrer. Jamais les paroles d'« Enjoy the Silence », de Depeche Mode, ne l'avaient autant ému. Comme une litanie qui guérissait, comme un mantra qui rassurait, une prière qui éclairait la route du pauvre berger égaré.

Steiner dut de nouveau interrompre Gahan. Cherchant à entrer en communication, Grégory agitait désespérément les bras devant lui.

— Quoi ? Qu'est-ce qui te prend, encore ?

— Euh… je me disais que ce serait bien qu'on discute de Rebecca. Maintenant que Lise-Marie est partie, ta fille devrait venir habiter chez toi, sur la péniche. J'ai mis l'appart en vente, et on a rendez-vous chez le notaire dans quelques semaines, tu t'en souviens ? Je t'en ai parlé, Sam. Une part revient à Rebecca, mais en attendant sa majorité tu dois te charger du legs...

Steiner le fusilla d'un regard de feu.

— Tu crois vraiment qu'on doit parler de ça, ici, là, maintenant ?

— Je ne vois pas le problème. Je t'assure que ce serait bien plus raisonnable que Rebecca vienne vivre avec toi...

Ébahi, Steiner l'observa comme il l'aurait fait d'un singe en cage.

— Ah, tu vois pas le problème ? Rebecca est entre la vie et la mort, par ta faute qui plus est, et tu vois pas le problème ? Faut vraiment que je te foute sur la gueule pour que tu captes le message, enfoiré ?

— Hey, ça va, excuse-moi. J'ai déconné, OK ! Mais t'es pas obligé de me rabaisser à ce point.

Steiner se leva brusquement et Grégory sursauta.

— Je te jure que, si ma fille décède, tu auras plutôt intérêt à te faire invisible pendant très longtemps, Greg. J'ai sauvé ton petit cul des griffes du tueur de Metz voilà deux ans, uniquement parce que Lise-Marie était en danger de mort elle aussi. T'as pas été capable de la protéger, c'est pour ça qu'il est arrivé ce qui est arrivé. Et aujourd'hui, c'est la même chose, t'as pas été fichu de veiller sur Rebecca, tu l'as giflée, et on en est là par ta faute, Greg.

— Toi non plus, tu n'as pas été capable de la protéger, Samuel. Moi, j'étais là, j'ai essayé, au moins.

Steiner l'observa longuement, les sourcils froncés, les poings serrés. Il sentit monter le long de sa nuque une douleur intense et, aussitôt, un mal de crâne le terrassa. Il s'effondra à genoux, au pied des chaises, devant un poster de la Vierge à l'enfant.

Il cacha son visage entre ses mains et resta prostré.

Grégory s'accroupit près de lui. Il serra son épaule entre ses doigts.

— Hey, Sam, ça va aller, Rebecca va s'en sortir. C'est une guerrière, cette gamine, elle est comme toi. J'aurais pas dû l'engueuler de cette façon, j'aurais dû m'y prendre autrement…

Steiner releva la tête, la mine défaite.

— Non. T'as raison, Greg, c'est moi qui ai merdé sur toute la ligne. J'ai été aveuglé par le boulot, et j'ai délaissé ma fille. Je suis à bout, je crois que j'ai de plus en plus de mal à faire face…

— T'inquiète, on va t'aider, Sam.

— Je suis hanté par la mort de Lise-Marie, je n'arrive pas à l'accepter, à concevoir que ma fille n'a plus sa mère. Et puis cette affaire du tueur de Metz me ronge. Savoir cette crevure de Veloso en liberté, ça me fout la rage, surtout que j'étais à deux doigts de le coincer, et… et la disparition de mon père, je… ça me hante également, tout le temps. Depuis 1997, je n'ai jamais cessé d'y penser, jamais. Je n'ai jamais cru qu'il avait péri avec les membres de la secte de la Porte du paradis, en Californie. Les corps ont tous été retrouvés, et on n'a jamais entendu parler de la présence d'un Français dans ce drame. Pour moi, il n'a jamais quitté la France, il lui est probablement arrivé quelque chose à Nice. C'est pour cette raison que je me trouvais là-bas, Greg, tu comprends ?

Le journaliste approuva d'un mouvement de tête.

À cet instant, un homme en blouse blanche approcha, arborant l'expression qu'affichent tous les médecins du monde lorsqu'il s'agit de prononcer un diagnostic. Un masque neutre, lisse, pour permettre aux mots de faire comprendre la situation, et parfois de la faire accepter, bien avant que ces mêmes médecins ne soient trahis par leurs propres émotions.

Il demanda :

— Vous êtes Samuel Steiner, le papa de Rebecca ? Vous voulez bien me suivre ?

Grégory se redressa à son tour et extirpa de sa poche son téléphone portable qui vibrait. Il ouvrit le SMS, qui provenait d'un numéro inconnu et était accompagné d'une vidéo. Son cœur loupa un battement quand il lut : *Si tu veux pas que la vidéo entière soit visible sur Jacquie et Michel, et aussi sur les réseaux sociaux, tu craches 10 000. On te dira comment faire, où et quand.*

De son côté, Steiner accompagnait l'assistant du neurochirurgien. Il lui semblait se trouver dans une sorte de rêve. Il se remémora l'étrange cauchemar qui l'avait forcé à se réveiller pendant le vol qui le ramenait à Metz. Celui-ci avait été prémonitoire : il lui avait révélé que le corps de son père pourrissait probablement quelque part, que Rebecca pourrait bien décéder, et que c'était ce qu'allait lui annoncer le type face à lui.

— Monsieur Steiner, nous avons stabilisé votre fille, mais je ne vous cache pas que son état est très grave. Elle est plongée dans un profond coma, avec un hématome cérébral sous-dural aigu très important. Nous devons la maintenir en état de conscience minimale, le temps d'intervenir afin de résorber l'hématome. En clair, votre fille doit rester dans le coma tant que nous n'aurons pas évacué la poche de sang. Rebecca me paraît solide, elle est jeune, nous devrions pouvoir la tirer d'affaire. Mais je préfère être franc, monsieur Steiner : ce genre d'intervention chirurgicale est très délicat. Tout peut arriver…

Comment sa vie avait-elle pu basculer à ce point ? D'abord son père, ensuite Lise-Marie, et à présent Rebecca.

Steiner dut fournir un effort considérable pour ne pas sombrer. Le regard accroché à celui de l'assistant, il demanda d'une voix blanche :

— Docteur, j'ai besoin de savoir si Rebecca a des chances de s'en sortir, vous comprenez ? Je veux savoir…

À l'autre bout de la salle d'attente, Grégory ouvrit le player et visionna la vidéo qui accompagnait le SMS.

— Je ne peux pas m'avancer davantage, je suis vraiment désolé. Pour le moment, elle est dans un coma de stade 2, et sa capacité à s'éveiller est fortement compromise. De plus, je vous le répète, nous la maintenons inconsciente afin de pouvoir travailler sur l'hématome.

Grégory découvrit l'horreur sur l'écran de son portable. La nausée tangua dans son estomac lorsque défilèrent les premières images. Par décence, il détournait le regard chaque fois qu'apparaissait le corps dénudé de Rebecca.

Il lança un coup d'œil à la fois terrifié et désespéré en direction de Steiner. Pétrifié, les mains raidies, il lâcha le téléphone, qui percuta le sol.

— Elle est dans un coma léger, il n'y a pas de troubles neurovégétatifs, mais ses réponses physiques sont inadaptées aux stimuli douloureux. Le problème, c'est qu'un état comateux peut évoluer, et pas toujours dans le bon sens. Nous espérons pouvoir très vite résorber l'hématome subcrânien pour la ramener parmi nous.

— Vous êtes en train de me dire que ma fille risque de ne jamais plus se réveiller, c'est ça ?

Le médecin scruta le visage de Steiner. Un long silence s'installa, glacé. Un de ces silences qui sont au final très bruyants, qui expriment tant de choses, ces silences qui explosent et retombent comme des scories de feu d'artifice, dévoilant sous leur lumière la vérité monstrueuse.

L'assistant du neurochirurgien se mordilla la lèvre inférieure, puis répondit enfin d'une voix calme :

— Non, monsieur Steiner. Je vous recommande juste de vous préparer à toute éventualité.

21
Demain est un autre jour

Juillet 2019, Nice
Quartier de l'Ariane

L'Audi noire fonça dans la rue du Comté-Vert-Amédée-VI.

Les lueurs ambrées des candélabres et de la nuit se reflétèrent sur la carrosserie du bolide allemand, le ponctuant d'un sillage de feu. Les lacérations de lumière explosaient sur le pare-brise, pénétraient dans l'habitacle et douchaient le visage du chauffeur, qui faisait hurler les chevaux.

À ses trousses, une horde de motos musclées, toutes chevauchées par des duos armés et casqués.

Au détour d'une ruelle, un coup de feu claqua, puis un deuxième.

Carlos accéléra de plus belle, manqua renverser une jeune fille qui traversait, puis, au bout de la rue, braqua à droite sur la rue Amédée-VII-Comté-Rouge pour rejoindre le chemin des Chênes-Blancs.

Calé dans l'habitacle, le Gitan avait poussé le son de l'autoradio au maximum. Paco Nula s'escrimait sur les accords ensoleillés de « Y Viva España », laissant jaillir de sa guitare des gammes mitraillettes dignes d'un Django Reinhardt enfiévré.

Une des motos se détacha soudain du peloton, se positionna au niveau du conducteur et tira à deux reprises. Le premier projectile fit exploser la vitre, le suivant traversa la portière et passa entre le volant et l'abdomen de Carlos. Ce dernier vira brutalement à gauche et percuta la Yamaha, qui s'envola. Le pilote s'écrasa sur le pare-brise d'un véhicule en stationnement et son passager fut éjecté plus loin.

Carlos freina fort et bifurqua dans le chemin des Chênes-Blancs. Il accéléra, grilla tous les rapports de vitesse de l'Audi, et les pneus en surchauffe se mirent à fumer. Il tourna enfin à gauche et roula sur la piste poussiéreuse qui menait à la déchetterie. Il connaissait le centre de tri comme sa poche et savait qu'il pourrait s'y cacher pour semer ses poursuivants.

Lorsqu'il passa devant l'immense tas d'ordures, il tourna la tête et aperçut les rubans de la police. Ils circonscrivaient toujours la zone où avaient été retrouvés les corps de Toufic et de Marcus. Un flash le traversa : l'image de Mila qui s'appliquait à détacher la tête de Toufic à l'aide de sa redoutable machette.

Il jeta un coup d'œil rapide dans son rétroviseur et distingua la lueur des phares. Ils n'étaient plus très loin, ils l'avaient vu entrer sur le site de la déchetterie. Il coupa rapidement ses feux, se gara devant le bâtiment qui abritait le contrôle des entrées, puis abandonna le véhicule et se mit à galoper en direction du grand édifice de l'unité de traitement.

Derrière lui, il entendait enfler le vrombissement des moteurs deux temps, ainsi que les pneus qui faisaient crisser le gravier du chemin et soulevaient un épais nuage de poussière.

Carlos était essoufflé. Après avoir escaladé un tas de déblais et sauté par-dessus un muret, il grimpa dans la cabine d'une pelle mécanique en stationnement et se recroquevilla sur le siège. De l'adrénaline plein le corps et le cœur en surrégime, il attendit silencieusement.

— Vous voulez me fumer, bande de chiens, hein ? Bah, j' vous attends, moi ! soliloqua-t-il entre ses dents.

Les motos s'immobilisèrent près du tas de gravats. Les pilotes coupèrent le moteur, et le silence se posa de nouveau sur le centre de tri.

Carlos arma son Colt 45 en prenant soin de ne pas faire claquer la culasse. Il ouvrit ensuite délicatement la portière de la cabine et observa les environs. Il pouvait les voir. Quatre hommes étaient là, arme au poing, se répartissant l'exploration des lieux. Ils avaient gardé leur casque afin de ne pas être reconnus, mais aussi pour éviter la balle létale dans le crâne.

Deux d'entre eux pénétrèrent dans le bâtiment de traitement des déchets, les deux autres examinant le secteur.

Après avoir régulé sa respiration, Carlos descendit en silence de la machine, la contourna et se positionna à l'arrière. D'où il se trouvait, il pouvait aisément faire feu sur le duo. Mais il imagina la suite : les deux autres seraient alertés par les détonations et accourraient à l'extérieur. Il envisagea alors deux solutions. La première était de s'extraire rapidement de ce guêpier, car la mort l'attendait au bout d'un épilogue sanglant. La seconde : faire front et remettre en place ce qui ne l'était plus, faire un exemple pour tous les membres désobéissants de l'organisation.

Il se redressa, fit quelques pas, le flingue pointé sur les types, qui se tenaient de dos.

— Hey, bande de salopes ! Regardez-moi, retournez-vous !

Il tira à trois reprises et les types s'effondrèrent. Il orienta ensuite le canon de son arme en direction de l'entrée du bâtiment, où un seul des deux hommes apparut. Celui-ci leva les mains, un pistolet-mitrailleur dans l'une d'elles.

— Ho, Carlos ! Attends, frère, faut qu'on s'explique ! C'est les patrons, ils sont en train de péter un câble, un truc de ouf. J' voulais pas, moi, tu m' connais, non ?

— Ferme ta gueule et enlève-moi ce putain de casque ! gronda le Gitan.

Le motard s'exécuta et ôta son intégral.

— Axel ! Quelle surprise ! Alors c'est toi, la petite pute d'Auban, maintenant ? Il est où, ton pote ?

— Il… il est encore dedans, balbutia ledit Axel en désignant les locaux d'un signe de tête.

— Appelle-le !

— Raph ! Raph, viens me rejoindre dehors ! Vas-y, speede, ça commence à fardav…

Carlos s'approcha du motard, l'arme toujours pointée sur lui.

— Ben vas-y, explique, c'est quoi l'embrouille ? Parle !

— Que t'aies décidé tout seul de refroidir Marcus et Toufic, ça les a foutus en boule. Ils disent que pour le barbecue, t'aurais jamais dû laisser Toufic y aller. Ils ont pris la rage, Carlos. Et ils nous ont ordonné de te fumer, voilà, c'est tout.

— C'est qui, « ils » ?

— Un nouveau, un keum qui se fait appeler Morpheus, il est sorti du placard ce matin. J' le connais pas, moi, ce lascar…

Carlos ricana en tirant la culasse du 45. Une douille vint se loger dans la chambre du canon. Carlos ajouta :

— Ce Morpheus, c'est un arriviste, une petite salope. Il vous refroidira dès qu'il aura plus besoin de vous. Bon, vas-y, appelle ton pote, il fait quoi, là ?

À cet instant, Carlos sentit le contact de l'acier froid sur sa nuque. La voix dans son dos lui conseilla de rester calme, de jeter son arme au sol et de se mettre à genoux.

— Tu sais quoi, Carlos ? T'es pas venu assez souvent par ici quand t'étais bambino, sinon tu saurais que le bâtiment a trois accès...

— Fais pas ça, putain ! Morpheus va vous bouffer. Laissez-moi reprendre les choses en main, déclara le Gitan avec assurance.

Axel posa le canon du pistolet-mitrailleur sur le front de Carlos.

— Tu vois, t'es pas plus malin qu'un autre, t'es pas un super-héros. Y a que les Avengers qui niquent tout dans les films ! Toi, tu t'es fait niquer grave, comme un narvalo.

— Axel, t'es un jouate, comme moi, et tu veux me faire manger mes morts ? répondit Carlos avec un sourire de connivence.

Axel baissa son arme.

— Ah non, frère, c'est pas moi qui veux te faire manger tes morts. C'est un gadjo, un raclo, un vrai de vrai.

Raph appuya un peu plus fort le canon de son calibre sur la nuque du Gitan. Il se pencha et lui murmura à l'oreille :

— Tu sais quoi ? Toi, on va te garder entier, on va te la laisser, ta tête... enfin, j'espère. Morpheus nous a rencardés sur ta pute de Mila, il nous a expliqué le genre de délire qui lui prend quand elle a une machette dans les mains. Du coup, on a bien imaginé ce qu'elle a fait à Toufic et Marcus. Alors on s'est pointés chez elle, à quatre, et on l'a défoncée. D'abord ils étaient deux à la bouillave, et après on l'a aussi tringlée, avec Axel. Et pour finir, je l'ai saignée, ta salope.

Carlos serra les mâchoires. Il fixa son calibre à portée de main, devant lui, imaginant une sorte de pouvoir pour le faire bouger, façon Magnéto des X-Men.

— Tu sens cette odeur d'ordures en train de pourrir ? Tu la sens, la fermentation de la mort, hein ? Eh ben, parmi ces relents de chiottes, il y a ceux du corps de Mila. On l'a enterrée là-bas, près du tas de saloperies dans lequel t'avais jeté Toufic et Marcus. Ma tante est inconsolable, sale fils de pute. T'as crevé mon cousin Marcus, c'était un brave, lui.

Carlos ferma les yeux.

Raph pressa la queue de détente et le Gitan s'effondra, l'avant du crâne emporté par le projectile.

★

À quelques centaines de mètres des amas d'ordures, une équipe du K11.43 se tenait sur le parking intérieur du monstrueux pâté d'immeubles. Le quartier de l'Ariane avait cette particularité d'être composé d'un alignement géométrique d'édifices. La plupart des bâtiments formaient des rectangles à l'intérieur desquels se trouvaient un gigantesque parking et des locaux à poubelles.

Cinq hommes étaient debout à proximité de leurs motos et des conteneurs de tri sélectif. À l'aide d'une paire de jumelles, l'un d'eux observait une fenêtre du troisième étage. Il s'adressa enfin aux quatre jeunes types en tenue de cuir :

— Bon, écoutez-moi bien, les lascars. À partir de ce soir, c'est à moi et à moi seul que vous devrez lécher le cul et les bottes ! Je reprends les commandes de l'organisation, les grands patrons l'ont décidé.

L'un des gars, qui semblait fasciné par les tatouages recouvrant le visage de l'homme, s'inquiéta :

— C'est quoi, l'embrouille, Morpheus ? Carlos, il est où ?

— Carlos, il a voulu jouer le chaud et il s'est cramé, c'est tout. Et ça sera comme ça pour le moindre petit con qui ne respectera pas les règles. C'est OK pour tout le monde ?

Le groupe acquiesça à voix basse. Morpheus continua :

— Pour Viviane Cerdan, on va patienter encore un peu. Il y a de la lumière chez elle, elle est pas partie. Même si Auban me l'a demandé, on va pas s'en occuper tout de suite, on attend les consignes du grand patron…

— Quoi, le boss que personne a jamais vu ? l'interrompit un ado qui devait à peine avoir 17 ans.

— Les flics l'ont peut-être mise sur écoute, et peut-être même qu'ils la surveillent. Alors, on va passer notre tour pour le moment. Je veux aussi vérifier si on nous colle pas le train, on sait jamais. Bon, on rentre au bercail, direction la station. Ce soir, on stoppe toutes les activités jusqu'à nouvel ordre.

— Mais… on a deux équipes qui sont en livraison cette nuit, on en fait quoi ?

— Et qu'est-ce qu'elles livrent, ces équipes ? demanda Morpheus en lançant un regard noir au jeune garçon.

— Il y en a une qui livre du côté de la piscine, 3 kilos de blanche, et une autre du côté du port Lympia, de la brown. Comme maintenant on ubérise les livraisons avec Snapchat et WhatsApp, il y a aussi une équipe qui fait les livraisons à domicile ce soir. Les gars fourguent de la kéta, de l'ecsta, enfin toute la petite pharma, quoi…

Morpheus hocha la tête en silence. Il jeta un dernier coup d'œil à la fenêtre du troisième étage, puis il répondit :

— Alors on les laisse ubériser… à leurs risques et périls. Demain est un autre jour. Maintenant, c'est moi qui décide quand le soleil se lève et qui devra danser.

22
Le jardin d'Éden

Juillet 2019, Metz
Locaux de la PJ / Service des interceptions téléphoniques

Le capitaine Moser augmenta le volume, ajusta les basses, puis demanda au technicien des écoutes si tout était prêt à fonctionner.

Le jeune type, qui portait de longues dreadlocks, hocha la tête en mâchant bruyamment. Il afficha ensuite à l'écran la table de connexion virtuelle, puis bafouilla en coinçant son chewing-gum entre ses dents :

— Ouais, c'est tout bon. Ce bouton-là, il permet d'enregistrer, et là c'est pour les infos de géolocalisation. Une question : comment tu t'y es pris pour « brancher » le type exactement comme je te l'avais conseillé ?

— Pendant que ce petit con était en cours. Grâce au responsable administratif, on a eu accès à son casier à la fac. On a pu intervenir sur son portable, on a chopé son IMEI et on a entré le code de détournement d'appel.

— Bon, espérons qu'il ne se sente pas filoché et qu'il ne connaisse pas le code de décryptage pour vérifier les détournements d'appel.

— Il n'y a pas de raison. Pourquoi il irait fouiner ce truc ?

— Je te signale qu'on trouve la procédure de vérification sur Internet.

Les yeux plissés, Moser approcha son visage de l'écran en grimaçant et demanda :

— Hier soir, il était bien question qu'ils se téléphonent aujourd'hui vers 15 heures ? C'était ce que disait le SMS qu'on a intercepté ?

— Exact, et j'ai vérifié à qui appartient le numéro auquel il a envoyé le deuxième SMS. Il s'agit effectivement du portable de Grégory Klein.

— Putain… le beau-père de Rebecca.

— Il est 14 h 50, ils ne devraient plus tarder à entrer en communication. Et au fait, Mister Captain Moser, t'es bien conscient que c'est absolument illégal, ce qu'on fait là ? J' te préviens, je veux pas d'embrouille avec le taulier, moi.

— Le taulier, le taulier… Zimmer n'en saura rien, t'as aucune raison de t'inquiéter. Il fait son boulot de commissaire, et nous on fait notre boulot d'enquêteurs. Ces enregistrements ne serviront pas de pièces à conviction, ils ne finiront pas au greffe sous scellés. C'est juste pour confirmer un doute. Et puis on…

Moser fut interrompu par un bip.

Le technicien posa hâtivement le casque audio sur ses oreilles et déclencha l'enregistrement.

Trois nouveaux bips, une voix enrouée et un bruit de fond qui laissait supposer que l'interlocuteur se trouvait dans un bar ou un restaurant :

Piste écoute Jay :

— Ouais, qu'est-ce que tu veux, encore ? T'as bien foutu ta merde, t'es content de toi ?

Piste écoute Scarface :

— Oh, frère, détends-toi, fais attention à comment tu me parles avec ta bouche. Le beau-père va casquer, OK ? Je lui ai juste fait comprendre que j'hésiterai pas à l'impliquer dans le fait que Rebecca a tourné du X. En clair, c'est lui qui nous a fourni Rebecca, tu captes ? Et comme tu m'as dit que le flic le fait flipper à mort, il va pas discuter longtemps. Personne n'a envie de passer pour un pédophile ou un proxo, fais-moi confiance.

Piste écoute Jay :

— T'as un pète au casque ou quoi ? Le père de Rébé, tu crois qu'il va jouer avec toi, mec ? Il va te baiser si tu touches à sa fille. Putain, j'y crois pas ! Après le détournement de mineur, la séquestration et l'extorsion de fonds... C'est minimum de sept à dix piges de placard, ça, t'es au courant ? T'as quoi dans la tête ?

Piste écoute Scarface :

— Ah ouais ? Tu oublies qu'on est outillés, frère ?

Inquiet, Moser lança un regard interrogateur au technicien avant de lui demander :

— « Outillés » ? Tu crois qu'ils sont armés, ces petits cons ?

Son collègue haussa les épaules et tenta de déterminer la zone de l'appel.

Piste écoute Jay :

— Là aussi, t'es parti en couilles. T'as piqué les calibres d'un flic... T'es un grand malade, Mounir. Il faut les rapporter sur la péniche, et il faut tout arrêter. On va prendre cher, tu comprends ? Rebecca est dans le coma, et je veux plus qu'on se serve d'elle, même si je trouvais ça génial et excitant au début, et un beau moyen de se faire du blé. On peut encore éviter de se manger une méchante condamnation. Supprime tout sur le site, clôture-le !

Piste écoute Scarface :

— T'as pas bien compris, Jay. Cette fois, j'irai jusqu'au bout. S'il le faut, je le plomberai, le keuf, et même tous ceux qui se mettront en travers de ma route. Fais pas chier, Jay. T'es avec moi ou contre moi.

Fin de la connexion.

Moser retira son casque.

Ébahi, il venait de réaliser que les deux suspects dans la ligne de mire de Steiner étaient potentiellement dangereux. Ils étaient passés du statut de délinquants insignifiants à celui de criminels. Moser avait senti dans la voix de Scarface une rage enfouie et de la détermination. Il allait devoir mettre en garde Steiner au plus vite, mais également l'épauler. Il savait son supérieur capable de déclencher une guerre mondiale, voire la fin du monde, lorsque sa fille se trouvait dans une fâcheuse situation.

— Alors, t'as pu loger l'appel ?

— Pour l'appelant, Mounir Abdellaoui, c'est pas terrible. Jordan, par contre, il a borné dans le centre-ville, sur la zone de la cathédrale. Bon, et on fait quoi avec cet enregistrement ?

— On fait une copie, ensuite tu effaces toutes les traces sur cette bécane. Et tu n'oublies pas de fermer ta gueule.

— C'est tout ?

Moser ricana.

— Quoi ? Tu veux la médaille du mérite, en plus ?

Ils rirent un instant, puis Moser ajouta :

— 250 grammes de ganja, de la jamaïcaine qui dort au placard chez les stups, ça te va ?

Un sourire éclaira le visage du technicien pendant que Moser plantait une clé USB dans le ventre de la machine.

★

Elle absorbait les informations que son cerveau captait ? les sons, tous les symboles et représentations de ce qu'avait été le diagramme de sa vie.

La mélodie tournait. Les images défilaient comme dans un film, en une séquence de flash-back mettant en scène le héros face à ses démons, ses échecs ou ses instants de bonheur perdus.

Elle avait tant de fois entendu cette version de « Con te Partirò » interprétée par la chanteuse Yavanna, que sa mère préférait largement à l'originale.

C'était fou de se retrouver en cet endroit avec cette musique de fond. Il y avait quelque chose de rassurant pour Rebecca, à percevoir, toute proche, la présence à la fois de son père et de sa mère.

Elle contempla le ciel couvert d'une épaisse couche de nuages, et elle sentit souffler un vent frais sur son visage, presque agréable, chargé de fragrances-souvenirs, des odeurs de son enfance qui avaient marqué les plus beaux passages de sa vie de petite fille.

Pain grillé, confiture de framboise, ou encore le parfum de sa mère, l'after-shave de son père, l'odeur du fuel sur la péniche, celle du canal à l'automne, le matin très tôt…

Rebecca regarda devant elle et découvrit une longue plage déserte, balayée par le vent qui forcissait à mesure qu'elle avançait. Plus loin, elle fit une rencontre qui la bouleversa. Une troupe se trouvait là, mais elle ne parvenait pas à distinguer les visages. Elle se mit à courir pour les rejoindre, longtemps, comme s'ils reculaient à chaque pas qu'elle effectuait. Enfin, elle se tint face à eux. Toute sa famille était réunie. Rebecca pleura alors avec de longs sanglots avant de se jeter dans les bras de sa mère. Elle la serra très fort tout contre elle, et son parfum explosa partout autour. Elle perçut son amour, sa chaleur, sa bienveillance. Rebecca voulut lui parler, mais aucun mot ne put s'extraire de sa gorge, comme si ses paroles se réduisaient à un filet de conscience, de pensées, chaque fois qu'elle voulait communiquer avec sa Lise-Marie.

La jeune fille recula de quelques pas et contempla le visage de sa mère, qu'elle trouva tellement beau, lumineux.

Lise-Marie était vêtue d'une longue robe blanche. Le turban noir qu'elle portait dissimulait son crâne chauve, que la chimiothérapie n'avait pas épargné. L'étrange lumière qui tombait sur ses épaules la magnifiait.

Rebecca tourna alors la tête et aperçut son père, qui lui présenta son grand-père. Ils étaient habillés de blanc et de noir.

— Rebecca, je sais que vous ne vous connaissez pas, mais il est temps que ça change. Voici Joseph, ton grand-père.

Elle observa l'homme qui se tenait devant elle. Une barbe et des cheveux gris, un visage sculpté à la serpe, une peau ambrée que de profondes rides creusaient et un regard aussi vif qu'un éclat d'acier.

Ils tombèrent dans les bras l'un de l'autre. Rebecca pleurait toujours, submergée par les émotions, sans pouvoir dire un mot.

Un troisième homme se présenta avec un large sourire, visage jovial et yeux rieurs. Il portait un smoking avec un œillet rouge à la boutonnière. Ses cheveux, clairsemés et presque blancs, étaient plaqués en arrière à la gomina.

— Ma douce Rebecca, lui, c'est mon oncle Yarone, ton grand-oncle. Il était aux obsèques de ta mère et a souvent été là pour la famille.

L'homme serra sa petite-nièce dans ses bras et l'embrassa sur la joue. Il fit ensuite un signe à son neveu Samuel.

— Viens, mon neveu, il est temps pour nous de repartir. Donnons à ta fille les clés qui lui permettront de mieux comprendre certaines choses, si toutefois elle revient parmi nous.

— Ma chérie, écoute, continua Steiner. Rejoins-nous vite, tu me manques tant, j'ai l'impression de devenir fou, termina-t-il en jetant un regard désespéré à Lise-Marie.

Cette dernière s'avança, le sourire de la Joconde dessiné sur ses lèvres, puis s'adressa à sa fille :

— Mon bébé, il ne faut pas que tu aies peur. Tu devras marcher longtemps, parfois il fera sombre, mais tu parviendras toujours à trouver cette si belle lumière, et nous serons là, ton grand-père et moi, pour t'accueillir...

Yarone interrompit Lise-Marie en prenant Rebecca par les épaules, lui remit un médaillon accompagné d'une chaîne et murmura :

— Ne les écoute pas ! Ce sont les morts qui cherchent à t'orienter dans leur royaume sans lumière. Ne les suis pas... Reviens parmi nous, la vie t'attend, elle est si belle et encore si vaste pour toi. Reviens pour en profiter. Tu ne dois pas culpabiliser pour ce que tu as fait avec ton petit ami, Rebecca. C'est la transgression qui fait qu'on se sent fort, vivant. Pour l'enrichissement de nos propres connaissances, on doit parfois brûler les étapes, enfreindre certaines règles, comme l'ont fait Adam et Ève dans le jardin d'Éden. Rappelle-toi ce qui est dit dans la Genèse : *Et Dieu donna cet ordre à l'homme : tu pourras manger de tous les arbres du jardin ; mais tu ne mangeras pas de l'arbre de la connaissance du bien et du mal, car le jour où tu en mangeras, tu mourras...*

23

La ligne jaune

Juillet 2019, Metz
Péniche Upon a Star / *Domicile de Samuel Steiner*

AVEC DE GRANDS GESTES DÉSORDONNÉS, Steiner fourrait quelques vêtements dans un sac de sport, pendant que Grégory finissait de remplir deux verres de vodka.

— Żubrówka ? Tu bois ça, toi, maintenant ? demanda le journaliste en observant l'étiquette de la bouteille.

— Non, c'est Raymond Sergianni. C'est sa bouteille, et elle doit bien se trouver ici depuis deux ans. Il prend un verre quand il passe me voir et qu'il…

Steiner hésita à terminer sa phrase. L'image de son ami rongé par la maladie le rendit soudainement mutique.

Grégory s'installa sur le canapé, avala une gorgée pour se donner du courage, puis, tout en observant Steiner qui préparait son sac de voyage, s'éclaircit la voix et demanda timidement :

— Tu repars ? Tu retournes à Nice ?

— J'y suis contraint, Greg. On a découvert des éléments assez troublants qui pourraient établir que mon père n'est jamais parti aux États-Unis.

Consterné, Grégory continua :

— Et Rebecca ? Tu ne restes pas pour...

— Que veux-tu qu'on fasse de plus ? Elle est dans le coma, ma pauvre chérie, le neurochirurgien intervient demain. Tu es là, Greg, et... et je te fais confiance. Je sais que tu me tiendras informé rapidement, quoi qu'il arrive.

— C'est vrai, tu veux vraiment que je reste à son chevet ?

Steiner vint s'asseoir sur le canapé, avala une gorgée de vodka en grimaçant, puis il confirma ce que Grégory espérait :

— Ne va pas croire que je te prends pour une merde, Greg, même si j'ai longtemps été jaloux de ton mariage avec Lise-Marie. Ce qui est arrivé aurait pu m'arriver, c'est un malheureux accident. Alors, oui, il faut que tu sois près d'elle, juste le temps que je fasse la lumière sur cette affaire à Nice. Ensuite, à mon retour, Rebecca viendra vivre avec moi. Tu peux t'installer quelques jours sur la péniche, si tu veux, je conçois que ça puisse être difficile pour toi de continuer à occuper l'appartement.

Grégory fut ému par les paroles de Steiner. Mais il appréhendait plus que tout sa réaction face à ce qu'il s'apprêtait à lui apprendre : le piège qui s'était refermé sur Rebecca.

— C'est gentil, Sam. Mais, écoute, il faut que je te parle de quelque chose, je...

— Rebecca a-t-elle rapporté toutes ses affaires ici, ou y en a-t-il encore chez toi ? le coupa Steiner en se levant pour terminer de préparer ses bagages.

— Disons que... oui, elle a tout rapporté ici. Il reste juste son exemplaire de Conan Doyle qui traîne à la maison.

— Lequel ?

— *Le Chien des Baskerville.*

— Elle a dû le lire une dizaine de fois, ce bouquin, c'est dingue ! déclara Steiner en riant.

Voilà bien longtemps que Grégory ne l'avait entendu rire. Cela remontait à deux ans, depuis le cancer de Lise-Marie. Il en profita pour s'engouffrer dans la brèche :

— Sam, j'ai un truc important à te dire à propos de ta fille.

— Important comment ? Je t'écoute, vas-y.

— C'est très délicat…

Steiner cessa tout mouvement. Il abandonna son sac et s'approcha du journaliste. Les sourcils froncés, le regard sombre, il demanda à voix basse :

— « Très délicat » ? C'est-à-dire ? Vas-y, balance.

Grégory sentit une décharge d'adrénaline se diluer dans son sang. Sa gorge se serra brusquement et son rythme cardiaque s'emballa. Malgré tout, il réussit à se jeter à l'eau :

— Avant que tout cela n'arrive, Rebecca s'est mise dans de sales draps. C'est pour ça qu'elle était si nerveuse, si agressive. Le jour de l'accident, j'ai reçu la visite de Jordan. Il voulait voir Rebecca, et il a commencé à mal se conduire avec moi, à m'insulter. Ça fait déjà un moment que je suis persuadé que ce petit con a une mauvaise influence sur ta fille, c'est pour ça qu'elle a ce comportement…

— Bon, bon, bon, où tu veux en venir, Greg ? s'impatienta Steiner.

— Je lui ai mis une branlée et il s'est tiré.

— Et qu'est-ce qui te préoccupe ? Qu'il y ait des représailles, qu'il s'en prenne à toi ? À Rébé ? Tu veux que je m'en charge ?

Grégory soupira et dévisagea Steiner avec un air de chien battu.

Le flic contourna la table basse, s'agenouilla devant la barre à roue et en écarta les pans. Près des bouteilles d'alcool et des magazines, il s'empara de la boîte noire rectangulaire, qu'il ouvrit. Il se figea, fixa le sol comme s'il espérait qu'il en sortirait quelque chose, puis tourna la tête vers Grégory.

— Est-ce que ce petit con de Jordan est venu sur cette péniche ?

Grégory eut du mal à comprendre où Steiner voulait en venir.

— Oh, j' te cause ! Est-ce qu'il s'est pointé ici avec Rebecca ?

Grégory sursauta.

— Je ne sais pas, Sam. Oui, peut-être le soir où on s'est embrouillés, elle et moi, elle est venue passer la nuit ici. Pourquoi ?

Steiner posa ses fesses sur le parquet et se prit la tête entre les mains.

— Quoi ? Qu'est-ce qui t'arrive ? insista le journaliste.

— Ça craint vraiment. Ce petit branleur m'a dépouillé d'une paire de flingues. Deux Glock 23 ! Je savais qu'il était pas net, mais pas à ce point…

— Bon sang ! Mais pourquoi t'avais des flingues dans ton bar ? T'as pas un endroit plus sécure ? Et puis qu'est-ce que tu fiches avec ça chez toi ?

— C'était un cadeau… et le pire, c'est qu'il y avait une boîte de munitions avec.

Grégory vint se placer devant Steiner. Il prit un air résolu et se jeta à l'eau :

— Sam, Rebecca a été filmée lors d'un acte sexuel… Je suis désolé, mais fallait que ça sorte. Et ces connards menacent de tout balancer sur les réseaux sociaux.

Steiner éprouva à cet instant-là un étourdissement, une sorte de vertige. Les mots du journaliste lui semblaient s'éteindre progressivement au fur et à mesure qu'il achevait une phrase. Ses membres se mirent à trembler et une machine siffla dans son crâne, une machine à vapeur sous pression prête à exploser. Des tambours résonnèrent dans sa poitrine, et il se releva brusquement. Il attrapa Grégory d'une seule main en resserrant ses doigts autour de sa gorge, puis le plaqua contre le mur. Des cadres photo se détachèrent et se brisèrent au sol.

— Dis-moi que ce que tu viens de me dire n'est pas réel ! hurla-t-il en lui postillonnant au visage. Dis-moi que c'est un cauchemar, que la fatigue ou la tension nerveuse me joue des tours et que j'entends mal !

Des veines palpitaient à son cou et sur ses tempes. La rage et la terreur lui déformaient les traits.

— Elle a été violée ? Réponds-moi ! Est-ce qu'ils… est-ce qu'ils lui ont fait du mal ? Qui c'est ? Réponds !

Entre borborygmes et étouffement, d'un regard paniqué le journaliste lui fit comprendre qu'il ne pouvait plus respirer.

Steiner relâcha son étreinte. Il s'empara de la bouteille de vodka, se servit un verre à ras bord et en avala la moitié d'un trait. Puis il se planta de nouveau devant Grégory.

— Vas-y, déballe ! Qui sont ces types ?

— Elle n'a pas été violée, Sam… Ils… ils m'ont envoyé la vidéo, ça me paraît consenti. Rebecca a fait ça avec Jordan et… et son pote. Je te jure que ta fille était consentante, ils ne l'ont pas forcée. Ces petites racailles veulent me faire chanter, ils cherchent à te monter contre moi, à te faire avaler que c'est moi qui leur ai suggéré l'idée d'utiliser Rebecca…

Steiner se massa les tempes en grimaçant.

— À trois ? Ils ont fait ça tous les trois ? Mais Rebecca est un bébé, Greg ! Qu'est-ce qu'elle a dans l' crâne, cette gamine, bon sang !

— Sam, ta fille aura 18 ans dans quelques mois. Elle a fait ça volontairement, apparemment.

— Tu as gardé cette vidéo ?

— Oui, je l'ai toujours sur mon téléphone.

— Il va falloir que je prenne ton portable, OK ? On va essayer de remonter une piste… Qu'est-ce que tu sais d'autre, qu'est-ce qu'ils veulent ?

— 10 000 euros en cash, sinon ils balancent la vidéo sur les réseaux sociaux, termina Grégory en tendant son téléphone à Steiner.

— Je ne pourrai pas examiner ce film tout de suite. Il va me falloir un peu de temps. Manquait plus qu' ça ! Les réseaux sociaux, maintenant…

— Je te l'ai dit, Sam, c'est hyper-compliqué pour elle en ce moment. Je pense qu'elle a perdu le sens de la réalité depuis le décès de Lise-Marie, et puis il y a aussi ton…

Il hésita. Steiner s'effondra sur le canapé et termina la phrase du journaliste :

— Mon absence, c'est ce que tu voulais dire ?

— Même si elle a souvent dit de toi que tu n'étais pas assez présent, j'ai toujours senti de la fierté dans sa voix quand elle t'évoquait.

— Pourquoi est-ce que tout part en couilles à ce point ? Tu le sais, toi ?

Grégory se leva et parcourut du regard le mur de photos près de la grande baie vitrée. Il y distingua des instants de bonheur figés sur du papier glacé, des sourires en couleur, Lise-Marie, Rebecca qui devait avoir 3 ou 4 ans, dans les bras de sa mère, et Steiner tout près. Une famille. De l'amour. Il détailla la silhouette massive de Joseph Steiner en tenue de baroudeur, accompagné de son fils, à peine âgé de 15 ans. Enfin, il s'arrêta sur une photo en particulier. On y voyait Samuel, son père et un troisième homme. Ils posaient devant une immense demeure d'un blanc étincelant, encadrée par une armée de palmiers et des pelouses impeccables. La surface de la piscine octogonale reflétait le bleu du ciel éthéré et l'ombre des pins parasols.

Grégory jeta un coup d'œil en direction de Steiner ; il sentit alors qu'il lui fallait changer de conversation.

— C'est qui ce type, là, avec ton père et toi, sur le Polaroid ? demanda-t-il, intrigué.

— Ah, lui… C'est mon oncle Yarone. La photo a été prise devant la villa Bel Fiore, c'est sa baraque, à Florence. Il est blindé, il a du fric par-dessus la tête…

— Bah, il a peut-être bossé pour ça, non ?

— Il est gentil, même trop, répondit le flic en rejoignant Grégory. Pendant des années, il nous a dépannés lors des périodes de vaches maigres. Et cela humiliait mon père, parce que Yarone n'a jamais vraiment su fermer sa gueule. La plupart du temps, la famille entière était au courant, soit qu'il lui prêtait du fric, soit qu'il lui fournissait de petits boulots de temps à autre.

— Vous n'en avez jamais vraiment parlé. Même Rebecca n'a jamais fait mention de ton oncle.

— Rebecca le connaît à peine, elle a dû passer quinze jours de vacances chez lui, un été, lorsqu'il nous a prêté la villa, à Lise-Marie et moi.

Steiner détailla à son tour le cliché. Il haussa les épaules, un sourire en coin.

— Ça fait des souvenirs…, souffla-t-il.

Le journaliste lui tapota l'épaule. Passé le moment de nostalgie qui, visiblement, avait détendu son ami, il revint au cœur du sujet :

— Bon… Sinon, que comptes-tu faire, Sam, pour cette histoire ?

— Deux solutions : soit je les plombe, soit je m'y prends à l'ancienne.

Grégory se liquéfia.

— T'es pas sérieux ? Quand tu dis que tu les plombes, t'es pas sérieux ?

— Je vais juste faire mon boulot de fonctionnaire de police. Je vais aller voir mon taulier, probablement rendre visite au juge d'instruction, car là, en l'occurrence, nous sommes bien sur une infraction qui relève de la criminalité organisée. Ces branleurs se rendent coupables de vol, de port d'arme illégal, d'escroquerie, de détournement de mineur et d'extorsion, et je passe sur ce qui pourrait s'apparenter à du proxénétisme. Alors on va monter une file et prévoir une interpellation. Je veux un flag, j'ai pas envie de les convoquer au service pour qu'ils s'en tirent libres après vingt-quatre heures de garde à vue. Je ne veux pas les auditionner en tant que témoins, je veux les auditionner en tant que suspects, et qu'à l'issue le juge se prononce pour une mise en examen.

Grégory sentit la colère dans la voix du flic.

— Tu veux un flag ? Mais comment ?

— Ils veulent 10 000 balles ? On va leur porter, ce fric, et c'est toi qui vas faire la mule. Après tout, c'est toi qu'ils ont contacté. On a la vidéo, c'est déjà pas mal. Le capitaine Moser doit me faire un rapport sur des interceptions téléphoniques, on sera fixés. Mais je ne pourrai pas m'en servir sur le plan juridique…

— J'aime moyennement ton plan, Sam. Tu te souviens comment ça s'est terminé avec le tueur de Metz ? J'ai pas vraiment envie de remettre le couvert… Et tu m'expliques pour quelle raison tu ne pourrais pas te servir des écoutes ?

— Parce qu'une fois encore j'ai franchi la ligne jaune, grinça Steiner entre ses dents. Et ne t'inquiète pas pour le flag, on sera nombreux, et puis tu seras en présence de deux gamins, pas d'un tueur en série !

— Deux gamins armés, merde ! Dis-toi que ces deux mômes peuvent eux aussi la franchir, la ligne jaune…

24

Mange tes morts !

Juillet 2019, Nice
Quartier de l'Ariane / Zone du centre de tri et d'incinération

LE MAGISTRAT souleva le ruban jaune qui bornait la zone protégée.

— Quatre cadavres de plus. L'affaire prend franchement une tournure alambiquée, commandant. Vous les connaissiez, ces individus, n'est-ce pas ? demanda le procureur Millet.

Il se tenait près des quatre corps qui attendaient d'être emportés par les services mortuaires. Après avoir achevé les constatations et figé la scène du crime, les techniciens les avaient alignés les uns à côté des autres. Le magistrat plaquait un mouchoir sur son nez, les sourcils froncés tant il souffrait de l'odeur qui se dégageait du lieu. Avec son bermuda kaki et sa chemisette blanche, on aurait pu croire qu'il s'agissait d'un touriste égaré au beau milieu d'un tas d'ordures.

— Oui, monsieur le procureur, répondit Zehnné en désignant le premier des quatre corps. Lui, c'est Carlos Gimenez,

29 ans, le patron des K11.43. Mais je suppose que vous connaissez son curriculum, non ?

— Oh oui, j'ai déjà eu à débrouiller certaines affaires dans lesquelles il était impliqué… Continuez, commandant, ne perdons pas de temps.

— Apparemment, il a été exécuté d'une balle dans la tête, à bout touchant. Le coup a été tiré à l'arrière du crâne, c'est pour ça que c'est un peu… enfin, qu'il ne reste plus grand-chose de la boîte crânienne ni du visage. Les deux, là, ils ont probablement été abattus par Carlos, vu les impacts de projectiles. On dirait bien du 11.43. Les autres possédaient du 9 mm, mais la balistique nous confirmera tout ça.

— Et elle, alors ? s'impatienta le procureur, croyant défaillir sous la chaleur, les relents putrides et les escadrons de mouches.

— Elle, c'est Mila Milčević, originaire du Monténégro. Elle est fichée pour des broutilles, du genre rapine dans des boutiques de luxe. Elle a vécu aux Antilles, à la Martinique, je crois, c'était la compagne d'une espèce d'abruti qui faisait de la contrebande de rhum volé et de la revente de crack. Et puis elle a rencontré le Gitan.

— Et qu'est-ce qu'elle nous apprend, cette Monténégrine ?

— Il pourrait s'agir d'une vengeance. Les membres du K11.43 l'ont probablement supprimée pour punir Carlos, qui aurait commis une faute. Car selon les techniciens, son corps n'a pas été déposé aujourd'hui. La mort de Mila Milčević remonterait à un ou deux jours.

Le procureur s'éloigna des cadavres en chassant l'air devant lui, s'imaginant agressé par un essaim d'insectes et toute une armée de bactéries.

— Bon, cette affaire rejoint le cadre de l'information judiciaire qui a déjà été ouverte pour les deux assassinats précédents. Vous continuez donc de travailler avec le juge Delanoë, qui par ailleurs a déjà été saisi pour l'instruction. Je vous fais confiance, commandant, je connais votre parcours, alors ne me décevez pas…

— Nous envisageons de mettre en place un coup de filet. C'est en tout cas ce qui a été convenu avec le juge. Nous espérons interpeller deux membres importants du gang qui étaient les bras droits de Carlos. L'un d'eux, un certain Axel Redondo, est originaire d'une communauté gitane du quartier de l'Ariane. Il était très proche de la famille de Carlos. Il y a aussi son ami, Raphaël Caron. Nous pensons qu'ils détiennent des informations à propos du meurtre de Claude Cerdan. Ils pourraient également nous éclairer sur une éventuelle guerre de prise de pouvoir.

— Développez…

— Nous pensons que Jean-Michel Auban dirige toujours le K11.43 depuis sa cellule, et qu'il est encore sous les ordres du grand patron de la pègre locale. Il est évident que, après l'exécution de Carlos, un nouveau pape va être désigné pour gérer leur fichu cartel. Reste à savoir qui, et aussi pourquoi ils ont refroidi Carlos. J'ai bien peur qu'un sale orage ne s'abatte sur Nice. Les nuages ont déjà commencé à s'accumuler depuis le meurtre de Cerdan…

★

La nuit se posait lentement sur la ceinture niçoise et sa baie des Anges.

À quelques dizaines de mètres de la station-service, de l'autre côté de la route, deux voitures banalisées de la police judiciaire planquaient sur une sorte de terrain vague. Dans l'une d'elles, Zehnné et un lieutenant de son groupe. Dans l'autre, deux agents de la PJ.

Un important dispositif avait été déployé. Plusieurs véhicules des forces de l'ordre, ainsi qu'un effectif conséquent d'hommes prêts à intervenir, avaient discrètement été disséminés autour du quartier de l'Ariane.

Le juge Delanoë avait donné son feu vert à Zehnné pour l'interpellation d'Axel Redondo et de Raphaël Caron. Ces deux-là intéressaient le service depuis longtemps, et l'informateur qui s'était présenté voilà quelques jours avait alerté la police sur une importante transaction : une livraison de cocaïne dans les environs de Nice que Redondo et Caron devaient effectuer.

Nerveux, la tête calée contre la vitre, Zehnné observait la porte d'entrée de l'atelier désaffecté. Il attendait qu'elle s'ouvre et que les lascars concernés en sortent pour donner à ses hommes l'ordre d'intervenir.

Caron et Redondo étaient censés être seuls à la station. Ils étaient passés récupérer la marchandise, chargée dans les top-cases des motos avant de filer au point de rencontre et de livrer le client.

Zehnné se fichait du flag de transaction ; il voulait seulement les interpeller en possession de la marchandise, juste pour avoir de quoi les cuisiner en garde à vue, leur soutirer des informations à propos de Carlos, de Jean-Michel Auban et du nouveau pape en place.

La porte s'ouvrit.

Zehnné alerta par radio les agents qui planquaient un peu plus loin, ainsi que l'ensemble du dispositif.

— Delta 1, 2 et 3, de Central, position en secteur 1, je confirme la présence des deux suspects, ça bouge, ça sort…

— Central de Delta 1, bien reçu.

— Central de Delta 2, on est en position sur le quadrillage, on attend vos instructions. Terminé.

— Reçu. Avant d'intervenir, on les flashe tous les deux, je veux de beaux portraits de ces petits cons les bras chargés de farine. Il nous faut suffisamment de biscuits pour le juge si on espère les déférer devant lui… On n'a pas encore suffisamment accroché sur eux.

Il y eut un filet d'interférences sur la fréquence, puis une voix émergea :

— Central de Delta 3, on a la confirmation qu'un groupe de motos se dirige vers la station-service. Soyez prudents, ça risque d'être chaud. Terminé.

Deux hommes vêtus de cuir noir et casqués sortirent prudemment de la station. L'un d'eux tenait sous son bras une boîte en carton. Il ouvrit le top-case d'une des motos et y déposa le colis, tout en scrutant la pénombre autour de lui. Le second s'immobilisa tout près de sa Yamaha, inquiet, humant l'air comme l'aurait fait un cervidé pris en chasse.

Après avoir stoppé dans son mouvement le lieutenant qui s'apprêtait à prendre un ultime cliché, Zehnné susurra dans la radio :

— Delta 1, 2 et 3, de Central, silence radio, les gars, je crois qu'on s'est fait détroncher…

Tout se précipita alors, en une fraction de seconde.

Le suspect laissa tomber le carton, s'empara du pistolet-mitrailleur qu'il portait en bandoulière et arrosa copieusement la voiture dans laquelle se trouvaient Zehnné et son lieutenant.

Les vitres explosèrent. Le métal de la carrosserie cracha des gerbes d'étincelles sous l'impact des projectiles, les pneus éclatèrent et un nuage de poussière s'éleva. Les flics en profitèrent pour s'extraire prudemment des habitacles et riposter.

Après quelques échanges de tirs, le jeune lieutenant qui épaulait Zehnné s'effondra, touché par un projectile.

L'un des deux motards sauta sur son engin et prit la fuite. Enragé, son acolyte arrosait toujours les flics, à peine dissimulé derrière sa Yamaha.

— Où es-tu touché ? demanda Zehnné à son équipier.

— Ça va, ça va, je l'ai prise en pleine poitrine. Le gilet a fait son boulot… Mais ça fait un mal de chien, putain !

Zehnné le tira derrière la voiture criblée de balles, juste pour qu'il puisse se protéger et reprendre son souffle. Il jeta ensuite un coup d'œil aux membres de l'équipe qui se tenaient plus loin, eux aussi copieusement plombés par les rafales.

Le type cessa soudain de tirer. Il se mit à cavaler en direction de la première artère qui s'enfonçait dans le dédale de l'Ariane, espérant semer la police et disparaître.

Avant de se lancer à sa poursuite, Zehnné hurla des consignes à ses coéquipiers :

— Appelez les secours, les gars, et occupez-vous du lieutenant Declerc ! On va les agrafer, ils ne peuvent pas échapper au dispositif.

Il emprunta la rue Léon-Jouhaux et disparut entre deux bâtiments. Au loin résonnaient déjà les sirènes des véhicules de secours, probablement alertés par des témoins de la fusillade. Gyrophares tournoyants, pleins phares, un escadron policier débarqua très rapidement sur les lieux. La profonde pénombre du terrain vague fut brusquement inondée par une lueur bleutée, et l'on entendit les voix des fonctionnaires qui se déployaient.

Zehnné traversa un vaste parking, toujours aux trousses du tireur. Celui-ci avait retiré son casque et l'avait abandonné, laissant apparaître une partie de son visage. Il portait juste un cache-nez moto sur lequel était imprimée une mâchoire de tête de mort. Son pistolet-mitrailleur en bandoulière, il continuait de courir sans se retourner, conscient qu'il avait un pitbull sur les talons.

— Arrête-toi ! Arrête, j' te dis ! ordonna Zehnné, qui ne se trouvait qu'à une vingtaine de mètres derrière le fugitif.

Sourd aux sommations, le tireur accéléra de plus belle. Il emprunta l'avenue du Général-Olry à la vitesse de la lumière, bifurqua à gauche, escalada une barrière métallique, sauta de l'autre côté et se retrouva sur le parking du collège Maurice-Jaubert. Légèrement essoufflé, Zehnné suivit le même parcours. Il franchit à son tour la barrière, accéléra lui aussi, puis il tira un coup de feu en l'air.

Sans se soucier du danger, le type sursauta, mais continua de galoper. Il traversa la cour du collège et, alors qu'il s'apprêtait à escalader la grille pour déboucher sur l'avenue Anatole-de-Monzie, il entendit un long hurlement suivi d'un râle. Il se figea.

Il se retourna et découvrit le flic allongé au sol. Celui-ci s'était pris les pieds dans une sorte de nid-de-poule qui crevait l'enrobé de la cour. La chute lui avait ouvert le genou et l'immobilisait à terre. Son arme de service avait valsé un peu plus loin sur le goudron.

Alors que les sirènes de police hurlaient, Raphaël Caron pointa le canon du pistolet-mitrailleur sur Zehnné tout en avançant dans sa direction, apparemment déterminé à l'abattre.

Il se posta à deux mètres de lui, s'immobilisa, puis une voix rauque s'éleva de derrière la mâchoire imprimée :

— Écoute, gadjo. Chez nous on dit « mange tes morts », mais pour une fois je vais te dire « mange ta merde ».

Un flash de lumière éclaira la cour.

La détonation retentit et se dilua dans la nuit, emportant avec elle l'odeur âcre de la poudre et des chairs brûlées.

25
La mobylette rouge

Juillet 2019, Metz

STEINER GARA SA VOITURE sur le parking du commissariat et détacha sa ceinture.

Son portable sonna. Il consulta l'écran et fut surpris en découvrant l'identité de son interlocuteur. Ce dernier n'avait pas pour habitude de le contacter par téléphone.

— Yarone ? C'est bien toi ?

— Comment va mon neveu ? Toujours à courir derrière les Dalton ?

Steiner perçut un rire étouffé à l'autre bout de la ligne.

— Très drôle…

— Parle-moi de Rebecca, comment va-t-elle ? Que disent les médecins ? Je suis inquiet, je n'arrive plus à dormir…

— Ils ont réussi à la stabiliser, mais rien n'est gagné. Il y a une sorte de… un hématome cérébral, une poche de sang qui peut faire pression sur le cerveau, alors ils vont l'opérer, et pour ça ils la gardent dans le coma.

Yarone inspira profondément.

— Et le type, celui qui… Bon sang, qu'est-ce qu'il a foutu, ce taré ?

— Grégory ? Que veux-tu que je te dise, Yarone, ce pauvre gars est dévasté. Il perd son épouse, qui était l'amour de sa vie, et peu de temps après il est responsable de l'accident de sa belle-fille. Bien sûr que je suis en colère contre lui, mais l'accabler ne changerait rien à la situation…

— Dans tous les cas, si tu as besoin de quoi que ce soit, je suis là, Samuel. N'hésite pas à me demander, même s'il s'agit d'argent.

— Ça va, je n'ai pas besoin d'argent, je te remercie. Je vais devoir raccrocher, là.

— J'aimerais beaucoup te voir, Samuel. On n'a pas vraiment eu le temps de discuter lors des funérailles de Lise-Marie. Écoute, je risque de débarquer à Metz après-demain, je vais me rendre au chevet de Rebecca. Si tu veux, on peut se retrouver à ce moment-là, déjeuner ou dîner ensemble, à ta convenance. La famille, c'est sacré, et ça passe avant les affaires.

— Je ne peux pas, désolé. Je prends un vol demain soir pour Nice. J'en ai pour quelques jours.

— Tu files à Nice ? Ça tombe bien, j'ai quelques rendez-vous professionnels dans le coin, à Nice, Cannes et Antibes. On pourra se voir là-bas. Qu'est-ce que tu vas fouiner à Nice ?

Steiner soupira. Il traversa la rue et s'immobilisa devant la porte vitrée de l'entrée du commissariat. Il connaissait bien son oncle Yarone, sa curiosité et son manque de tact. Il hésita à lui répondre, puis il lâcha :

— Je suis peut-être sur une piste concernant la disparition de mon père, mais rien de bien précis.

— C'est-à-dire ? Sois plus clair.

— Je ne peux pas tout dévoiler, j'accompagne la police judiciaire de Nice dans une investigation liée à des homicides…

— Et ? insista Yarone.

— Et ces homicides pourraient être liés à la disparition de papa, ici, en France.

— Attends, je ne comprends pas. Tu es en train de me dire que mon frère ne serait jamais parti aux États-Unis, c'est ça ? Joseph aurait disparu en France ?

— Je n'en ai pas encore la preuve, mais en gros, oui, c'est ça. Il y a de fortes chances pour que papa se soit retrouvé embarqué dans une sale embrouille, une sorte d'engrenage dont il n'a jamais pu ressortir. Ça me paraît assez grave, probablement une affaire criminelle…

Yarone s'éclaircit la voix.

— Mais de quoi s'agit-il exactement ? C'est fou, ça ! À quoi aurait-il pu être mêlé ? Des vols ? Des braquages ?

— Yarone, je ne peux pas t'en dire plus, je suis désolé.

— Après, ce que tu me racontes ne m'étonne qu'à moitié.

— Pourquoi ça ? demanda Steiner, surpris.

L'oncle garda le silence, laissant s'installer un étrange malaise au beau milieu de leur conversation.

— Pourquoi à moitié ? insista le flic.

— Tu ne veux pas plutôt que l'on discute de tout ça quand on se verra ?

— Non, dis-moi ce que tu sais.

— Tu te rappelles comment était ton père, avec sa fierté mal placée, son mépris envers moi parce que j'avais réussi dans l'immobilier, tout ça… Pendant très longtemps, je l'ai soutenu, et moralement, et financièrement. Les magazines et les agences pour lesquels il bossait ne le payaient pas toujours en temps et en heure. Il était trop orgueilleux pour accepter que je l'aide un peu, que je lui file du fric pour que vous puissiez partir en vacances en famille, que je paie tes voyages scolaires ou les fringues qu'il ne pouvait pas t'offrir. Alors, un beau jour, il s'est mis à traficoter. Oh ! rien de bien grave. Il allait livrer du matériel hi-fi tombé du camion, par exemple, il rachetait et revendait du matériel photo provenant de divers cambriolages, il…

— Quoi ? T'es en train de me dire que papa était un escroc ? Un fourgue ?

— Il le faisait quand il avait besoin d'argent. Tu te souviens de cette mobylette flambant neuve qu'il t'a offerte pour tes 14 ans ? Eh bien, il avait pu l'acheter parce qu'il avait refourgué un lot de magnétoscopes et de films VHS. Bref, Joseph voulait se débrouiller seul, et moi j'étais atterré de ne rien pouvoir faire. J'étais impuissant, je le regardais s'enfoncer dans la boue. Nous nous sommes brouillés à plusieurs reprises, il me menaçait chaque fois de couper définitivement les ponts avec moi si je me mêlais de sa vie. Ta mère en était malade, mais elle l'a supporté, jusqu'au jour où elle l'a quitté.

— Mais je, je n'ai jamais rien vu de tout ça. Je n'aurais jamais imaginé que mon père pouvait magouiller avec des individus de ce milieu-là pour mieux gagner sa vie…

— C'est pour cette raison qu'il va falloir qu'on se voie. Nous discuterons calmement de Joseph. Je sais que ça peut être un choc pour toi, mais il faut que tu saches que c'en est un pour moi aussi. Le fait de savoir que mon frère a pu mal finir à cause de ses combines minables, ça me retourne.

Steiner n'en revenait pas. Les confidences de son oncle l'avaient boxé comme un pauvre débutant sur un ring trop grand pour lui.

Yarone reprit la parole, une légère amertume dans la voix :

— Et puis, ce n'est pas tout… il y avait le jeu. Il jouait souvent. Poker, black-jack, backgammon, la plupart du temps dans des cercles de jeux réputés blanchir du fric… Quand on se perd dans ce bourbier, il y a de fortes chances pour qu'on y rencontre de graves problèmes.

Steiner s'affaissa. Il s'assit sur les marches de l'escalier de l'entrée et coupa la communication.

Des images se mirent à tournoyer sous son crâne. Le jour de son anniversaire, son père qui lui offrait une mobylette rouge. Lui, en larmes, le cœur battant, submergé par l'émotion, la joie de posséder enfin l'objet de ses rêves.

Mais ce rêve d'ado venait de se briser. La couleur flamboyante du vélomoteur qui subsistait dans ses souvenirs depuis tant d'années se ternit et perdit ses reflets pour commencer à se désagréger, à se diluer lentement dans le néant de sa mémoire.

★

Tel un fantôme revenu parmi les vivants, Steiner errait dans le long couloir qui menait à son bureau. L'image du vélomoteur tentait encore de s'accrocher, de reprendre forme. Mais Steiner voulait effacer cet épisode qui avait éclairé une partie de son adolescence, il voulait oublier la joie que lui avait procurée le cadeau de son père. Il lui faudrait du temps, probablement des années, pour que soit définitivement gommé ce morceau de mémoire, pour que la mobylette rouge disparaisse à jamais de ses souvenirs.

Le capitaine Moser se tenait au bout du couloir, les mains sur les hanches. Lorsque son supérieur finit par le rejoindre, il fut troublé par la pâleur de son visage et son regard vide.

— Wow ! Sam, c'est pas le top, on dirait. Qu'est-ce qui se passe ?

— T'inquiète, c'est juste que des saloperies n'arrêtent pas de me tomber sur le coin de la gueule en ce moment, et ça n'en finit pas. Viens, on va se caler dans mon bureau. Alors, ces écoutes, elles donnent quoi ?

— Tu vas halluciner, j' te promets. Comment va ta fille ?

— Elle est stable. Elle sera opérée demain au plus tôt. Vas-y, explique, déballe tout, insista Steiner en ouvrant la porte de son bureau.

Moser s'installa sur un siège en jetant une clé USB sur le sous-main.

— C'est l'enregistrement de l'échange téléphonique entre Jordan Caplan et Mounir Abdellaoui. Le petit ami de Rebecca est plus raisonnable, il veut tout stopper, par contre le fameux Scarface est dangereux, lui. Il est prêt à te plomber, Sam, va falloir l'accrocher avant…

— Qu'il s'y risque, ce petit connard ! grinça Steiner en haussant les épaules.

— T'es au courant pour tes flingues ?

— Je suis au courant de tout, putain ! Ces mecs vont payer pour ce qu'ils ont fait à Rebecca. Comme prévu, on les serre avec un flag. Grégory marche dans la combine pour remettre le blé à ces deux crevards. On a tout ce qu'il nous faut, la vidéo, le SMS qui prouve qu'il y a chantage et tentative d'extorsion de fonds. Je vais les baiser, Moser, on a assez de biscuits pour les faire tomber. Le juge a ordonné une interpellation, on les saute demain.

Légèrement surpris, Moser hocha la tête, puis il ajouta :

— Et pour l'interception téléphonique, tout est sous contrôle, elle n'a jamais eu lieu.

— Le technicien est sûr ?

— T'inquiète, je lui ai refilé un sachet de ganja que j'ai carotté aux scellés pour le remercier. De cette façon, il est un peu plus impliqué dans notre histoire, termina-t-il en ricanant.

— J'aime ta conception de la gratitude, Moser.

En se redressant, le jeune capitaine mima un salut militaire qu'il adressa à son supérieur. Il s'apprêtait à quitter la pièce lorsqu'il demanda, inquiet :

— Tu es sûr que tout va bien ? Si je peux t'aider, dis-le-moi. T'as vraiment une sale mine.

— C'est rien, je t'assure. Juste une vieille bécane qui fait du bruit à l'intérieur de mon crâne, mais ça passera.

26

Nuit noire

Juillet 2019, Metz
Hôpital de Mercy / Ars-Laquenexy, service de réanimation

SON PÈRE, sa mère, son grand-père et son grand-oncle étaient assis près d'un rocher. L'environnement s'était transformé, le sable ocre avait disparu, la plage s'était revêtue d'une sorte de tapis de cendres chaudes et le ciel était sombre, chargé d'épais nuages, zébré d'éclairs. La mer était noire, houleuse, et les vagues brodées d'une dense écume venaient se fracasser sur les rochers en produisant un son effrayant.

Rebecca voulut les rejoindre, mais, lorsqu'elle tenta de s'élancer, son corps resta immobile. Comme si ses jambes étaient en plomb et pesaient des tonnes, comme si ses pieds étaient vissés au sol.

Elle comprenait qu'elle perdait peu à peu sa famille et qu'elle ne la reverrait jamais plus. Elle se sentait partir. Une étrange envie de plonger au creux des vagues déchaînées la tenaillait. Puis elle se souvint de ce que son père lui avait dit, des conseils de son grand-oncle Yarone, de leur suggestion de revenir parmi eux. Cependant, Rebecca éprouvait un irrésistible désir de se jeter dans les bras de sa mère, de se blottir contre elle, de fermer les yeux et de se laisser guider. Elle souhaitait également rejoindre ce grand-père au visage si accueillant et si familier. Mais quelque chose ne fonctionnait pas, elle était incapable de bouger.

Brusquement, Rebecca s'effondra à genoux en fermant les paupières. Les mains enfoncées dans la cendre tiède, elle sentit une immense solitude la submerger, de la tristesse aussi, de l'impuissance et de la colère.

Lorsqu'elle rouvrit les yeux, son grand-oncle, son père ainsi que son grand-père se tenaient tout près d'elle.

Yarone se pencha sur sa petite-nièce et murmura :

— Suis-moi, Rebecca. Pour te tirer d'affaire, il va te falloir plonger dans cette eau noire et profonde. Si tu veux te réveiller et revenir parmi nous, il faut d'abord emprunter cette voie-là, c'est la seule solution. Je peux t'accompagner sous la surface, et je te guiderai pour remonter au grand jour.

Rebecca observa la mer démontée, les vagues monstrueuses qui se fracassaient de plus en plus violemment sur les barres rocheuses. Elle frissonna devant l'insondable océan. La voix de son grand-oncle l'apaisait et la terrifiait à la fois ; elle contenait une sorte de rage enfouie, une colère prête à exploser tel un volcan trop longtemps éteint.

Le regard de Rebecca se posa sur l'énorme pendentif en forme de soleil que portait Yarone autour du cou. Elle fut hypnotisée par les reflets dorés qu'il produisait, et ses vifs éclats transpercèrent ses rétines jusqu'à l'éblouir. En tentant de déchiffrer les symboles gravés en son centre elle chancela un instant, étourdie par le magnétisme que dégageait l'amulette, puis elle détourna le regard.

Yarone insista :

— Ce que tu observais, ma petite-nièce, c'est le symbole de la réussite, de la vérité, c'est le soleil roi et le Roi-Soleil. Il est magnifique, splendide, c'est celui qui éclaire le monde et le fait vivre, qui régit tout un système entièrement dévoué à sa grâce. Sa lumière met huit minutes et dix-neuf secondes pour percuter la surface de notre planète. Qu'adviendrait-il si ce laps de temps venait à augmenter ou à diminuer ? Que se passerait-il si le soleil s'éteignait et ne brillait plus ? Que crois-tu qu'il va t'arriver, Rebecca, si tu ne plonges pas avec moi dans l'eau noire de cet océan pour réapparaître à la lumière du soleil ?

— Ne l'écoute pas, Rebecca ! s'interposa Joseph Steiner. Tu ne ferais que te perdre à jamais dans les limbes. Suis mes conseils et ceux de ta mère. Nous ne sommes plus de ce monde, mais nous t'aiderons à retrouver le chemin de ton existence, crois-moi. Tu n'es pas prête pour partir, ma belle.

Les larmes aux yeux, Samuel Steiner s'avança et s'agenouilla près de sa fille. Il la serra très fort dans ses bras.

— Reviens, mon amour, je n'ai plus que toi, ne me laisse pas… Je t'en supplie, reviens.

★

Jean-Michel Auban sommeillait dans sa cellule, vautré sur le matelas à mémoire de forme neuf, quand le téléphone que lui avait offert Morpheus vibra.

— Ouais, allô ? C'est qui ?

— De quelle façon envisages-tu l'avenir ? Bientôt libre, en train de t'enfiler de la bière et des femmes, ou en train de pourrir dans ta cellule, à crever d'une infection pulmonaire, d'un cancer ou d'une crise cardiaque ? Hein ? Dis-moi un peu, j' t'écoute…

Auban se redressa sur son lit, comme si la voix de son interlocuteur lui avait assené un électrochoc.

— Patron ? Je…

— « Je » quoi ? Qu'est-ce que tu as branlé ? Avec les membres du K11.43, vous avez semé un chaos monumental. Depuis le barbecue de Cerdan, tout part en couilles. Tu en es conscient, Jean-Michel ?

— Tout va rentrer dans l'ordre, je vous le promets. Morpheus va prendre les choses en main. Vous savez qu'il est dehors et qu'il…

— Je me fous de ce connard de Morpheus ! Qu'est-ce que c'est que cette guerre de gangs ? Qu'est-ce qui vous a pris à tous, hein ? D'abord c'est Carlos qui pète les plombs et supprime les deux mômes, ensuite tes deux petits cons du K11 qui l'abattent. Les flics deviennent dingues, tu comprends ? Hier soir, ils ont tué le jeune Gitan, Raphaël Caron, alors qu'il s'apprêtait à cramer le flic qui le poursuivait. Le bizness fonctionnait bien jusqu'à présent, mais là, ça va devenir très compliqué. La semaine prochaine, les Colombiens nous livrent à domicile, alors on n'a pas le droit de merder. Donc, tu me calmes tous ces petits cons, et vous passerez le balai entre vous plus tard. Quand on veut faire du ménage, on le fait bien. On élimine d'abord les bactéries dangereuses, bordel !

— Je suis désolé, boss, je vais me rattraper, mais je…

— … t'es en taule ! Je m'en fous ! Tu me redresses le navire et tu nous évites le naufrage, compris ? Où est-ce qu'on en est avec la sœur de Cerdan ?

— Morpheus est sur le coup, mais il attend le bon moment. Il craint que Viviane soit surveillée ou sur écoute.

— Et Nadine ?

— Quoi, Nadine ?

— Tu ne penses pas qu'elle pourrait nous faire un enfant dans le dos ?

Auban ne répondit pas immédiatement. Il prit une profonde inspiration, puis expliqua avec assurance :

— Elle ne racontera rien de plus que ce qu'elle a déjà balancé aux flics à mon sujet.

— Et cette nuit à la bergerie, tu t'en souviens ? Il y a un flic, là, un enquêteur de Metz, qui vient foutre son nez dans les affaires de la PJ niçoise, et je n'aime pas ça. Je sais pourquoi il tourne autour du commandant Zehnné, je sais ce qu'il cherche.

Des pas résonnèrent dans le couloir. Auban cacha le téléphone, espérant ne pas avoir droit à une fouille surprise.

Lorsque le silence se fit de nouveau, il porta l'appareil à son oreille :

— Et il cherche quoi ?

— Fais le nécessaire, Jean-Michel, éluda le parrain. Et quand tout sera revenu à la normale, je te ferai arracher de cette taule. Je prépare ton évasion, mais avant je veux des résultats, et je te sortirai pas du trou tant que tu pourras pas m'assurer que le bizness peut reprendre sans danger. C'est clair ?

— Oui, boss, très clair. On va s'occuper de Viviane. Et du flic…

— Non, pour le moment tu t'occupes pas du flic de Metz. Charge-toi de Viviane en priorité, elle est trop dangereuse, elle sait trop de choses. Et pour Nadine, je crois savoir qu'elle détient pas mal d'informations à ton sujet, alors j'espère pour toi qu'elle ne balancera rien nous concernant. Si tu n'es pas sûr de ton coup, fais le nécessaire pour elle aussi.

— Si seulement…

— « Si seulement » quoi ?

— Je donnerais cher pour revenir en arrière et faire en sorte d'éviter cette fichue nuit qui nous a tous foutus dedans. J'aurais pas dû éliminer le Corse et l'Arabe, toute la merde nous est tombée dessus après.

— Et tu imagines le sacrifice que j'ai dû faire pour sauver l'organisation ? Je me suis mouillé, moi aussi, j'ai dû l'abattre, ce con. Putain de sale nuit, putain de nuit noire !

27

Scarface

Juillet 2019, Metz
Centre-ville

INQUIET ET MAL À L'AISE, Grégory Klein se tortillait sur la banquette arrière. Moser était au volant et Steiner sur le siège passager. Il finissait d'avaler les restes d'un sandwich écrasé tout en zappant entre les stations de radio. Il s'arrêta sur Grandaddy interprétant « So You'll Aim Toward the Sky », avant de se retourner vers Grégory.

— Ça va aller, t'inquiète pas. Tu leur portes juste le fric à la cathédrale Saint-Étienne, c'est tout. Les hommes de mon groupe sont disséminés un peu partout à l'intérieur, et j'ai aussi une équipe qui planque au marché couvert, prête à intervenir rapidement. Il ne peut rien t'arriver. Tu leur files le blé, et on les cravate. Fin de l'épisode.

Grégory eut du mal à déglutir. Il haussa les sourcils en acquiesçant d'un geste, puis il demanda :

— Et toi, tu repars quand à Nice ?

— Je prends un vol en début de soirée. C'est Moser qui s'occupera de la suite jusqu'à mon retour. Je compte sur toi, pour Rebecca... Allez, en piste ! Il faut y aller, maintenant.

Steiner tendit une enveloppe de papier kraft à Grégory.

— En coupures de 50 euros, comme ils l'ont exigé. N'oublie pas, Greg : tu ne paniques pas, tu les laisses te parler, et quand ils te demanderont l'enveloppe, tu leur remets sans tenter quoi que ce soit, OK ?

— Oui, pas de problème, Sam. Vous... vous serez prêts à intervenir ? T'en es bien sûr ? Et le micro sur ma poitrine, ils vont pas s'en apercevoir ?

— Ne te tracasse pas pour ça. Si tu gardes une attitude relativement zen, ça ira. Essaie d'être le plus naturel possible. Allez, rentre dans cette putain de cathédrale, maintenant.

Anxieux, Grégory descendit du véhicule. Il jeta un coup d'œil autour de lui, scrutant les moindres recoins de la place d'Armes. Il y avait quelques passants, des véhicules de la voirie qui s'employaient à rendre les trottoirs de Metz plus lumineux, le marché couvert qui s'animait doucement...

Le journaliste poussa la porte de la cathédrale et une fraîcheur agréable caressa son visage. L'odeur de cire des cierges en bout de course lui sauta au visage, ainsi que cette inévitable odeur de champignonnière, ces relents de moisissure propres aux lieux de culte ancestraux.

Il s'avança jusqu'au premier rang d'une armée de prie-Dieu fatigués, juste devant l'autel étincelant. Nerveux, il fouilla du regard les zones de pénombre qui s'étiraient entre les majestueuses colonnes, puis se laissa mollement tomber sur un siège.

Une vieille dame faisait face à la statuette d'une sainte, lui offrant un cierge qu'elle alluma en séchant ses larmes.

Plus loin, un homme priait devant un autel, un rosaire entre les doigts.

Grégory sentit sa gorge se nouer. Une goutte de sueur glissa lentement le long de sa nuque.

Il songea au fait qu'il se mettait une fois encore en danger, comme il l'avait fait voilà deux ans avec Lise-Marie. Il ne pouvait oublier ce moment où son existence avait failli basculer. Il s'était souvent demandé pour quelle raison il se retrouvait dans ce genre de situation. Soupçonnant Steiner de l'utiliser comme un appât, la réponse qu'il se faisait ne lui plaisait pas forcément.

La porte de la cathédrale s'ouvrit soudain avec un long grincement, la lumière du soleil inonda le sol séculaire et un couple âgé entra.

Grégory regarda le cadran de sa montre. Les deux types auraient dû être arrivés depuis cinq bonnes minutes.

Pourquoi tardaient-ils ?

Une main se posa alors sur son épaule et le journaliste sursauta en lâchant un petit cri d'animal apeuré.

— Tu fermes ta gueule, tu poses pas de questions, conseilla Jay en prenant place à sa droite.

Grégory contempla le bout de ses chaussures, puis épongea du revers de la main une fine pellicule de sueur sur son front. L'éclairage de la cathédrale creusait ses traits, accentuait la pâleur de sa peau.

— T'as le fric ? demanda Scarface en s'installant à sa gauche. J'espère que oui, sinon je te promets que ça va être un beau bordel. Ton pote, il a beau être keuf, je te jure que j'hésiterai pas à le plomber, et toi avec… Vous finirez tous les deux au fond de la Moselle.

— Qu'est-ce qui me prouve que vous allez retirer toutes les vidéos de Rebecca ? s'inquiéta Grégory en posant l'enveloppe sur ses genoux.

— Écoute-moi bien, journaleux de mes deux, tu me fais confiance, c'est tout. Nous, on veut juste la thune. Après, tu nous oublies, comme on va oublier Rebecca. Hein, pas vrai, Jay ?

Effrayé, Grégory imagina l'équipe de Steiner intervenant de façon trop théâtrale. Il visualisa le drame et le bain de sang.

— OK ! Prenez le fric. Je ne veux plus entendre parler de cette histoire.

— Comment va Rebecca ? risqua Jay en se penchant vers lui.

— Elle est toujours dans le coma, si tu veux savoir, elle…

— Qu'est-ce qui s'est passé, exactement ? insista Jay.

Scarface dévisagea Grégory, puis tout à coup il plaqua sa main sur sa poitrine et palpa son thorax.

Il extirpa alors l'arme qu'il tenait dissimulée dans son dos, calée sous sa ceinture, et posa le canon sur la tempe de Grégory en hurlant :

— Sale petite pute, tu voulais nous baiser, hein ?

L'écho se répercuta et les rares fidèles se retournèrent.

— Qu'est-ce qui se passe ? s'inquiéta Jay en se levant.

— Il a un micro, ce bâtard ! Les flics sont sûrement dehors. Si jamais ils sont là, je te jure que t'es mort, mec.

Scarface lui arracha l'émetteur, qui était fixé par un morceau d'adhésif, puis il hurla de nouveau, faisant sursauter les fidèles :

— À genoux, saloperie ! Mets-toi à genoux ! Tu vois ce flingue ? C'est celui de ton pote, et c'est ce flingue qui va te cramer la tronche.

À l'extérieur, Steiner donna à son équipe l'ordre d'intervenir immédiatement, et tous pénétrèrent dans l'édifice.

— Scarface ! Pose l'arme sur la chaise ! Allez, il n'y aura pas de dégâts, je te le promets, assura Steiner en s'avançant.

Jay leva immédiatement les bras. Pris de panique, il posa ses mains sur sa tête et s'agenouilla à côté de Grégory.

— Jay ! Tu fais quoi, gros con ? Lève-toi ! ordonna Scarface en braquant le canon de l'arme sur Steiner. Et toi, le poulet, tu te crois où ? Tu restes à l'entrée, sinon je crame ton pote.

Scarface jeta un rapide coup d'œil aux policiers qui se déployaient dans la cathédrale.

— T'as vraiment envie de bousiller ta vie pour une somme aussi ridicule ? rétorqua Steiner. Tu veux gâcher ton talent d'informaticien en donnant des cours d'informatique à des taulards pour le reste de ton existence ?

Pour toute réponse, Scarface ouvrit le feu sur les policiers qui se tenaient derrière l'autel, ainsi qu'en direction d'une colonne, espérant toucher l'agent dissimulé derrière.

Les personnes venues se recueillir se jetèrent au sol. Des cris de panique se déployèrent en écho dans l'édifice.

— Je te l'ai dit, cousin ! Fais-moi pas rager, manque-moi pas de respect, putain !

— Personne ne te manque de respect, Scarface, c'est juste que je veux te laisser une chance, tu comprends ?

Toujours à genoux, Grégory ne bougeait plus. Livide, il attendait que vienne son heure, que son agresseur lui loge une balle dans le crâne. Jay s'était allongé au sol, les mains toujours sur la tête.

— Laissez-moi partir avec la thune et on est quittes, assura Scarface en tirant sur un policier qui s'approchait.

Deux détonations retentirent une poignée de secondes plus tard et il s'effondra, la poitrine perforée.

Steiner se précipita pour rejoindre Grégory, palpa la jugulaire de Scarface et ordonna :

— Appelez vite les secours d'urgence, il va nous lâcher.

L'air dépité, l'agent qui avait tiré s'avança, espérant que son supérieur l'informerait que le type ne décéderait pas, que tout allait s'arranger.

— Quel merdier..., soupira Steiner en se redressant.

Grégory se releva à son tour, vacillant, le cœur prêt à éclater.

L'équipe procéda à l'arrestation de Jay. Un policier lui passa une paire de menottes, les mains dans le dos, puis l'accompagna à l'extérieur.

Steiner regagna à son tour le parvis de la cathédrale. Il plissa les yeux, les rétines incendiées par le soleil qui irradiait la place d'Armes.

En observant devant lui le déploiement des véhicules de secours et de police, il s'empara de son téléphone et composa un numéro.

— Monsieur le député, c'est Steiner...

— Samuel, je vous ai déjà dit de ne plus m'appeler ni « monsieur le juge », ni « monsieur le député », c'est pas compliqué ! grinça Magnan. Que se passe-t-il ?

— Je vais avoir besoin de vos relations, mais surtout que vous me rendiez un petit service.

— Ce n'est pas grave, j'espère ?

— Il va falloir exiger de la part d'opérateurs Internet qu'ils nous fournissent des accès, qu'ils nous permettent d'entrer sur des sites d'hébergement afin de vider des contenus informatiques en ligne.

— De quel genre ?

— Essentiellement des vidéos...

— Vous ne connaissez pas le technicien qui les a mises en ligne ?

Steiner soupira.

— Si... mais il est mort.

— Contactez donc la direction centrale de la PJ, Samuel. Voyez avec la sous-direction de la lutte contre la cybercriminalité, ils…

— Non. Je veux que ça se fasse en douceur, sans alerter toutes les polices de France. C'est de ma fille Rebecca qu'il s'agit.

28

La petite lueur

Juillet 2019, Nice
Promenade des Anglais

De retour à Nice le lendemain, Steiner avait encore en mémoire la violente arrestation de Jay, ainsi que la neutralisation de son camarade.

Il avait rejoint son ami Sergianni sur la promenade des Anglais. Celui-ci lui avait donné rendez-vous en fin de matinée face au casino du Palais de la Méditerranée. Il avait voulu informer rapidement Steiner de l'importance de son dernier entretien avec Nadine Morel, lui dévoiler le secret qu'elle avait livré.

Installé dans son fauteuil roulant, il se laissait conduire, poussé par son ami. Le soleil était déjà haut, il inondait la promenade et irisait la crête des vagues qui venaient mourir sur les galets.

Steiner brisa le silence :

— Tu sais, Raymond, les suspects qui tombent sous les balles d'un flic sont monnaie courante dans les films, les romans policiers ou les séries à la mode. Mais quand ça se passe dans la vraie vie, ça te secoue vraiment… Quel gâchis, c'était qu'un gamin !

— C'est pas comme si tu n'avais jamais vu de morts… Mais je comprends où tu veux en venir.

Steiner esquissa un sourire en pointant de l'index le casino.

— Tu vois ça, le Palais de la Méditerranée ? La disparition d'Agnès Le Roux en 1977, l'héritière du casino… Cette affaire a défrayé la chronique pendant une trentaine d'années. On n'a jamais retrouvé quoi que ce soit, ni corps ni aucun autre élément qui aurait pu établir sa mort.

— Ouais, je connais cette affaire, Sam. Maurice Agnelet, son ex-amant, a été soupçonné. Finalement, il a été condamné en 2014 pour assassinat. C'est un feuilleton judiciaire de dingue ! Qu'est-ce qui te tracasse dans l'affaire Le Roux ?

Steiner positionna le fauteuil près d'un banc public face à la mer, puis prit place et confia à son ami :

— C'est juste que je me demande ce qu'a pu ressentir la mère, Renée Le Roux, comment elle a pu supporter la perte de son enfant… Toutes ces années sans savoir si sa fille était morte ou si elle avait tout simplement fui à l'autre bout du monde.

— La seconde hypothèse me semble peu crédible.

— Ah bon ? Pourquoi ça ?

— Sam, pourquoi une gosse de riches irait se perdre à l'autre bout du monde ? Pour quelle raison quitterait-elle sa famille et tous ceux qu'elle aime ? Qui plus est, se sachant héritière d'un petit empire ?

— Et mon père, alors ? Pourquoi il aurait fait ça, hein ? Pour quitter une vie qu'il exécrait ? En ce qui le concerne, je pense, comme toi, que la théorie du meurtre reste la plus plausible.

Sergianni s'éclaircit la voix, comme pour détourner l'attention de son ami, tout en extirpant une flasque de vodka d'une des poches de son fauteuil.

— Tu veux pas arrêter ton suicide public, Raymond ? Cesse de picoler ! Tu prends un traitement qui pourrait tuer un éléphant, et tu t'enfiles des litres de cette merde…

— Tu veux savoir ce que m'a confié Nadine Morel ou non ? répondit le psy avec une grimace.

— Je t'écoute.

— Alors, par pitié, cesse de me considérer comme un gamin et laisse-moi me consumer comme bon me semble, s'il te plaît. Ta fameuse Nadine présente un étrange comportement. Son récit me paraît à la fois très clair et très confus…

— Explique-toi. Confus par rapport à quoi ?

— Elle s'est… livrée. Je crois qu'elle commence carrément à bien m'aimer, termina Sergianni en avalant une gorgée de vodka.

— OK. Mais encore ? D'après toi, elle pourrait nous avoir manipulés, Zehnné et moi ?

— Zehnné ? C'est qui, déjà ?

— Le flic de la PJ, ici, à Nice.

— Ce qui est sûr, c'est qu'elle m'a lâché des infos sur la nuit pendant laquelle il y aurait eu plusieurs homicides. D'après moi, elle nous livre un récit limité de certains moments de cette nuit-là. Quant à ce qu'elle a vécu auprès de Jean-Michel Auban, il y a beaucoup d'évocations floues, ou alors des souvenirs dont, à mon humble avis, elle grossit volontairement le trait. Elle m'a donné l'impression d'éprouver une sorte de plaisir à parler de tout ça, une sorte de jouissance…

Steiner laissa son regard se perdre sur les sommets du Palais de la Méditerranée, au-delà du fronton art déco sauvé de la démolition par Jack Lang en 1990. Il se retourna ensuite et demanda à son ami :

— C'est une manipulatrice ou pas ?

— Je dirais non. En revanche, elle avance masquée. Cette façon qu'elle a d'évoquer son histoire avec ce qui semble s'apparenter à du plaisir pourrait être sa manière à elle de se protéger, de se convaincre que les horreurs auxquelles elle a assisté sont de simples faits dont on peut parler sans dommage.

— Bon, et qu'as-tu appris de si important ? Au téléphone, je t'ai senti excité, pressé de me raconter…

Le visage du psy se ferma. Son éternel sourire malicieux s'effaça et il but une nouvelle gorgée de vodka. La tête tournée vers la mer, il commença d'une voix tendue :

— Jean-Michel Auban montait des casses dans la région, entre Cannes, Nice, Antibes et Monaco. Il avait de nombreux complices, et il obéissait aux ordres d'un parrain très influent. Ce dernier est toujours aux manettes d'une puissante organisation qui gère tous les bizness de la côte varoise, de Toulon à Menton. Ils font dans la coke, l'héro, tous types de stupéfiants, les trafics divers… Ils ont des filles, des hôtels, ils gèrent des parcs immobiliers, interviennent dans les grosses transactions financières et la gestion de plusieurs casinos. Ils sont aussi présents dans le secteur politique et obtiennent l'attribution de marchés sur des appels d'offres.

— Elle t'a raconté tout ce bazar ? Nom de Dieu ! Et où elle voulait en venir ?

Sergianni plongea son regard dans celui de son ami.

— Hey ! Je vais t'expliquer tout ça, mais… mais c'est pas facile pour moi. Certains éléments vont t'impliquer, pas directement, certes, mais tu vas devoir encaisser un choc assez colossal, Sam, alors prépare-toi…

Steiner se planta devant le psy, bras croisés et sourcils froncés.

— Qu'est-ce qu'elle est allée te mettre dans le crâne ? Tu veux que j' te dise ? J'ai vraiment l'impression que cette gonzesse nous balade, elle est cinglée !

— Sam, tu la fermes et tu m'écoutes ! l'interrompit brusquement Sergianni. Nadine Morel est saine d'esprit. Et elle n'affiche aucune tendance à la mythomanie. Lors de notre entretien, je n'ai décelé aucune pathologie de nature psychotique, elle ne présente aucune activité délirante ou hallucinatoire, pas de vécu persécutif ni interprétatif, pas de signe de dissociation ni de discordance, pas de sentiment d'étrangeté, de signe d'automatisme mental, de *fading* ou de contact de nature schizoïde. Nadine est saine, je suis prêt à le parier. Il n'y a aucun élément démontrant une névrose structurée, au sens d'une névrose hystérique, phobique, obsessionnelle, pas plus qu'elle ne semble sujette à des angoisses…

— Admettons. Elle n'est pas dingo, et tout ce qu'elle affirme est vrai. Mais tu sais pourquoi je veux qu'elle parle, alors je…

— Je t'explique. Un jour, un type a débarqué à la bergerie, prétendument recommandé par le grand parrain lui-même. C'était une sorte de recrue fraîche pour le braquage qu'ils s'apprêtaient à commettre : une bijouterie à Cannes. Auban l'a donc hébergé quelques jours. Dans l'affaire, Claude Cerdan, le fourgue d'Auban, était chargé de revendre les bijoux du hold-up. Il y avait aussi un Corse qui devait être intégré à l'équipe de braqueurs, un Maghrébin qui devait endosser le rôle de chauffeur, et donc ce gars chaudement recommandé par le parrain…

Steiner sentit que quelque chose lui échappait, mais qu'une petite lueur cherchait à percer tout au fond de son esprit. Il éprouva alors cette sensation terrible qui vous saisit quand on commence à comprendre une situation que l'on s'est profondément efforcé de nier, une situation qui va forcément provoquer en vous un choc psychologique.

— Donc, cette recrue qu'avait hébergée Auban a servi d'éclaireur. Ce type a été chargé de partir en reconnaissance à Cannes, de prendre des photos des lieux, de l'environnement, de l'emplacement géographique, de la joaillerie… Tu commences à comprendre ?

Steiner se rappela alors que Nadine lui avait confié qu'un des types impliqués dans le braquage devait rejoindre les États-Unis…

— Le type… il faisait des photos, tu dis ? balbutia-t-il.

— Oui, Sam. Tu assembles enfin les pièces du puzzle… Il était photographe, et lui aussi a participé au casse. Mais le braquage a foiré, et ils sont tous allés se mettre à l'abri à la bergerie. Le soir même, ça a dégénéré, il y a eu des règlements de comptes.

Steiner sentit que la frêle lueur tout au fond de lui se muait en un éclat vif, pour enfin inonder et éclairer l'intégralité de son esprit.

— Quel genre de photos, Raymond ?

— Sam, ce photographe… c'était ton père. Il y a de fortes probabilités pour qu'il se soit enfui avec une partie du butin, le peu qu'ils avaient pu rapporter du casse. Ton père est peut-être toujours en vie, quelque part sur cette planète…

— Putain ! Raymond, tu penses que mon vieux aurait tout envoyé valser ? Tu crois vraiment qu'il aurait abandonné sa famille du jour au lendemain ? Oui, j'ai appris par un de mes oncles qu'il avait trempé plusieurs fois dans de petites magouilles, mais toujours dans l'intérêt de sa famille, pour que je ne manque jamais de rien… Selon moi, il ne s'est pas fait la malle au soleil, il s'est fait descendre par toute cette clique de crevures.

— Il ne faut négliger aucune piste, Sam, tu le sais. C'est toi le flic, pas moi.

Les jambes coupées, Steiner s'affala mollement sur le banc. Au fond de sa pupille brillait une étincelle inquiétante.

— Nadine a aussi parlé de Viviane Cerdan. Elle a laissé entendre que sa camarade en savait beaucoup plus qu'elle au sujet de la nuit du massacre. Claude Cerdan se confiait beaucoup à sa sœur, il lui accordait une confiance sans limites. Seule Viviane sait ce qui s'est déroulé cette nuit-là, et elle connaît également ce type mystérieux qui est arrivé à la fin du massacre. Si tu découvres de qui il s'agit, peut-être que tu apprendras ce qu'est devenu ton père…

29

Juste une prière

Juillet 2019, Nice
Quartier de l'Ariane

LE SOIR GLISSAIT DOUCEMENT sur la cité lorsque Zehnné et Steiner débarquèrent devant l'imposant bâtiment. Le quartier de l'Ariane semblait calme.

À l'issue d'un entretien avec le juge d'instruction Delanoë, Zehnné avait été sommé de convoquer Viviane Cerdan dans les locaux de la PJ afin d'éclaircir quelques zones d'ombre concernant l'assassinat de son frère.

Le flic niçois serra le frein à main, coupa les feux du véhicule et lança à Steiner, juste avant d'ouvrir sa portière :

— Vous devriez rester ici le temps que j'aille voir Viviane. C'est plus prudent.

— Je préfère venir avec vous. En plus, avec votre genou en charpie, vous n'iriez pas loin si la racaille du coin vous emmerdait. Vous avez eu beaucoup de chance l'autre fois, avec le Gitan…

— Je sais, mais ça va aller… Écoutez, je vous assure que quand on sera de retour au service, je vous laisserai lui poser les questions que vous voulez.

— Non, je viens ! affirma sèchement Steiner.

— Hey, c'est pas Viviane, là-bas ? demanda Zehnné en désignant une voiture sur le parking.

— Possible… En plus, elle semble pressée. Si je ne me trompe pas, ce sont des valises qu'elle bourre dans son coffre…

En refermant sa portière, Steiner remarqua deux véhicules en stationnement de l'autre côté de la rue, dont une Audi noire. Il distingua de vagues silhouettes derrière les vitres teintées, puis il tourna la tête, préoccupé par le vrombissement d'une moto à l'approche.

Le motard extirpa alors de sous son blouson de cuir un pistolet-mitrailleur. Il balaya les environs de la pointe du canon, pendant que trois hommes descendaient de l'Audi.

Se faisant tout petits, Steiner et Zehnné remontèrent discrètement dans leur véhicule. Très rapidement, ils évaluèrent que leurs chances de s'en sortir s'ils intervenaient sur ce coup-là se résumaient à la probabilité de valider une grille gagnante au Loto.

Les trois hommes se précipitèrent sur Viviane. L'un d'eux l'empoigna et pressa fortement un mouchoir sur son nez. Un de ses collègues l'aida à la soutenir jusqu'à l'Audi. Le troisième complice referma le coffre de la voiture de Viviane, puis s'empressa de rejoindre ses camarades.

— Putain de merde ! Vous avez vu ce que j'ai vu, Steiner ? bredouilla Zehnné, le portable déjà collé à l'oreille.

Steiner n'en revenait pas. Il se laissa submerger par un sentiment d'impuissance. L'unique personne susceptible de détenir le secret de la disparition de son père venait d'être enlevée sous ses yeux, et il savait le sort que les gangs réservaient aux balances, à tous ceux qui avaient pu être en contact avec des flics. Viviane restait un témoin clé pour plusieurs homicides, et notamment celui de son frère. Elle risquait sa vie. Si les membres du K11.43 décidaient d'en finir avec ce témoin gênant, avec elle s'envoleraient toutes les informations liées à la disparition de Joseph Steiner.

Dès que le convoi des ravisseurs quitta les lieux, Zehnné mit le contact et démarra à son tour. Sans attendre, il hurla dans son téléphone :

— Lieutenant Marge, je demande des unités de renfort sur le secteur de l'Ariane ! On est sur un arrachage ! Je répète : enlèvement d'un témoin rattaché à une affaire d'homicide, c'est urgent ! Appelez le juge, faites bouger le RAID s'il le faut, mais magnez-vous ! On les prend en filature, envoyez-moi un véhicule de soutien pour les décrochages.

Zehnné accéléra tout en bouclant sa ceinture. Steiner l'imita, inquiet du sort de Viviane Cerdan. Il resta silencieux jusqu'à ce qu'ils atteignent la sortie de la ville ; là, il se décida à dévoiler ce qu'il avait appris ces derniers jours :

— Zehnné, il va falloir qu'on soit prudents avec Viviane…

— Prudents ? Où voulez-vous en venir, Steiner ?

— On n'a pas vraiment le temps pour la causette, là, mais tout ce que je peux vous dire, c'est que, il y a vingt ans, mon père a été impliqué dans le braquo d'une bijouterie organisé par Jean-Michel Auban. Ce coup aurait été commandité par un gros parrain de la pègre varoise…

Ahuri, Zehnné tourna la tête vers Steiner, les yeux écarquillés.

— Vous êtes en train de me raconter que votre père connaissait Auban ? Qu'il a frayé avec cette ordure ?

— C'est exactement ça. Par un enchaînement de circonstances, mon père a été forcé de faire sa connaissance, oui. Pourquoi il a accepté de participer au braquage de cette joaillerie, je l'ignore. Mais une chose est certaine : Viviane sait tout ce qui s'est passé le soir du hold-up. Elle sait comment se sont déroulés le meurtre du Corse et celui du jeune Maghrébin, et peut-être même ce qui est arrivé à mon père…

Zehnné serra les mâchoires. Il distinguait le convoi des ravisseurs, loin devant, qui filait sur la route de Saint-Laurent-du-Var. Il prit une longue inspiration, puis demanda à Steiner :

— Et tout ça, d'où le tenez-vous ? C'est votre petit doigt qui vous l'a soufflé ?

— Vous le savez très bien…

— Ne me dites pas que vous êtes retourné voir Nadine Morel sans moi ? Vous savez que vous n'avez pas le droit de faire ce genre de truc, putain !

— Mon ami Sergianni a pu évaluer le profil psychologique de cette femme. Elle est équilibrée, elle ne présente aucun trouble mental. Tout ce qu'elle peut raconter à propos de cette nuit où tout a dérapé est authentique. Elle l'a confirmé auprès de mon ami : mon père était présent, et Viviane Cerdan connaît les moindres détails de ce massacre. C'est pour cette raison qu'il ne faut pas perdre ce témoin.

— J'en r'viens pas que vous ayez fait ça…

Quelques instants plus tard un grondement au-dessus de leurs têtes signala la présence d'un hélicoptère. Zehnné se pencha en avant, observa le ciel à travers le pare-brise, puis s'adressa de nouveau à Steiner :

— Vous avez d'autres éléments qui pourraient m'aider ?

— On a la certitude que Jean-Michel Auban commandite tout depuis le fond de sa cellule, qu'il chapeaute le réseau, qu'il est toujours le patron du K11.43. Mais il y a une personne encore plus puissante, bien au-dessus d'Auban, qui reste le grand patron de toute cette pègre organisée. Cette personne, c'est le dernier homme présent lors de la nuit du massacre. Si Viviane se mettait à table, elle contribuerait à l'effondrement de cet empire criminel, et de grandes figures du Milieu pourraient bien se retrouver à l'ombre pour quelques décennies. Il est possible que des politiques soient impliqués, le maire, des députés…

Zehnné freina brusquement et se gara sur le bas-côté.

Plus haut, sur une route parallèle empruntée par le convoi, un nuage de poussière s'éleva. L'hélicoptère survolait la zone en stationnaire. Positionnée en amont de l'itinéraire, l'unité spéciale d'intervention venait d'intercepter le cortège des ravisseurs.

Des coups de feu claquèrent en rafales.

Steiner distingua vaguement le mouvement des hommes de l'unité, entendit encore un échange de tirs, puis il ferma les paupières. Pour la première fois de sa vie, il pria. Intérieurement, il invoqua une puissance divine qu'il ne connaissait pas, avec pour seul espoir que l'otage soit protégé.

Juste une prière pour garder l'espoir. Juste une prière pour enfin savoir.

III
LE DERNIER HOMME

30
Le frère exemplaire

Juillet 2019, Metz
Hôpital de Mercy / Ars-Laquenexy, service de réanimation

LA MER ÉTAIT TOUJOURS AUSSI NOIRE, nerveuse, pulsant de monstrueuses vagues qui venaient s'évanouir sur la plage. Un grondement roulait derrière la masse nuageuse qui couvrait presque totalement les cieux.

Le souffle court, Rebecca hésita un long moment devant son grand-oncle. Elle le dévisagea avec attention, puis elle se décida à faire un pas en avant. Yarone lui tendait la main, les pieds déjà plongés dans l'eau, tout en essayant de ne pas perdre l'équilibre sous la violence du ressac.

— Sois confiante, avance jusqu'à moi, ma chérie. C'est par ici que se trouve l'issue, c'est sous la surface que tu rejoindras la lumière, ma belle…

Rebecca chercha une lueur dans le regard de son grand-oncle, un indice, l'éclat qui lui permettrait de lui vouer une entière confiance. Mais quelque chose dans le sourire de

Yarone la terrifiait, faisait battre son cœur de plus en plus fort. Elle tourna enfin la tête pour examiner la surface de l'eau. À sa grande surprise, les profondeurs, zébrées de reflets vert émeraude, semblaient illuminées par un éclairage immergé.

— Oncle Yarone, je ne crois pas que ce soit la seule possibilité de retour… Je pense que je devrais me diriger vers la lumière. C'est logique, personne ne veut s'enfoncer dans les ténèbres.

— Et c'est pour cette raison que les gens meurent, qu'ils s'en vont définitivement, Rebecca, car ils plongent vers cette fichue lumière. Les ténèbres, ce sont les problèmes que l'on doit affronter ici-bas, sur terre, tout au long de notre vie. Voilà pourquoi cette issue est représentée par le froid, l'eau, la pénombre et la sensation d'étouffement.

Joseph Steiner vint rejoindre sa petite-fille et son frère. Il tira ce dernier par le col de sa veste et le força à reculer d'un pas.

— N'écoute pas Yarone, Rébé, suis ton instinct… Et toi, fiche-lui la paix !

— Joseph, ne te mêle pas de ça, rétorqua l'oncle en se rapprochant de Rebecca. Je n'ai jamais rien fait pour ma petite-nièce, alors laisse-moi l'aider. Elle s'en sortira, crois-moi.

— Ne t'approche plus de ma petite-fille, écarte-toi, Yarone !

Rebecca sentait toute la tension qui se dégageait de la conversation. Elle sonda le regard noir de son grand-père, l'expression impassible de l'oncle Yarone. Elle perçut en écho lointain la mélodie de « Con te Partirò » et la voix de Bocelli, quelque part aux confins de cette longue plage déserte couleur cendre.

Le grand-père Steiner se jeta soudain sur Yarone et ils roulèrent tous deux sur le sable chaud. Ils échangèrent quelques coups, puis Samuel intervint, séparant sans ménagement son père et son oncle.

— Mais vous êtes complètement malades ! On est là pour aider Rebecca, pas pour la terroriser. Reculez, sinon je vous assomme tous les deux !

Une gigantesque vague s'écrasa à cet instant sur la barre rocheuse qui formait une digue perpendiculaire à la plage.

Yarone se releva et insista :

— Rebecca doit plonger dans les profondeurs, c'est la seule voie qui la ramènera à la surface, qui lui permettra de revenir parmi les vivants. Tu le sais : tu es mort, non ? Alors, donne les bonnes instructions à ta petite-fille.

— Je crois surtout qu'elle ne doit pas suivre tes conseils, répondit Joseph. On ne peut pas se fier à toi, tu es une véritable catastrophe, un porte-poisse ambulant !

— Pourquoi tu dis ça ? Après tout ce que j'ai fait pour la famille, tu joues les ingrats ? Ici ? Maintenant ?

— Ton fric ne nous a jamais permis d'être une famille soudée. Il nous a aidés à subsister, certes, mais pour le reste, c'est un fiasco.

Yarone s'approcha de Joseph, le regard empli de braises ardentes.

— Comment oses-tu m'insulter de la sorte devant les enfants, espèce d'ordure ?

Samuel s'interposa de nouveau entre son oncle et son père et adopta un ton très calme :

— Je n'ai pas envie de vous entendre vous chamailler. Je veux que nous aidions Rebecca à s'en sortir, je ne veux pas qu'elle nous quitte. Vous pouvez le comprendre ? Alors, s'il vous plaît, arrêtez ce numéro de cirque immédiatement.

— Je suis d'accord avec toi, mon fils, grinça Joseph, mais il faut tout de même que vous sachiez tous que c'est à cause de Yarone que mon voyage aux États-Unis n'a jamais pu se réaliser. C'est à cause de lui que je ne suis pas parti.

— Foutaises ! T'es un vrai con, Joseph ! Tu étais fauché, comment aurais-tu pu te tirer aux States ? Pauvre type, t'étais qu'un flambeur…

— Hey, calme-toi un peu, Yarone ! intervint Samuel. Mon père va s'expliquer, comme ça on aura sa version de l'histoire.

Joseph fit quelques pas et se rapprocha de l'eau. Il y trempa un pied et caressa des orteils l'écume qui s'évanouissait sur le sable. Il resta silencieux, déconcerté.

— Et puis tu devrais me remercier plutôt que de te plaindre de n'être pas parti, reprit Yarone, furieux. Ton reportage sur la secte de la Porte du paradis ne tenait pas, plusieurs médias s'étaient déjà emparés de l'affaire. Moi, je t'ai offert du travail, Joseph, j'étais toujours là quand tu n'arrivais pas à boucler les fins de mois, ne l'oublie pas !

— Je le reconnais, tu as été un frère exemplaire, tu m'as toujours soutenu, pourtant…

— Pourtant ?

— Tout ça est arrivé et tu n'as pas pu l'empêcher. C'est arrivé dans mon existence, pour de vrai !

Rebecca s'avança près de son grand-père, le serra dans ses bras en posant sa joue contre sa poitrine, puis elle souffla tout bas :

— Je veux que tu nous racontes ce qui s'est passé. Papa est rongé par ta disparition, comme s'il lui manquait quelque chose, comme si une séquence de sa vie s'était évaporée du jour au lendemain. Il m'a très souvent parlé de toi, et aujourd'hui j'ai la chance de te rencontrer. Alors, s'il te plaît, pour moi, raconte-nous.

Lise-Marie apparut. Elle offrit à sa fille un lumineux sourire, lui envoya un baiser du bout des doigts, puis plongea dans l'eau noire de l'océan déchaîné.

Yarone reprit la parole :

— Tu vois, Rebecca ? Ta mère te montre le chemin. C'est par ici que se trouve l'issue.

Joseph Steiner s'interposa.

— Ne l'écoute pas, ma chérie, écoute seulement ton instinct et ton cœur.

Un bip régulier s'amplifia tout autour d'eux. De plus en plus fort.

— Alors, Joseph, tu nous racontes pourquoi tu as disparu de la circulation ? lança Yarone. Mais n'oublie pas que, si tu dévoiles ton secret, Rebecca ne retournera jamais parmi les vivants. Au mieux, elle rejoindra sa mère, et toi, si tu es bien mort ; au pire, elle restera coincée entre vie et trépas, dans un sommeil dont elle ne se réveillera jamais, conclut-il en contemplant le large.

— Je vais quand même vous expliquer, et je veux que tu écoutes tout ce que j'ai à dire, Yarone.

Samuel Steiner se rapprocha de son père, impatient de découvrir enfin dans quelles conditions il avait disparu voilà plus de vingt ans.

— Je n'ai pas toujours été au top, je n'ai pas toujours été un bon père, contrairement à toi, Yarone, toi qui as été un frère exemplaire, grâce à ton argent… J'ai fait beaucoup de bêtises, mais jamais aucune d'elles n'a mis en danger la vie d'autrui, à part pour sauver ma peau ou celle des miens. J'ai participé à quelque chose de terrible, et je mérite l'enfer pour ça…

Yarone se laissa subitement aller à un rire étrange, puis il saisit Rebecca par la taille et plongea dans l'eau bouillonnante. Il l'entraîna sous la surface, et tous deux disparurent.

Le bip s'interrompit soudain, laissant place au silence.

31

Apprendre de nos erreurs

Juillet 2019, Metz

Hôpital de Mercy / Ars-Laquenexy, service de réanimation

L'ÉLECTROENCÉPHALOGRAMME indiqua une dégradation de l'activité cérébrale. Un bip s'amplifia, alors que le respirateur artificiel maintenait sa cadence mécanique.

Après avoir contacté Grégory Klein, le chef du service neurologie avait convoqué d'urgence une équipe médicale. Il s'était empressé de donner les consignes nécessaires aux médecins d'astreinte, puis avait laissé entrer le groupe en salle de réanimation, là où se trouvait Rebecca Steiner. Reliée à diverses machines qui la maintenaient en vie, elle paraissait détendue et affichait un visage au teint de porcelaine, ses longs cheveux noirs éparpillés sur l'oreiller.

À l'issue d'une brève discussion avec un chirurgien, le chef de service se rendit en salle d'attente, près du bureau des admissions. Il y vit un homme effondré, en larmes, recroquevillé sur l'un des sièges en plastique. Il se balançait lentement de l'avant vers l'arrière.

— Monsieur Klein ?

— Oui, c'est moi, répondit Grégory en se levant précipitamment. Qu'est-ce qui s'est passé ? Elle va mourir, c'est ça ?

Le médecin lui tendit une main molle et lui fit signe de se rasseoir. Il prit place à son côté et déclara d'une voix rassurante :

— L'intervention s'est bien déroulée, monsieur, nous avons pu résorber l'hématome cérébral sous-dural, mais...

— Mais quoi ?

— Rebecca n'est pas encore sortie d'affaire. Même si la poche de sang a été évacuée, elle est toujours inconsciente. Le problème, c'est qu'elle vient de sombrer un peu plus profondément. Elle est passée en phase de coma stade 3.

— Ce qui veut dire ? demanda Grégory, la panique dans la voix.

— Ce qui veut dire que c'est grave, monsieur Klein. Rebecca ne réagit plus aux stimuli douloureux, et des troubles du système neurovégétatif peuvent apparaître. Cela peut avoir une incidence sur la respiration, la circulation sanguine, la thermorégulation, et j'en passe. En clair, Rebecca a plongé dans un coma profond, juste avant le stade 4, qui se traduit par la mort cérébrale du patient.

Grégory eut un mouvement de recul. Il regarda le médecin quelques secondes, la bouche ouverte et les sourcils froncés, comme si celui-ci venait de lui enfoncer la lame d'un long couteau dans le ventre.

— Vous... vous êtes en train de me dire que l'espérance de vie de Rebecca est...

— Je vous dis juste que le problème de l'hématome sous-dural est réglé, mais que nous craignons une phase d'inconscience prolongée et évolutive. Et si Rebecca ne parvenait pas à refaire surface, il faudrait se préparer à d'évidentes complications. Avez-vous des nouvelles de son papa ?

Grégory tenta de revenir à la réalité, d'absorber le choc qu'avaient provoqué les propos du médecin. Il essuya les larmes qui lui brûlaient les yeux, puis il répondit d'une voix chevrotante :

— Son père ? Oui, il… il était à Metz ces derniers jours, mais il a dû repartir en mission dans le sud de la France, il est officier de police judiciaire. Vous croyez nécessaire que je lui demande de venir immédiatement au chevet de sa fille ?

— Oui, s'il le peut, il faudrait qu'il soit là. Prenez ça comme un conseil, monsieur Klein : prévenez les membres de la famille, c'est plus sage. Rebecca aura besoin d'entendre des voix familières autour d'elle.

— Je crois que son grand-oncle est en France en ce moment, je vais tâcher de le contacter. Quant à son père, je vais également l'informer de la situation, en espérant qu'il pourra se libérer.

— Et la maman ? demanda le médecin.

Grégory l'observa silencieusement, juste avant de baisser la tête.

— Je suis de tout cœur avec vous et les membres de la famille, monsieur. Je sais que c'est une épreuve difficile. De notre côté, avec les équipes spécialisées, nous mettons tout en œuvre pour que l'état de Rebecca s'améliore, croyez-moi. Il y a toujours une pointe d'espoir…

★

La lueur de la flamme fit valser les ombres sur les murs froids et blanchâtres d'un recoin d'un bras du transept. L'odeur de la cire chaude paraissait incrustée dans le béton de la chapelle, émaner du moindre artefact liturgique exposé.

Devant un autel consacré à saint Christophe, Yarone avait allumé une dizaine de cierges.

Il contempla avec dévotion la pieuse statuette qui représentait le saint avec l'enfant sur ses épaules, puis joignit les paumes, ferma les paupières et balbutia quelques mots :

— Ma petite-nièce, je prie pour toi devant le saint protecteur des voyageurs. J'implore sa présence à tes côtés pour traverser ce long fleuve impétueux, afin que ce terrible voyage te soit moins pénible. Ta place est ici, parmi nous. Tout comme saint Christophe, qui ne savait pas que cet enfant sur ses épaules était le Christ et que c'était le monde tout entier qu'il portait, ce fleuve te portera pour que tu franchisses l'abîme et que tu puisses revenir à la lumière.

Le grincement de la porte de la chapelle vint interrompre sa supplique.

Intrigué, Yarone ôta calmement ses lunettes de soleil et pencha la tête sur le côté. En plissant les paupières, il tenta de distinguer les contours de la silhouette qui s'avançait au cœur de la nef. Il reconnut Jean-Félix, son dévoué chauffeur, à son service depuis plus de vingt ans.

— Qu'est-ce que vous faites là, Jean ? Je vous ai demandé de m'attendre dans la voiture. Vous ne voyez pas que je prie pour ma petite-nièce ?

Jean-Félix s'éclaircit la voix. Surpris par l'écho, il chuchota :

— C'est important, monsieur. Un SMS urgent sur votre portable privé…

L'air contrarié, Yarone tendit sa paume bien à plat devant lui. Le chauffeur y déposa le téléphone et fit demi-tour pour rejoindre la sortie.

Yarone consulta le message et soupira d'agacement.

À son tour, il regagna l'extérieur. Il fit signe à Jean-Félix de positionner la Bentley Continental devant le parvis de la chapelle, tandis qu'il composait le numéro de téléphone de celui qui l'avait contacté.

— Qu'est-ce que t'as fichu ? Je t'avais pourtant demandé d'être carré, merde ! Les choses risquent de se compliquer, à présent… Et puis, maintenant qu'elle a plongé, tout est fini, tout est perdu.

— Je ne suis pas de votre avis. On a encore une chance de récupérer l'affaire. Elle peut s'en tirer…

— On n'est pas dans une transaction immobilière, bon sang ! On parle de notre avenir, les enjeux sont colossaux !

Un silence glacial parcourut la ligne, puis un long soupir, juste avant que l'interlocuteur de Yarone ajoute :

— J'ai fait mon possible. Mais j'ai les pieds et les poings liés, vous le savez.

— Je t'offre la possibilité de me prouver que tu peux être un vrai dirigeant, un véritable capitaine d'entreprise, et toi, tu flanques un bordel inextricable !

— Ce ne sont que des détails mal gérés, des broutilles que des petits chefs sans envergure ont négligées… des erreurs de débutant, quoi.

— Des broutilles ? Des erreurs de débutant ? Alors, il va falloir se préparer aux conséquences engendrées par ces « détails mal gérés ». On doit tous apprendre de nos erreurs, mon ami. Les échecs doivent servir de leçon.

32

Reviens, mon ange

Juillet 2019, Nice
Caserne Auvare / Commissariat / SRPJ

— IL VA FALLOIR NOUS EXPLIQUER le pourquoi du comment, et même plus ! Si vous savez des choses qu'on ignore, c'est le moment. Parce que le type qui a plombé votre frère, eh bien, il ne va pas se livrer de lui-même. On est clairs, là ?

Pour seule réponse, le bruit du ventilateur. Posé sur une étagère entre les coupes remportées lors de divers concours de pétanque ou compétitions de natation, l'appareil semblait hocher la tête, comme pour répondre poliment à la question du commandant Zehnné.

Le flic ôta sa casquette gavroche, passa la main sur son crâne dégarni, puis fit basculer son siège comme s'il s'agissait d'un rocking-chair. Enfin, il lança un regard complice à Steiner, qui se tenait au côté de Viviane Cerdan, et attendit patiemment.

— Vous croyez vraiment que je connais les moindres faits et gestes de tous ces trous du cul de mafieux ? répondit Viviane, agacée.

— Ce n'est pas ce que je vous demande. On parle de Claude, votre frère. S'il s'est fait refroidir par le K11.43, ce n'est pas un hasard. Le Gitan s'est fait éliminer, ainsi que sa compagne, Mila Milčević, quatre gamins du gang sont morts, et vous-même avez été victime d'un enlèvement qui avait pour seule issue, à mon humble avis, votre exécution. Ça ne vous suffit pas ?

Steiner s'éclaircit la voix, puis plongea son regard dans celui de Viviane.

— Je sais de source sûre que vous êtes au courant de beaucoup de choses. Après une enquête orientée et quelques témoignages, nous sommes à peu près certains que tout ce qui arrive aujourd'hui est lié à une affaire vieille de plus de vingt ans. Vous nous avez parlé d'un photographe qui souhaitait acheter du matériel photo… Il avait rencontré votre frère dans un bar. Vous vous en souvenez ? Votre frangin vous avait aussi parlé d'une péniche amarrée dans le Nord, qu'il avait soi-disant gagnée, et il possédait le passeport et la bague de mon père… Viviane, si vous nous donnez les informations nécessaires, le commandant Zehnné pourra mettre en taule le meurtrier de votre frère, démanteler cette organisation qui pourrit la vie des Niçois, et moi je pourrai enfin savoir ce qui est réellement arrivé à mon père. Je pourrai dormir tranquille…

Viviane dévisagea Steiner, une lueur de compassion dans le regard. Quelques mèches de ses cheveux grisonnants virevoltèrent sous le souffle du ventilateur, la forçant à les arranger derrière ses oreilles.

Le commandant Zehnné reprit la parole :

— Je ne vous cache pas que j'irai jusqu'à utiliser les grands moyens, Viviane.

— C'est-à-dire ?

— Entrave à l'exercice de la justice, entrave au bon fonctionnement d'une enquête de police et à l'action d'un magistrat instructeur.

— C'est des menaces ? Je n'empêche personne de travailler, moi, je veux juste qu'on me foute la paix et qu'on me laisse faire mon deuil. Je suis déjà assez secouée par cet enlèvement, j'ai du mal à m'en remettre… Vous imaginez pas à quel point.

— Tout faux témoignage fait sous serment est puni de cinq ans d'emprisonnement, insista Zehnné, et aussi de 75 000 euros d'amende. C'est un délit, Viviane.

Steiner tempéra alors :

— Il faut avant tout penser à vous, Viviane. Vous êtes en danger, vous en avez eu la preuve. C'est un miracle que les forces spéciales aient pu intervenir. Nous savons que vous avez de la famille : votre sœur, des neveux et nièces… Songez-y.

Elle sonda de nouveau le regard du flic, puis elle grinça entre ses dents :

— Ce que je sais, vous le savez déjà. Alors, à quoi bon me mettre à table avec vous, hein ? Pour qu'on puisse me plomber plus vite ?

— On ne sait pas tout, Viviane, rétorqua le flic niçois. Sans un témoignage béton et des preuves tangibles, on n'a rien de consistant pour nourrir le juge, vous comprenez ? On reste persuadés que vous connaissez la personne qui a tué votre frère, ou tout du moins qui a commandité son assassinat, et aussi pourquoi, mais que vous avez peur de parler. On est à peu près sûrs que c'est Carlos Gimenez qui a fait exécuter Claude, mais cela peut provenir de plus haut… Peut-être Jean-Michel Auban, qu'en pensez-vous ?

— Vous êtes ridicules, vous savez bien qu'Auban est en taule.

— Hé, arrêtez de nous prendre pour des billes ! On va pas vous apprendre que, même derrière les barreaux, certains parrains de la pègre ont autant de tentacules qu'une pieuvre et que ceux-ci s'étendent jusqu'à l'extérieur. Quoi ? Vous pensez à quelqu'un d'autre qu'Auban ? Allez-y, Viviane, lâchez-nous ce putain de morceau ! Même si vous ne parlez pas, vous êtes libre, vous pouvez ressortir de ces locaux quand ça vous chante, vous n'êtes pas en garde à vue. Par contre, dehors, tous ces gamins qui ont prêté serment d'allégeance au K11.43 n'attendent qu'une seule chose : vous abattre. Vous êtes un témoin gênant pour eux, et ils vont essayer de vous empêcher de parler par tous les moyens.

Steiner joignit ses paumes sur son ventre et croisa les doigts. Il s'adressa de nouveau à Viviane, convaincu que les portes de sa forteresse céderaient tôt ou tard :

— Vous savez, côté famille, je n'ai pas vraiment eu de chance. Mon père était souvent absent, absorbé par son métier de reporter-photographe. Ma mère avait du mal à m'élever à cause de sa maladie, une sorte de Parkinson, je crois… Et puis il y avait mon oncle, un type que je trouvais génial parce qu'il nous apportait un peu de soleil chaque fois qu'il nous rendait visite. Il dépannait financièrement mes parents, car pour lui l'argent n'était pas un problème. Mon oncle gère un gros cabinet de transactions immobilières depuis des décennies, ce qui lui a permis de profiter très tôt d'une vie de cocagne. Mais son aide semait la zizanie au sein de la famille. L'argent et les proches, ça n'a jamais fait bon ménage, ça crée des jalousies, de lourdes discordes. Et puis il y a eu ma femme, qui est décédée très récemment d'un cancer du sein contre lequel elle s'est battue avec courage. Et aujourd'hui ma fille est dans le coma, après un stupide accident. Je ne vous raconte pas tout ça pour que vous vous apitoyiez sur mon sort, non, je pense que vous avez aussi votre lot de malheurs. Je veux simplement vous faire prendre conscience que le temps passe vite, et que des personnes que l'on aime plus que tout peuvent disparaître du jour au lendemain. Pensez à votre famille, Viviane… alors faites votre deuil, mais permettez-moi aussi de faire le mien. Si vous savez ce qui s'est passé, parlez.

Viviane avait écouté Steiner avec attention. Émue, elle baissa la tête et observa ses chaussures, se perdit dans ses pensées un court instant. Lorsqu'elle revint à la réalité, elle déclara :

— Je n'en sais pas plus. Ce qui vous arrive est triste, effectivement. Certaines personnes ont parfois l'impression que le mauvais sort s'acharne sur elles, mais c'est souvent un concours de circonstances. Je vois que vous êtes un roc, vous êtes quelqu'un qui sait encaisser. Vous, vous survivrez. Moi pas.

★

La connexion fut rapidement établie.

Grégory augmenta le volume et agrandit la fenêtre Skype sur la tablette.

— Samuel ? Tu me vois, là ? Tu m'entends bien ?

— Oui, c'est bon. Ils t'ont autorisé à te connecter ?

— Oui, je leur ai expliqué la situation. Mais on ne devra pas rester trop longtemps en ligne, à cause des interférences que ça pourrait provoquer…

— OK. Comment elle va ?

— C'est comme je t'ai dit, elle a plongé en stade 3, ils craignent le coma dépassé.

Steiner ne répondit pas. Il inspira fort, puis s'approcha de l'écran.

— Vas-y, tu peux lui parler, maintenant, l'encouragea Grégory. Je positionne la tablette près de son visage, comme ça tu peux aussi la voir.

Steiner aperçut les traits de Rebecca. Sa fille lui parut reposée, et si les divers appareillages, tubes, cathéters et autres dispositifs médicaux n'avaient pas été visibles, il aurait pu croire qu'elle dormait paisiblement dans son lit.

Il enclencha la lecture d'un titre sur le player de son téléphone, puis s'approcha davantage de l'écran de son ordinateur.

— Ma chérie, tu entends cette chanson ? Je te demandais chaque fois d'arrêter de l'écouter quand tu allais voir maman à l'hôpital, je la trouvais trop triste, elle me foutait le cafard…

Billie Eilish entama le premier couplet de « When the Party's Over ».

— Tu sais, j'ai souvent eu cette crainte de te voir malheureuse, prise par le chagrin, pour tout, tout le temps. J'ai toujours voulu te protéger, même de dangers qui n'existaient pas, c'était ma façon à moi de te donner mon amour. Mon métier m'a rendu paranoïaque, trop méfiant, et à force de flirter avec le mal et de constater à quel point l'être humain peut oublier ses origines, j'ai construit autour de toi des remparts infranchissables. Je ne me rendais pas compte que je t'étouffais, que je t'empêchais de découvrir le monde par toi-même. Je me croyais fort, je pensais être le papa dont toutes les petites filles ont besoin, un super-héros qui vole au secours de son bébé. Mais au fond j'ai toujours… je…

Des trémolos avaient déformé ses dernières phrases. Il reprit sa respiration, frotta ses paupières brûlantes, puis poursuivit :

— Au fond, j'ai toujours su que je n'étais pas aussi fort que je le laissais paraître. Tu as toujours été mon phare, ma bouée de sauvetage, Rebecca. C'est toi qui me redonnais le sourire quand la vie me tapait sur la gueule, c'est toi qui me soutenais quand je m'effondrais… Alors, comme je sais que tu m'entends, où que tu sois, je te demande de revenir, ma chérie. Je… on a encore des tas de choses à faire ensemble, plein de routes à prendre et des milliers d'endroits à explorer. Et puis ton vieux père a encore quelques années à vivre, donc je vais avoir besoin de toi pour me rassurer et me soutenir. Toi, tu as toute une vie qui s'offre à toi, tant de choses à découvrir… Reviens, mon ange, la partie n'est pas terminée.

Steiner eut pour seule réponse les bips de l'ensemble du monitoring et le souffle rythmé du respirateur.

La voix de Billie Eilish s'éteignit lentement.

— Reviens, mon ange. Je te promets de revenir très vite, moi aussi.

Les mots s'étranglèrent au fond de sa gorge et il coupa la communication juste avant de se laisser aller au chagrin, persuadé malgré tout que sa fille avait aperçu la main qu'il lui tendait au milieu de la brume.

33

L'homme au chapeau de feutre

Juillet 2019, Castellane
Centre pénitentiaire

JEAN-MICHEL AUBAN attendait patiemment en salle de parloir.

Il détestait les visites. Généralement, hormis son avocat, qui lui servait les salades habituelles, il s'agissait de flics qui avaient besoin de certains éléments au sujet d'une affaire dans laquelle il aurait pu être impliqué.

Il savait que le commandant Zehnné était de ceux qui travaillaient sur lui ces derniers temps et qu'il était en train de réveiller de vieux démons. Tout cela avait une odeur, mais pas n'importe laquelle : celle qui empestait bien fort, celle qui remontait des entrailles du passé en brassant d'insoutenables miasmes.

Songeant au matelas neuf que Zehnné avait pu lui obtenir, Auban se persuada qu'il y avait encore quelque chose à négocier. Pourquoi pas, cette fois-ci, quelques années de taule à soustraire de sa peine de sûreté ?

Il n'avait plus rien à espérer, il distinguait à peine une toute petite lueur d'espoir à propos de son prochain procès en appel. Il regrettait amèrement que Nadine ait parlé, qu'elle ait pu le trahir à ce point. Mais, après tout, ne l'avait-il pas cherché ? Ne l'avait-il pas poussée dans ses retranchements, jusqu'au bord du gouffre ?

C'est en se posant cette question qu'il laissa défiler les images des pires moments de son existence. Une sorte de remous aux relents de pourriture prit le contrôle de sa plongée mémorielle, et il perçut les moindres odeurs qui avaient accompagné chaque crime qu'il avait pu commettre.

Il ferma les paupières.

Les questions s'entrechoquèrent sous son crâne : est-ce que j'ai aimé faire ça ? Pourquoi, pourquoi je l'ai enterré là-bas ? Quelle mouche m'a piqué ce jour-là, bordel ?

Un désagréable claquement de porte le fit sursauter et il rouvrit les yeux. Le gardien laissa entrer un homme coiffé d'un chapeau de feutre, puis, juste avant de refermer la porte, il s'adressa à Auban sur un ton flegmatique :

— Tu te tiens tranquille, Jean-Michel. Pas de vagues, hein ?

Le type s'installa lentement sur la chaise face au détenu. Sans le lâcher du regard, il lui accorda un sourire qui s'apparentait à un rictus, le genre de grimace que peut provoquer une douleur intestinale.

— Alors, t'es content de toi ? On est arrivés au *break-point*, au terminus. Bravo ! Le plus pénible, c'est que je suis obligé d'accepter le fait que tout est ma faute. Comment ai-je pu avoir confiance en toi ? Comment ai-je pu croire que tu nous sortirais de cette embrouille ?

Peu rassuré, Auban n'osa l'interrompre. Il percevait la colère qui courait dans les veines de l'homme au chapeau. Les lèvres scellées par la peur, il réussit néanmoins à articuler timidement :

— Je suis… je suis désolé, patron, j'ai tout essayé… Je pensais que Morpheus serait capable de reprendre le contrôle après Carlos. Ce putain de Manouche devait dégager, de toute façon, vous-même en aviez parlé. Je n'ai pas eu la main sur tout ce qui s'est déroulé, c'est compliqué, ici.

— Ferme donc ton claque-merde, Auban, et écoute-moi ! Notre seule chance, c'est que Viviane ne crache rien, qu'elle ne donne pas les noms de toute la famille. Sinon, c'est la guerre, et on est morts.

Le regard fuyant, Auban hocha la tête. Il tordait ses doigts, les mâchoires serrées, tentant d'essuyer à l'aide de son épaule un filet de sueur qui dégoulinait sur sa tempe.

L'homme au chapeau continua :

— Le problème, c'est que j'ai encore de nombreuses affaires à régler, des transactions à conclure, tout un tas de personnes très importantes qui attendent patiemment que leur revienne leur part du gâteau. Des maires, des députés… J'ai dîné aux tables des plus influents d'entre eux, certains sont même en relation directe avec Matignon, et toi tu as laissé ces gamins foutre la merde !

— Je n'avais pas entièrement le contrôle, patron, je…

— Viviane restera muette comme une tombe, je vais y veiller, l'interrompit-il, avant de se pencher pour approcher son visage de celui du détenu. Mais Nadine ?

Auban inclina la tête sur le côté, un peu comme un enfant qui n'aurait pas compris la question.

— Je te demande si ton ex-grognasse va tenir sa putain de langue ou s'il faut que je lui envoie quelqu'un pour la lui arracher.

Une lueur maléfique passa dans le regard d'Auban et un fin sourire étira la commissure de ses lèvres.

Il venait d'entrevoir l'opportunité de faire taire à jamais celle qui l'avait donné aux flics, celle qui avait balancé les saloperies dont on l'accusait. Il prit conscience qu'il n'avait qu'à donner son accord à l'homme au chapeau de feutre, et Nadine serait hors circuit sans qu'il se salisse les mains.

— Ho ! Je te parle ! Tu crois que les visites au parloir, c'est mon hobby ? Alors, Nadine tiendra sa langue ou pas ?

Auban repensa à sa première rencontre avec la jeune Niçoise. Il n'eut pas la force de la condamner.

— Bien sûr que oui. Elle sait trop ce qui l'attend si jamais elle se mettait à baver.

— C'est une bonne chose. Tu sais, je me suis dit que le moment était peut-être venu pour toi de tirer ta révérence. Tu as 69 ans, tu as bien vécu, t'as fait le con, mais tu t'en es relativement bien tiré. Je me suis tâté un moment avant de prendre ma décision.

— Votre décision ? À propos de quoi ? demanda Auban, anxieux.

— Un de mes hommes aurait organisé une embuscade pour qu'on te supprime, ici, entre ces murs. Mais j'ai encore besoin de toi, tu es influent, Jean-Michel. Même si, de mon côté, je suis très introduit dans la sphère politique, toi tu connais les gros bonnets du Milieu varois, et j'ai besoin de les approcher pour m'implanter sur toute la French Riviera. En théorie, avec le boulot que tu m'as salopé ces dernières semaines, je devrais te laisser pourrir ici. Mais au contraire je vais te faire sortir, alors prépare-toi à un arrachage par hélico, comme au bon vieux temps…

— Mais il y a les grillages qui recouvrent les cours de promenade, maintenant, objecta Auban.

— Rien ne résiste à un grappin hélitreuillé. Tu vas sortir d'ici, et tu me serviras de connexion avec tous ces grands noms de la pègre.

Auban soupira en s'adossant à sa chaise. Il observa un instant le bout de ses baskets, releva la tête, puis répondit enfin :

— Je sais qui vous voulez que j'atteigne… sauf que ça risque d'être compliqué. On était amis autrefois, c'est vrai, mais…

— Mais tu as baisé la femme de ton pote pendant qu'il purgeait sa peine. Vos griefs, j'en ai rien à foutre, vos guéguerres de putes, tu vas passer outre. Ce que je veux, c'est récupérer le projet de construction de ce complexe hôtelier à Antibes. Il y a des dizaines de millions d'euros en jeu, tu comprends ? Cette affaire est passée aux mains de ton caïd cannois, alors tu te démerdes pour m'arranger un rencard avec lui. J'ai un projet de fusion avec un député…

Auban entendit les pas du surveillant dans le couloir. Il savait que c'était là l'ultime entretien qu'il lui serait donné d'avoir avec l'homme au chapeau. Sa dernière chance de sortir du trou.

— OK, je veux bien essayer d'entrer en contact avec lui dès que je serai dehors. Seulement, il va falloir m'accorder une protection. Le Luthier risque de vouloir me faire la peau, même s'il a divorcé de sa femme…

— Tu seras protégé. Par contre, je te mets à l'amende pour avoir manqué à ton devoir. Tu élimineras Viviane dès que tu auras mis un pied dehors, et tu purgeras le flic chargé de l'enquête sur les règlements de comptes du K11.43. Je garde Nadine en otage.

— Je m'occuperai de Viviane, vous pouvez compter sur moi. Quant au flic, j'en fais aussi mon affaire. Lui et son pote de Metz…

L'homme au chapeau inspira profondément, ajusta son col, puis se leva à l'instant où le surveillant ouvrait la porte.

— Auban, fin de parloir ! tonna la voix.

En enfonçant son feutre sur son crâne, le type se pencha et souffla à l'oreille d'Auban :

— Non. Je me charge moi-même du flic de Metz.

★

Juillet 2019, Metz
Locaux de la police judiciaire

Jordan avait les traits tirés.

Il s'installa sur le siège que lui désignait le capitaine Moser. Ce dernier chaussa une paire de lunettes et s'assit derrière son bureau, face au jeune homme. Il s'accorda quelques secondes en faisant mine de se plonger dans un dossier, puis il commença :

— Bon, Jordan, je ne te cache pas que c'est très mal engagé pour toi. Le juge ne va pas te louper, toute cette histoire pue vraiment, et elle s'est soldée par une connerie monumentale. Ton pote est décédé, il y a eu tentative d'homicide sur un représentant des forces de l'ordre, plus toutes ces saloperies que vous avez fait subir à Rebecca.

— Frère, si tu savais à quel point je suis désolé pour Rebecca, pleurnicha Jordan. Je l'aime, j' t'assure. Je voulais pas qu'on en arrive là, c'est Mounir qui avait tout…

— Attends, attends, je t'arrête tout de suite ! Tu vas changer de ton immédiatement. Je ne suis pas ton frère, OK ? Moi, tu m'appelles capitaine, t'as enregistré ? Et tu oublies le tutoiement… Et pour Rebecca, tu t'es foutu dans la merde. Que tu le veuilles ou non, tu t'es rendu complice d'abus de confiance, de proxénétisme, de détournement de mineur et de commerce illégal de matériel pornographique. Et estime-toi heureux que je gère le père de Rebecca, sinon je pense que tu serais déjà au fond de la Moselle, petit con.

Jordan baissa la tête, les yeux emplis de larmes.

— Qu'est-ce qui va se passer pour moi ?

— Tu me fais marrer, toi. Qu'est-ce que tu crois qu'il va se passer, hein ? Tu vas faire de la zonzon. Il fallait réfléchir avant de t'engager dans tout ça. Après, je connais un peu le juge, c'est quelqu'un de très compréhensif et optimiste, et le fait que tu prépares une licence pourrait l'attendrir. Si je lui apporte la preuve que tu coopères avec nous, que tu nous donnes des noms, que tous les sites porno que vous avez montés avec Scarface sont clos et que toutes les vidéos de Rebecca sont retirées du Net, alors peut-être qu'on pourra négocier quelque chose. Mais encore faut-il que tu aies un bon avocat…

La porte de la salle s'ouvrit précisément à cet instant-là. Un homme d'une cinquantaine d'années pénétra dans la pièce, un porte-documents sous le bras. Il s'approcha de Moser et lui tendit la main.

— Bonjour, capitaine. Maître Durieux, je suis l'avocat de monsieur Jordan Caplan. J'ai été désigné hier par le bâtonnier, et comme vous avez tardé à laisser téléphoner mon client, j'ai un peu de retard.

— Bonjour, Maître. J'étais justement en train de dire à monsieur Caplan que, lors de sa première comparution, le juge d'instruction ne laissera rien passer. Il ne le traduira pas comme témoin assisté dans cette affaire, votre client risque une mise en examen, et peut-être un passage devant le juge des libertés et de la détention, qui statuera sur une détention provisoire ou pas.

— Ne nous emballons pas. Il…

— S'emballer à propos de quoi ? rétorqua Moser. Dois-je vous rappeler qu'il est question de détournement de mineur et qu'un homme est mort ? Et encore, je ne vous parle pas des agents et officiers de police dont la vie a été mise en danger lors de l'opération. Alors, s'il vous plaît, Maître, ne minimisons rien.

— Ce n'est pas ce que j'ai dit, loin de là. Je dis juste que mon client n'a pas encore comparu devant le juge, que cette audition doit nous permettre d'avancer sur le dossier en respectant la présomption d'innocence, c'est tout.

Jordan se laissa de nouveau aller à une pleurnicherie en bonne et due forme.

— Si vous saviez, monsieur le capitaine, comme je regrette ce qui est arrivé. Je voulais pas… C'est Scarface qui exigeait toujours plus, c'est lui qui a voulu monter un réseau, pas moi. Je lui ai dit que ça allait dégénérer, je le sentais. Et Rebecca, c'est ma meuf. Je l'aime, je suis complètement perdu, là, avec cet accident…

Moser ouvrit de nouveau le dossier qui trônait devant lui, puis ôta ses lunettes et s'adressa à Jordan d'un ton ferme :

— Écoute, moi, ce que je veux, c'est la tête du réseau. Pour le reste, on essaiera d'effacer les choses les plus laides. Mais si tu veux que je t'aide, il faut nous dire où nettoyer…

— Il n'y a pas de tête de réseau, capitaine, c'était juste nous deux, et Rebecca était consentante. Elle a accepté de faire ça avec nous quand je lui ai parlé de l'argent.

— Rebecca est dans le coma, on n'a donc aucun moyen de savoir si ce que tu racontes est vrai. Il va me falloir plus d'infos que ça pour que je puisse te soutenir.

— Si mon client ne sait rien de plus, c'est qu'il ne sait rien de plus, grinça l'avocat. Il vous a avoué être, avec son défunt ami, le seul aux commandes de cette entreprise malheureuse, alors, ne cherchez pas la petite bête, capitaine.

— Non, laissez, Maître, intervint Jordan, je veux bien discuter avec le capitaine Moser. D'abord, il faut que vous sachiez que je suis effondré par ce qui arrive. Mounir a joué, il a perdu, mais Rebecca n'a rien demandé, elle. J'aimerais que vous me permettiez de la voir. Je voudrais que vous en parliez à monsieur Steiner et que je puisse lui rendre visite à l'hôpital.

— Elle est en soins intensifs, Jordan, et seuls les membres de la famille proche sont autorisés à la visiter. Mais tu es son compagnon, enfin, tu l'étais… Je peux éventuellement voir ce qui est envisageable, mais n'oublie pas que, de mon côté, j'ai besoin de précisions.

Moser termina sa phrase en lançant à Jordan un regard interrogateur, laissant clairement entendre qu'il attendait un os à ronger pour que soit scellé son pacte.

— Il y avait un type qui devait nous monter un compte bancaire à l'étranger, aux Seychelles. Il était censé nous créer une société offshore, une International Business Company. Avec ça, on aurait été tranquilles, puisque les IBC sont exemptées d'impôts sur les dividendes, de taxes et tout ce bazar. On aurait pu jouir du secret bancaire et être opaques aux yeux du fisc français.

— Et donc ? Ça nous mène à quoi, ce truc ? grinça Moser, impatient.

— Vous m'avez demandé des noms, je vous en donne. Je ne sais pas si ce gars est en permanence dans ce genre de bizness, mais je sais qu'il travaille pour un ponte de la pègre varoise qui rayonne jusqu'en Italie…

34

Les tourbillons du vide

Juillet 2019, Nice
Best Western Plus (hôtel de Raymond Sergianni)

Le psychanalyste avait le regard dans le vague. Assis dans l'un des fauteuils du salon de l'hôtel, il paraissait préoccupé. Son teint était pâle et des cernes s'étiraient sous ses yeux. Sur la table, près d'une boîte de comprimés, une carafe d'eau et un verre à moitié plein flirtaient avec un tas de documents éparpillés.

Steiner pénétra dans le hall. Ses sourcils froncés, ses mâchoires serrées et ses lèvres pincées trahissaient son anxiété. Il pressa le pas pour rejoindre son ami qui l'appelait d'un geste de la main.

D'abord interloqué par ce qu'il vit, Steiner ne sut ensuite s'il fallait en rire ou s'en inquiéter. Il n'avait aucun souvenir de Sergianni buvant de grands verres d'eau. Le comble n'était pourtant pas ce qui encombrait la table, mais l'ambiance musicale diffusée dans le salon de l'hôtel. « Mini,

mini, mini », de Jacques Dutronc, avec Sergianni qui explosait de rage de devoir rester sobre, ça valait son pesant d'or !

— Tu peux me dire ce qui ne va pas, Raymond ? demanda Steiner en réprimant le fou rire qui pointait.

Bien calé au fond de son fauteuil, les pieds ne dépassant presque pas du siège, Sergianni arborait sa tenue fétiche : chemisette hawaïenne verte, bermuda et spartiates.

— C'est ça, marre-toi… Je vais devoir me passer de Bloody Mary pendant quelque temps. Ordre médical. Le traitement que je prends me rend malade, Sam. J'avale des antiémétiques pour éviter nausées et vomissements avant d'attaquer la chimio, et les corticoïdes que je m'enfile ne sont pas mieux. Je mets donc au placard la « petite eau » sacrée de mes rêves… Mais vas-y, fends-toi la gueule, je sais que cette chanson te rappelle combien ton ami est un grand homme.

— Tu vas suivre une chimiothérapie ? Quand ça ? demanda Steiner en ravalant son sourire frondeur.

— À mon retour à Metz, le professeur doit m'appeler. Sinon ? Tu en es où ? De mon côté, j'ai noté pas mal de choses concernant Nadine, comme tu peux le constater, fit-il en désignant la pile de feuillets sur la table.

Steiner soupira.

— On n'arrivera pas à faire parler Viviane : elle est butée, bornée, elle protège quelqu'un et ne veut rien lâcher. La police se casse les dents, en revanche…

Le regard vitreux de Sergianni se plongea aussitôt dans celui du flic.

— … en revanche, je suis sûr que tu es le seul à pouvoir l'apprivoiser. Elle pourrait se confier à toi.

Sergianni pointa fébrilement le verre d'eau de l'index et Steiner le lui tendit. Il but avant de confier à son ami :

— Je ne suis pas certain que cela soit si facile. Nadine Morel occulte totalement ce qui s'est déroulé lors de la nuit du massacre à la bergerie. Elle a volontairement effacé de sa mémoire ce passage de sa vie.

— Et tu penses qu'elle finira par craquer ? Qu'elle va nous orienter sur une piste ?

— Peu importe. Aujourd'hui, c'est Viviane qui nous intéresse. C'est elle qui nous dévoilera tout ce qui s'est passé avec ton père, Sam. Mais il va falloir provoquer cela...

Le psy but une nouvelle gorgée d'eau fraîche. Steiner l'observa, intrigué.

— Qu'est-ce que tu veux dire par « il va falloir provoquer cela » ?

— File-moi les comprimés, tu veux bien ? répondit Sergianni en montrant une boîte rose et blanc.

— Du Zophren ? C'est quoi ?

Sans un mot, le psychiatre ouvrit un compartiment sur la plaquette et goba une capsule.

— Bon, que faut-il provoquer avec Viviane, Raymond ? Tu veux bien m'éclairer ?

— Il va falloir lui donner envie de parler, l'encourager à revenir sur le passé. Si on veut qu'elle se rappelle les événements de cette tragédie, il faut que nous lui en donnions les moyens.

— Branche le décodeur, je capte pas ce que tu tentes de m'expliquer, j' te jure ! Moi, ce que j'en pense, c'est que tu devrais avoir un entretien avec elle. Je peux essayer de t'arranger ça avec Zehnné, ça ne devrait pas poser de problème, il est beaucoup plus souple à présent...

Sergianni hocha la tête en silence. Il laissa passer le refrain de « Perfect Day », de Lou Reed, tout en se balançant lentement, comme si les paroles parlaient d'elles-mêmes.

— Voilà ce que je te propose, Sam, finit-il par dire. Tu t'arranges avec Zehnné pour qu'on ait l'autorisation de discuter un peu avec Viviane, mais en tâchant d'être convaincant, car il faut prévoir une journée entière. De mon côté, je vais essayer de contacter Horace Delatour, un ami à moi qui vit à Mougins, tout près de Cannes. C'est un petit village médiéval de toute beauté, tu vas voir…

— Eh, oh ! Où tu m'embarques, Raymond ? Tu es le premier à me rappeler que ton travail avec tes patients est confidentiel. Cette affaire l'est aussi, il y a une information judiciaire en cours pour plusieurs homicides.

— Sam, tu veux savoir pour ton père, oui ou non ?

Steiner s'enfonça plus profondément dans son fauteuil et laissa courir son regard sur la jeune réceptionniste. Elle était de taille moyenne, avait de longs cheveux fins, blonds, et son sourire lui rappelait celui de Lise-Marie lorsqu'elle était heureuse.

— Oui, oui ! Simplement, j'ai besoin de dormir et d'arrêter de me torturer !

— Alors, écoute-moi bien, mon ami. Je vais contacter Horace et on va le faire venir ici, avec Viviane. Il est hypnothérapeute. Il pratique l'hypnose régressive depuis déjà plusieurs années.

— Quoi ? Tu veux la faire hypnotiser ?

— Il n'est pas question de remonter jusqu'à l'enfance de Viviane ni de la faire voyager dans une de ses vies antérieures, précisa le psy. Juste de quoi la mettre en confiance, faire parler son inconscient, cela afin d'éliminer certains de ses blocages et de pouvoir ainsi plonger au cœur de ses troubles.

— Écoute, Raymond, je ne sais pas trop. Voilà deux ans, j'ai franchi la ligne jaune avec le juge Magnan, et aujourd'hui c'est toi qui me proposes de sauter du haut de la falaise…

— Il n'y a aucun risque, tout sera sous contrôle. Elle restera consciente tout au long de la séance, et elle sera même en mesure de communiquer avec le thérapeute. Elle se trouvera juste dans un état de relaxation profonde proche de la méditation. Tout sera fondé sur le dialogue, qui restera au centre du processus, et ce pour la durée de la transe hypnotique. Horace va lui permettre d'accéder à différentes cellules de son passé dont elle nous ouvrira les portes. Elle pourra plonger dans les tourbillons du vide, là où elle a noyé les souvenirs les plus noirs de sa vie…

35

Au cœur de ses pupilles

Juillet 2019, Metz
Hôpital de Mercy / Ars-Laquenexy, service de réanimation

Le décor avait une nouvelle fois changé. La plage avait laissé place à une longue et sinistre étendue fouettée par de violentes rafales de vent froid.

Le ciel était noir, zébré d'éclairs, et la couche épaisse de nuages laissait à peine passer la lueur du quartier de lune qui s'escrimait à percer.

Rebecca ouvrit enfin les yeux.

Elle était allongée entre des touffes d'herbes folles, et son corps, ligoté par des pousses de molinie bleue qui s'enroulaient autour de ses chevilles et de ses poignets, se faisait avaler par la végétation. Lorsqu'elle se releva et fit un pas, elle constata que ses chaussures collaient au sol boueux. Elle ressentit alors un malaise et fut prise d'un vertige qui la déséquilibra.

Après s'être accroupie pour recouvrer ses esprits, elle observa les alentours et prit conscience que sa famille avait disparu. Elle était seule, perdue au beau milieu d'une terre déserte et lugubre qu'elle ne connaissait pas. Plus loin, à l'endroit où la lande formait un promontoire surplombant l'océan, elle distingua une vieille masure dont les contours fantomatiques émergeaient de la brume qui montait du sol.

Elle se mit en marche en direction de la maison et eut un frisson. En s'approchant, elle constata avec effroi que la bicoque était la réplique de l'inquiétante demeure de Norman Bates dans *Psychose*. Tout à côté, une bergerie en ruine se fondait dans l'épais brouillard.

Rebecca s'immobilisa un instant, son instinct lui interdisant formellement d'avancer jusqu'à la maison, alors qu'une petite voix intérieure lui dictait le contraire.

Elle se remit en route, persuadée qu'elle trouverait là-bas les réponses à ses questions, qu'elle aurait enfin la solution pour revenir parmi les siens.

Rebecca ferma sa veste et remonta son col. Le vent qui soufflait de plus en plus fort la transperçait et la frigorifiait. Elle accéléra le pas, le regard vissé au sol. Plus loin, en contrebas, elle entendait le bruit des vagues se fracassant au pied des falaises. C'est alors qu'un long hurlement résonna dans la nuit, un hurlement animal, effroyable.

Elle stoppa net sa progression. Terrifiée, elle releva lentement la tête, espérant de toutes ses forces que ce cri n'était que le vent dans la soupente de la maison. Ses yeux s'habituèrent peu à peu à la pénombre qui s'était étendue sur la lande, et elle le vit alors, telle une statue de bronze qui brillait dans le noir, assis sur son postérieur. Ses yeux lançaient des lueurs rougeoyantes, ses babines retroussées laissaient apparaître d'impressionnants crocs, aussi longs que des doigts humains.

La bête huma l'air et hurla de nouveau. Puis elle gronda, tout en fixant Rebecca, paralysée à quelques mètres.

La jeune fille eut soudain un trait de lucidité qui enflamma ses neurones. Elle comprit ce à quoi elle était en train d'assister : son esprit revisitait les œuvres chères à son cœur qui l'avaient marquée au cours de son adolescence.

Le chien n'était autre que celui des Baskerville, qui patientait sagement en attendant que passe sa victime. La lande pouvait être celle du Dartmoor.

Rebecca avait tant de fois dévoré ce roman de Sir Arthur Conan Doyle, qui mettait en scène, une fois encore, le prodigieux Sherlock Holmes. Mais aussi *Psychose*, l'ouvrage de Robert Bloch adapté au cinéma par Hitchcock. Voilà pourquoi cette maison hideuse apparaissait tout au bout du chemin, voilà pourquoi la créature de Doyle l'accompagnait dans les limbes.

Rebecca se remit en route, ignorant le chien, qui la regarda marcher devant lui sans bouger. En passant très près de la créature, elle sentit son odeur fauve, entendit son grondement sourd, distingua ses pupilles illuminées d'un reflet inquiétant, ainsi que ses mâchoires luisantes de salive.

Tout en avançant d'un pas décidé, Rebecca tendait l'oreille, espérant percevoir de la musique. Mais seul le bruit du vent qui sifflait lui parvint. La lande était aussi silencieuse que déserte, froide et sombre.

Lorsqu'elle arriva devant l'enclos de la propriété, un homme portant une redingote noire et un chapeau haut de forme la salua poliment. Il arborait une moustache à la gauloise et d'épais cheveux gris. Quand Rebecca arriva à sa hauteur, il débita un flot de paroles étranges :

« Mais ce n'est pas son cadavre, non plus que le corps de Hugo Baskerville, qui fit pâlir les trois cavaliers : debout sur ses quatre pattes par-dessus Hugo, et les crocs enfoncés dans sa gorge, se tenait une bête immonde, une grosse bête noire, bâtie comme un chien, mais bien plus grande que n'importe quel chien qu'aient jamais vu des yeux d'homme. Et tandis qu'ils demeuraient là, frappés de stupeur, la bête déchira la gorge de Hugo Baskerville avant de tourner vers eux sa mâchoire tombante et ses yeux étincelants[1]*... »*

Rebecca esquissa un sourire. Elle reconnut le monologue d'un personnage du roman de Conan Doyle : le docteur Mortimer, qui rendait visite à Holmes et Watson au cabinet du détective.

Plus haut, près de la bergerie, elle identifia son grand-oncle Yarone. Il se tenait près de l'entrée d'un entrepôt apparemment désaffecté. Il effectuait de vastes moulinets avec ses bras pour attirer l'attention de sa petite-nièce, persuadé qu'elle ne l'avait pas encore remarqué dans la brume. En s'agitant, il faisait virevolter un objet attaché à son cou et qui renvoyait des éclats d'or. Il paraissait inquiet, sur ses gardes, et impatient de lui parler.

Rebecca nota que des caravanes étaient disposées sur le terrain autour de la bergerie. Certaines d'entre elles tombaient en ruine, rongées par le temps.

Alors qu'elle s'approchait de son grand-oncle, elle sentit le vertige la submerger de nouveau. Elle fut contrainte de croiser son regard et de le soutenir un long moment, et elle y décela un étrange éclat. Une puissante énergie guida alors son attention vers le sol de la bergerie. Lorsque ses yeux se posèrent sur le corps inerte, il lui sembla que tout s'effondrait autour d'elle, que la lueur nocturne s'assombrissait et

1. Sir Arthur Conan Doyle, *Le Chien des Baskerville*, Hachette, 1905.

que le vent forcissait. Elle se mit à pleurer, le cœur douloureux, la gorge serrée, incapable de produire un son. Son grand-père Joseph se tenait là, égorgé et vidé de son sang. Agenouillé, Samuel Steiner était penché sur le cadavre de son père, pleurant de rage, jurant de lui rendre justice.

— Papa ? Papa, qu'est-ce qui se passe ? Qu'est-il arrivé à papi ? Yarone, dis-le-moi, toi, s'il te plaît !

Yarone afficha un sourire inquiétant. Il manipulait entre ses doigts un imposant médaillon en or qui pendait à une chaîne, un médaillon représentant un soleil affublé d'un visage et du nombre XIV inscrit en chiffres romains. Il rit doucement en haussant les épaules.

— Ma chère petite-nièce, tout n'est plus qu'une question de temps… Ce décor, ces éléments, ces métaphores, tout cela se trouve dans ton esprit. Tu vas assister à ce qui s'est produit voilà plus de vingt ans, car tu ne retourneras pas à la surface. Il est trop tard, Rebecca… Pourtant, je t'avais aiguillée sur le bon chemin. Te voici ici, et ici, ce n'est ni chez toi ni chez moi. Tu n'es pas en Amérique, mais tu es tout de même en Louisiane, et c'est ici, près de cette bergerie, que ton esprit quittera définitivement ton corps. Tu n'as pas voulu suivre mes conseils, alors voilà ce qui va arriver. Tes pupilles vont enregistrer ces dernières images, et papa te préparera de belles funérailles, ne t'en fais pas, ma belle…

Terrorisée et tétanisée, Rebecca ne put réagir lorsque Yarone se posta derrière Samuel Steiner et lui enfonça dans le dos la longue lame d'un couteau de chasse. Il frappa à trois reprises et Samuel s'effondra sur le corps de son père. Il s'éteignit ensuite lentement, dans un râle sourd, couvert par les cris et les longs sanglots de Rebecca, ainsi que par le bêlement des brebis affolées à l'intérieur du bâtiment.

La fade lumière dissimulée derrière les nuages s'intensifia. À cet instant, un orage éclata et la lune apparut, baignant la scène d'un éclat métallique et flamboyant. La lueur argentée s'introduisit alors sous les paupières de Rebecca, laissant une rémanence sourde et douloureuse au cœur de ses pupilles.

36

L'anamnèse

Juillet 2019, Nice
Best Western Plus (hôtel de Raymond Sergianni)

SES PAUPIÈRES S'OUVRIRENT BRUSQUEMENT. Le roulement du tonnerre le fit sursauter et il s'extirpa de sa léthargie.

Le front collé à la vitre du salon d'accueil de l'hôtel, Steiner attendait un appel du député Magnan en contemplant la boutique de l'autre côté de la rue. Sachant l'homme très influent, il avait sollicité les services de l'ancien magistrat. Il voulait effacer le maximum de traces laissées par Jordan et Scarface afin que l'image de Rebecca disparaisse définitivement de la Toile.

Après avoir rapidement obtenu, grâce à Zehnné, l'autorisation d'organiser une rencontre avec Viviane, Steiner avait rejoint Horace Delatour et Sergianni au Best Western Plus Masséna. La séance d'hypnothérapie était censée se dérouler dans la suite du psychanalyste, au dernier étage de l'hôtel.

Delatour avait suggéré un enregistrement vidéo afin de pouvoir revenir plus aisément sur les détails que leur fournirait Viviane.

Steiner avait également pris des nouvelles auprès du capitaine Moser au sujet de Jordan Caplan. Il s'était informé de la tournure de l'affaire, et il s'inquiétait de savoir ce qu'envisageait le juge pour la suite.

Son équipier lui avait expliqué que le jeune criminel avait balancé le nom d'un type rattaché à une pègre qui rayonnait sur le territoire européen. La piste s'arrêtait à une société d'import-export fantôme basée à Florence et qui, selon les éléments de l'enquête, avait fait faillite à cause d'une mauvaise gestion.

Le portable du flic vibra au fond de sa poche.

— Steiner, j'écoute, répondit-il en observant discrètement la femme qui venait d'entrer dans le hall.

— C'est Jean-Charles. Tout va bien de votre côté ?

— On fait aller, merci. Nous sommes sur le point d'expérimenter une nouvelle technique avec un témoin capital. Selon Sergianni, c'est la meilleure solution pour lui rafraîchir la mémoire.

— Une nouvelle technique ? De quoi s'agit-il ?

— D'hypnose ! Sergianni a un ami hypnothérapeute, et il pense qu'une hypnose régressive pourrait faire parler le témoin, ce genre de truc…

L'ex-juge ricana avant de rétorquer sur un ton réprobateur :

— Vous êtes sérieux, Samuel ? Vous risquez gros, vous le savez ? Et je parle de l'authenticité de son témoignage, de sa crédibilité. Sans compter que vous risquez de compromettre l'enquête pour vice de procédure…

— Jean-Charles, nous ne voulons pas recueillir de témoignage, nous voulons des pistes, savoir ce qui s'est produit, affirma Steiner en suivant des yeux la femme qui se dirigeait vers l'ascenseur.

Il reconnut Viviane, qui portait une paire de lunettes noires, un fichu bleu marine sur la tête et un imperméable clair. Elle referma son parapluie et s'engouffra dans l'ascenseur.

— Entendu, faites comme vous le sentez, mais soyez prudent. Vous êtes sur quelque chose de bien plus tentaculaire et de bien plus gros qu'une chasse au tueur en série. Là, on parle d'organisation criminelle, de mafia. Je sais que découvrir ce qui a pu arriver à votre père reste votre quête du Saint-Graal, celle de toute votre vie, et je sais ce que vous ressentez. La relation que j'ai entretenue avec mon père était totalement différente de la vôtre, mais moi j'ai pu profiter de lui jusqu'à son dernier souffle, même si j'ai souvent souhaité sa mort... Alors, je vous comprends.

Steiner hésita un instant, puis demanda timidement :

— Vous avez pu avancer sur le service que je vous ai demandé ?

— Oui... Enfin, oui et non. Tout cela va être compliqué. Internet est une véritable toile d'araignée. Dès qu'on s'y trouve piégé, les mouvements pour s'en défaire alertent du monde, tout comme la mouche alerte l'araignée en s'agitant sur les fils. Des serveurs à l'étranger ont hébergé le site et les vidéos, celles-ci ont voyagé sur le cloud et y sont prisonnières. Je vais mettre tout en œuvre pour faire circonscrire les diffusions en France. Pour le reste, on entre en zone interdite, sur les réseaux organisés du sexe sur Internet, et là ça se révèle vraiment épineux. Lorsque des fichiers deviennent viraux, on n'a plus vraiment les moyens d'en contrôler la propagation...

Steiner cogna un fauteuil du salon du bout de sa chaussure, puis supplia Magnan à voix basse :

— Je vous en prie, Jean-Charles, faites en sorte que ma fille n'ait pas à se traîner cette erreur pendant des années. Faites le maximum, je vous le demande comme à un ami…

— Je vais faire mon possible, je vous le promets. Je vais mobiliser toutes mes connaissances, user de ma notoriété d'ancien magistrat, mais aussi de mon pouvoir de député. Cependant, je veux qu'une chose soit claire entre nous, Samuel : cette fois-ci, je ne franchirai pas la ligne jaune avec vous. Je ne prendrai aucun risque qui pourrait entacher ma carrière politique ou compromettre mon siège de député au Parlement européen.

Steiner acquiesça d'un borborygme étouffé. Il laissa Magnan conclure :

— La seule piste intéressante dans tout ce fatras de sociétés offshore, de serveurs sécurisés à l'étranger et de couloirs virtuels, c'est qu'un de mes collaborateurs a pu tracer une identité. Il s'agit d'un type qui a participé au montage financier de la société écran et travaillé avec le hacker qui a géolocalisé l'entreprise en République tchèque. Par le passé, ces deux gars ont déjà œuvré pour plusieurs entreprises basées à Florence, en Italie, des sociétés bidon. Mais le parrain censé contrôler ces affaires est aussi censé contrôler une partie des transactions immobilières mafieuses de la Côte d'Azur.

★

Viviane retira son foulard et ses lunettes, puis s'installa dans un fauteuil cabriolet près de la fenêtre.

Horace Delatour avait tiré les rideaux de la chambre, tamisé l'éclairage et installé un second fauteuil tout près de celui de Viviane.

L'hypnothérapeute avait la soixantaine. Son visage était apaisant, ses traits rappelaient ceux d'une personne que l'on aurait pu connaître, une étrange familiarité s'en dégageait. On pouvait l'assimiler à l'ami d'enfance, au parent, à l'oncle ou au frère. Ses longs cheveux gris et blancs encadraient son visage et tombaient sur ses épaules. Sa tenue vestimentaire était sobre : chemise et pantalon noirs, gilet gris. Seul son regard bleu, très clair, se détachait de l'ensemble de sa personne.

Près de Viviane, Sergianni se tenait dans son fauteuil roulant. Il avala un comprimé, puis lui conseilla en souriant :

— Détendez-vous, Viviane, tout se passera bien. Horace est un professionnel, et cela fait des années qu'il pratique l'hypnose. Moi-même, j'ai eu recours à ses services à plusieurs reprises.

Viviane ne put répondre, surprise par la porte de la chambre qui s'ouvrait.

Steiner entra.

— Désolé pour le retard, je passais quelques appels à Metz. Bonjour, Viviane, ravi que vous…

— Faites ce que vous avez à faire, qu'on en finisse avec tout ça ! l'interrompit-elle sèchement en exécutant de grands gestes nerveux. Même si je doute que votre rebouteux puisse réveiller quoi que ce soit du fond de mon crâne…

Sergianni rit, puis, d'un signe de tête, il sollicita Steiner afin qu'il se charge du matériel de capture vidéo.

Horace Delatour prit une des mains de Viviane dans la sienne et, d'une voix très douce, la rassura :

— Viviane, il n'y a aucune raison de vous inquiéter. Cette séance ressemblera à une simple discussion entre nous, en fait. Vous resterez éveillée, vous aurez conscience de tout ce qui vous entoure, et à aucun moment vous ne vous endormirez. Simplement, vous sentirez votre système nerveux s'apaiser, vos muscles se relâcher et votre vue se troubler légèrement, vous voyez ? Un peu comme lorsqu'on a le regard dans le vague.

Viviane acquiesça. Horace Delatour lui tendit un verre d'eau qu'elle avala d'un trait, puis il coupa l'éclairage de la pièce et alluma une lampe de chevet disposée sur une sellette, près de la fenêtre.

— Vous voyez cette petite lampe, Viviane ? Vous allez la fixer, sans la lâcher du regard. Vous laisserez votre vision se troubler. Puis nous entamerons le processus de l'anamnèse, c'est-à-dire que vous me parlerez de vous, de votre passé, des choses que vous aimez ou détestez, de vos amis ou ennemis. Cela peut paraître très long, mais ne vous souciez plus du temps qui passe. D'après le test de suggestibilité que je vous ai fait subir tout à l'heure, vous répondez à un processus appelé hypnose conversationnelle, ce qui correspond à une léthargie assez légère, mais néanmoins très efficace pour contourner les résistances du mental. Elle permet de travailler avec ceux qui ont du mal à lâcher prise, à exprimer leurs émotions. Ensuite, nous serons dans la phase de l'induction hypnotique, c'est-à-dire le moment où je vous ferai basculer en état d'hypnose. Le commandant de police Samuel Steiner, ainsi que son ami Raymond Sergianni, psychanalyste, assisteront à la séance, qui sera filmée. Avez-vous bien saisi tout ce que je vous ai dit, Viviane ?

— J'ai tout compris, oui. Mais je ne vais pas perdre connaissance ou une connerie dans ce genre ?

— Non, soyez rassurée, vous resterez consciente. À présent, relaxez-vous, respirez profondément, tranquillement, tout en fixant la lueur de la lampe.

Après quelques minutes, Horace Delatour demanda d'une voix très basse :

— Et si nous commencions par vos relations, vos amis, votre famille, votre passé ? Qu'avez-vous à m'apprendre ?

— Mes amis ? J'en ai pas vraiment... Ma famille, c'est difficile. J'ai perdu papa et maman très jeune, ils sont morts tous les deux, ensemble, dans un accident de voiture. Avec mon frère Claude et mes sœurs, on s'est débrouillés, on a été dispatchés chez des oncles et des tantes, et on n'a pas pu grandir ensemble. Quand j'ai appris que Cloclo avait été assassiné, j'ai cru que j'allais mourir moi aussi. C'était comme si on m'avait arraché un morceau de chair à vif...

Sergianni et Steiner échangèrent un bref regard. Ils saisirent instantanément que Viviane se montrait sensible au sujet de la famille, et qu'elle pourrait de ce fait éprouver de la compassion pour Steiner et sa quête paternelle.

— Heureusement que Nadine m'a soutenue. C'est une amie, Nadine, une vraie. Cette femme aussi a vécu de sales choses... C'est dingue comme on peut se faire baiser quand on est quelqu'un de sympa. Nadine aurait pu avoir une belle vie, elle était faite pour vivre au milieu de la « haute », parmi les pincés du cul de la société raffinée niçoise. Mais non, il a fallu qu'elle rencontre cette raclure de chiotte d'Auban, et tout est parti en vrille. Des mauvaises langues disent qu'elle aurait dû parler avant, le dénoncer, et pas attendre plus de vingt ans avant de balancer toutes les saloperies de Jean-Michel Auban. Mais vous savez, quand votre compagnon est censé être un tueur en série et exécuter les basses besognes pour la pègre varoise, eh bien, vous réfléchissez avant de jacter. Et si vos proches sont menacés de mort, alors là, vous vous effacez complètement. Beaucoup n'ont pas cru Nadine, l'ont prise pour une cinglée... Parfois elle en rajoute, c'est vrai, mais la plupart des faits qu'elle a décrits sont authentiques.

Viviane marqua une pause. Son regard vague était ancré sur la lueur ambrée de la lampe de chevet. Sa respiration s'était accélérée, comme si l'évocation des faits l'angoissait terriblement.

Steiner s'approcha de Sergianni. Celui-ci posa son index sur sa bouche pour lui indiquer de garder le silence. Horace Delatour prit alors sa voix la plus douce pour s'adresser à Viviane :

— Viviane, ne détournez pas les yeux de la lampe, restez-y. Je sais que vous vous y sentez bien. Lorsque vous dites que la plupart des faits décrits par Nadine sont authentiques, qu'est-ce que cela signifie ? Et surtout, qu'est-ce que cela évoque pour vous ?

— Bah, ça veut dire que c'est vrai, puisque j'ai vu des choses… Mais tout ça, c'était avant le braquage foireux de la bijouterie, parce qu'après Auban s'est fait arrêter. C'est malheureux, mais c'est quand le type du Nord est arrivé que tout est parti de travers…

— Qui était cet homme du Nord, Viviane ? Vous a-t-il causé du tort ?

— C'est un mec qui a débarqué un jour à la maison avec Cloclo, un gars d'une cinquantaine d'années. Il disait qu'il était photographe de je ne sais plus quoi, pour des magazines, je crois. Il m'a tout de suite paru sympa…

Steiner retint sa respiration. Il savait que Viviane allait enfin parler de son père.

— Cloclo m'a informée qu'il logerait quelques jours avec nous, dans l'appartement. Il m'a pas caché que ce type allait participer au braquage et qu'il avait été hautement recommandé par le grand patron. Le big boss avait demandé à Auban de le prendre sous son aile et de l'introduire dans le circuit. Moi, j'étais impuissante. Je flippais comme une folle pour mon frère, chaque fois. Je m'attendais à ce qu'un jour on vienne me trouver et qu'on me dise qu'il venait d'être arrêté, ou qu'il s'était fait plomber par les flics ou une racaille. Mais les potes de mon frère me répétaient toujours la même chose : « Ferme ta gueule et fais ta vie ! »

Steiner se pencha vers Viviane pour lui parler, mais Horace Delatour l'en dissuada d'un geste.

L'hypnothérapeute s'approcha plus près de son sujet, puis lui demanda tout bas :

— Qui était ce grand patron, Viviane ? Ce big boss, comme vous l'appelez, vous a-t-il fait du mal ?

— Qu'est-il arrivé à mon père, Viviane ? Parlez, bon sang ! s'impatienta Steiner.

Agacé, Horace Delatour lui lança un coup d'œil exaspéré, l'exhortant d'un index autoritaire à retourner s'occuper de la caméra.

— Viviane, tout va bien. Dites-moi seulement si ce grand patron vous a fait du mal.

— Non ! Non, ce n'est pas à moi qu'il a fait du mal, il… Après le braquage foireux, comme il avait été décidé que le point de chute serait la bergerie de Jean-Michel, ils se sont tous pointés. L'ambiance était électrique, je sentais que quelque chose n'allait pas. Les gars se bouffaient le nez, ils se rejetaient la faute entre eux. En fait, ils avaient surtout très peur de la réaction du grand boss… Auban arrêtait pas de parler de ça. Il disait que le patron ferait du ménage et que des têtes tomberaient, et puis… et puis…

La respiration de Viviane s'était faite irrégulière, et ses doigts se resserraient sur les accoudoirs du fauteuil comme les serres d'un rapace. Elle prit une profonde inspiration, puis continua :

— Et après il est monté dans les tours, il criait qu'il allait « fumer » tout le monde pour ne pas avoir de problèmes avec le boss. Alors le Corse a commencé à hausser le ton lui aussi, et Auban a voulu lui casser la gueule, mais le type qu'il avait embauché pour le job a réussi à le calmer...

— Qui est cet homme, Viviane ? Vous a-t-il fait du mal ?

— Non, il était sympa, ce gars...

— Qui était-il ?

— Steiner, qu'il s'appelait. Joseph Steiner.

Steiner eut à ce moment précis la sensation qu'une cascade d'eau glacée s'abattait sur lui, lui coupant le souffle. Il s'approcha lentement de Viviane, les jambes chancelantes. Horace Delatour lui fit signe de ne pas intervenir.

— Et ensuite, Viviane, que s'est-il passé avec cet homme ?

— Il... Auban a été horrible, il m'a fait peur, ce soir-là. Je vous jure que c'était terrible. Même Nadine avait peur qu'il lui fasse la peau dans la nuit... Ce type est un malade, je vous jure. Cette histoire de tête coupée, de cocotte-minute nom de Dieu ! C'est terrible...

— Quelle tête, Viviane ? À qui appartenait-elle, cette tête ?

Viviane se mit à trembler. Elle émettait en respirant un étrange sifflement et ses yeux se révulsaient par moments. Elle grinçait des dents tout en essayant de s'exprimer, mais seuls quelques sons étranglés s'échappaient de sa bouche.

L'hypnothérapeute se leva, attira l'attention de Sergianni et lui signala qu'il désirait mettre un terme à la séance.

Steiner s'approcha de Delatour, avança son visage près du sien et prit un ton menaçant :

— Vous n'arrêtez rien du tout, bordel ! Vous continuez ! Vous m'avez compris ?

— Elle n'est pas bien, vous le voyez comme moi, elle est sur le point de faire une crise d'angoisse. Je ne veux pas de problème, commandant, j'avais prévenu Raymond...

— Continuez ! Faites-lui cracher le morceau, bon sang ! Vous vous rendez compte qu'elle est prête à déballer ce qui est arrivé à mon père ?

— On n'est plus en phase d'anamnèse, là, elle est sous hypnose, et si je n'interromps pas immédiatement le processus, elle risque de faire une crise très grave. Vous pouvez comprendre ça, non ? Cela peut avoir des conséquences néfastes et irréversibles sur son système neurologique…

Steiner n'eut pas le temps de riposter. Son téléphone vibra, et lorsqu'il identifia le numéro sur l'écran, ses traits se décomposèrent et son visage prit une teinte calcaire.

Il s'agissait du service de soins intensifs de l'hôpital de Mercy, dans lequel avait été admise Rebecca.

37

Le bêlement des brebis

Juillet 2019, Metz
Hôpital de Mercy / Ars-Laquenexy, service de soins intensifs

— Papa ? Papa, je... C'est... Papa, je t'aime, tu sais ? Je t'aime, mon petit papa.

Steiner eut le souffle coupé et une vague d'émotion le submergea. Rebecca, sa petite fille chérie, était revenue d'entre les morts ! Sa gorge était si serrée qu'il ne pouvait en sortir un seul son, mais cette voix, cette toute petite voix qu'il entendait par-delà les ondes téléphoniques, lui rappelait combien la famille était importante, et à quel point il aimait sa fille.

— Je... Tu... tu vas bien ? Tu t'es réveillée quand ?

— Papa, c'est encore flou pour moi, mais je crois que c'était hier soir, ou hier matin, je ne sais plus...

— Tu te souviens de ce qui s'est passé, ma chérie ?

— Non, je... je ne sais pas. Où tu es ?

— Je vais bientôt rentrer, je ne suis pas loin, ne t'inquiète pas. Tu as vu Greg ?

— Il est là, à côté de moi. J'ai plein de tubes et de tuyaux qui me rentrent dedans, papa, on dirait un alien…

Steiner étouffa un petit rire, les larmes aux yeux.

— Tu… tu as mal ? C'est fou comme tu… tu t'exprimes comme si tu venais de te réveiller après une soirée avec tes potes, plaisanta-t-il.

— Les médecins m'ont dit que mon coma a été profond, mais qu'il n'a pas duré très longtemps, c'est pour ça que je suis bien éveillée… Je suis passée au stade de la manifestation relationnelle et de la prise de conscience réelle presque tout de suite à mon réveil, c'est ce qu'ils m'ont dit, ce sont leurs mots de foutus savants ! Mais commence pas à te tracasser, d'accord ?

— Arrête avec ça, Rebecca, je suis ton père, j'ai le droit de m'inquiéter… Mais, dis-moi, tu te souviens de quelque chose de quand tu étais dans le coma ? Des gens racontent qu'ils entendent ce qui se passe autour d'eux, d'autres font des rêves bizarres…

Steiner entendit Rebecca renifler, tousser, puis parler à Grégory à voix basse.

— Rebecca ? Tout va bien ? T'es toujours là ?

— Papa ? Où tu es, là ?

— Quoi ? Je te l'ai dit, pas loin.

— Pas loin ? C'est-à-dire ?

— Je suis à Nice pour les besoins d'une enquête, une affaire criminelle.

— Tu as vu ton oncle Yarone ?

— Mon oncle ? Mais pourquoi tu veux savoir ça, Rébé ?

— Papa, réponds, s'il te plaît…

Steiner entendit sa fille s'adresser de nouveau à Grégory. Il y eut un bruit de froissement, puis, enfin, la voix du journaliste :

— Samuel, c'est Greg. Il faut absolument que tu écoutes ce que Rebecca veut te dire, je crois que c'est important. Pendant son coma, elle a divagué dans une espèce de… de no man's land, appelons ça comme ça. Elle s'est retrouvée dans un environnement effrayant, elle y a vu Lise-Marie, et aussi ton père.

— Qu'est-ce que tu racontes, Greg ? Repasse-moi ma fille !

— Il faut que tu l'écoutes, elle a vécu quelque chose de terrible pendant son coma, je t'assure.

Agacée, Rebecca s'empara du téléphone et insista auprès de son père :

— Réponds-moi : tu l'as vu, l'oncle Yarone ?

— Non, on a juste parlé au téléphone. Pourquoi ?

— Ne t'approche surtout pas de lui, papa, je t'en prie ! C'est un homme malveillant, il te veut du mal, j' te jure !

Steiner accusa le coup. Il tremblait à l'idée que sa fille puisse avoir gardé des séquelles liées au coma.

— Rebecca, écoute, je…

— Non ! C'est toi qui m'écoutes, papa. C'est l'oncle Yarone qui a assassiné ton père. Mon grand-père s'est fait tuer par son frère, tu comprends ça ? Et il te veut du mal, il veut te tuer toi aussi, papa.

— Rebecca, tu as rêvé tous ces trucs !

— Non, je n'ai pas rêvé ! Tu sais comment se déroule un coma ? Les médecins m'ont dit ce matin que, quand on sort du coma, il y a trois scénarios possibles pour le décrire. Soit on conserve des souvenirs réels de ce qui s'est passé pendant la phase comateuse, c'est-à-dire qu'on se souvient des sons, des voix, des conversations, même. Soit on ne se souvient de rien, juste d'un trou noir. Soit on garde des souvenirs étranges, comme par exemple le mélange de faits réels et d'autres complètement délirants. Le neurochirurgien m'a expliqué que beaucoup de patients ont la sensation d'avoir été enfermés dans une grotte, ou même d'être sous l'eau. Moi, j'étais prisonnière de l'océan, et…

— Rebecca, il va falloir que tu te reposes. Je serai là dès demain si tu veux, mais en attendant, détends-toi. Greg va veiller sur toi.

— Tu crois que je suis devenue cinglée, papa ? Ce sont peut-être des symboles, des métaphores, je sais pas, mais je te dis que j'ai vu l'oncle Yarone te tuer sous mes yeux, te poignarder dans le dos avec un couteau de chasse. Le corps de grand-père gisait par terre, dans une immense flaque de sang… Rien que de repenser à cette maison, à ce chien et à cette bergerie, j'ai des frissons. Yarone m'a dit que j'allais mourir et que tu t'occuperais de mes funérailles. Tout ça me paraît si réel, j'entends encore le bêlement des moutons dans l'étable…

Une lumière se fit soudain dans l'esprit de Steiner.

— Une bergerie ? Tu viens bien de me parler d'une bergerie, j'ai pas rêvé ?

— C'est là que j'ai rencontré l'oncle Yarone, près de ce qui ressemblait à une ferme. Je me souviens encore de l'odeur des bêtes et des caravanes autour…

— Quoi ! Des caravanes !

— Oui, papa, et un grand chemin de cailloux qui descendait…

Steiner n'en revenait pas. Sa fille venait de lui décrire la bergerie de Nadine Morel. Les caravanes sur le terrain, le chemin caillouteux qui conduisait à la propriété, les brebis…

— Et puis il y avait un curieux médaillon autour du cou de l'oncle. Il m'a ensuite parlé des États-Unis, de la Louisiane…

— Parle-moi du médaillon.

— Un gros truc en or, un Roi-Soleil, avec XIV gravé en chiffres romains… Ça faisait très rappeur américain, plaisanta-t-elle.

Les reflets du médaillon pénétrèrent mentalement Steiner. Quelque part au fond de lui, il savait que l'image de cet objet avait toujours été sous ses yeux…

38

CYS

Juillet 2019, Nice
Best Western Plus (hôtel de Raymond Sergianni)

STEINER RETOURNA DANS LA CHAMBRE, le teint blême. Delatour se tenait près de Viviane, qui avait de plus en plus de mal à respirer.

— Samuel, tout va bien ? Tu es pâle comme un linge, s'inquiéta Sergianni en tentant de se lever de son siège.

— Oui, ça va… Ne bouge pas, reste assis. C'était ma fille, Raymond, elle est sortie du coma, elle est tirée d'affaire !

— C'est plutôt une bonne nouvelle, ça ! Comment va-t-elle ?

Steiner resta silencieux. Il s'approcha de Delatour, posa son index sur son épaule et lui ordonna en haussant le ton :

— Vous, il est hors de question que vous mettiez un terme à cette séance ! Ma fille et moi sommes en danger, et seule cette femme peut tout changer.

Horace Delatour dévisagea longuement le flic, l'air contrarié. Il observa Viviane, puis Sergianni. Ce dernier acquiesça de la tête.

— OK, mais c'est bien parce que vous êtes policier et qu'il y a une affaire criminelle derrière tout ça. Et aussi parce que vous êtes un grand ami de Raymond. Je vais tenter quelque chose d'aussi vieux que le monde : je vais essayer de lui faire ouvrir une porte allégorique. Je ne vous garantis pas que ça marchera, mais si ça prend, Viviane dévoilera des éléments qui sont enfouis dans sa mémoire, et même dans son inconscient.

L'hypnothérapeute rapprocha son siège de celui de Viviane, puis commença d'une voix très douce :

— Écoutez-moi attentivement, à présent. N'écoutez plus que le son de ma voix, n'écoutez rien d'autre. Respirez lentement, détendez-vous, reprenez le contrôle… Voilà, vous y êtes… Vous allez entrer dans une très vaste maison, mais pour cela il va falloir que vous fermiez les yeux. Laissez-vous guider par le son de ma voix, uniquement ma voix…

Viviane s'apaisa. Elle recula au creux du fauteuil cabriolet, allongea ses jambes et posa ses pieds sur une sorte de petite méridienne qu'avait rapprochée Delatour.

— Vous entrez maintenant dans cette grande maison très claire, lumineuse. Vous vous y sentez bien. À l'intérieur, il fait chaud, et vous respirez une légère odeur de patchouli. Je vous y accompagne, je suis près de vous, ma voix vous guide… Cette maison représente votre personnalité, car vous êtes une personne lumineuse, Viviane. Elle comporte de nombreuses pièces, qui symbolisent des étapes de votre vie. Vous les connaissez parfaitement, et elles brillent, rangées dans des chambres éclatantes de lumière. Cependant, il vous reste des zones d'ombre à éclaircir, des étapes enfouies à remonter du sous-sol, des fragments de votre vie que vous devez absolument mettre au jour. Alors, à présent, cherchez la porte du sous-sol. Car c'est là, au sous-sol, que se trouve tout ce à quoi vous avez tourné le dos, tout ce que vous ne vouliez plus garder à l'étage, au milieu des phases éblouissantes de votre existence…

Captivés par la séance, Steiner et Sergianni échangèrent un regard complice. Les paupières closes, Viviane remuait de façon imperceptible sur son siège, comme si elle se déplaçait réellement au cœur de la maison. Elle cessa de bouger lorsque la voix de Delatour résonna de nouveau sous son crâne :

— Maintenant, trouvez la porte, Viviane, il le faut… La voyez-vous ?

— Oui, je la vois, elle… elle est fermée, j'ai peur de l'ouvrir…, chuchota-t-elle.

— Il ne peut rien vous arriver, Viviane. Écoutez seulement ma voix qui vous accompagne. Vous l'entendrez également quand vous descendrez au sous-sol.

— Je vais l'ouvrir, alors… J'essaye, je ne suis pas sûre d'y arriver…

— Vous allez y parvenir, Viviane, j'en suis sûr.

— D'accord, je l'ouvre. Il fait noir, je ne vois pas les marches de l'escalier… J'ai peur de tomber, j'ai peur de me faire mal…

— Il ne peut rien vous arriver. Descendez quelques marches.

— Je descends, je vois une petite lueur tout au fond de la cave…

— Il va falloir vous rapprocher de cet éclat de lumière. Rapprochez-vous, n'ayez pas peur, je suis à votre côté.

Viviane s'agitait davantage sur son siège. Sa respiration se faisait plus saccadée à mesure qu'elle empruntait l'escalier imaginaire.

Steiner était pendu aux lèvres de Delatour et de Viviane, espérant cette fois-ci refermer un dossier qui le torturait depuis plus de vingt ans et libérer de vieux fantômes.

— Je les aperçois, ça y est ! Je les vois... Ils sont là, tous !

— Qui voyez-vous, Viviane ?

— Auban, le Corse, l'Arabe, mon frère... Il y a aussi... oui, il est là, ce pauvre homme...

— Pouvez-vous me présenter tous ces gens, Viviane ? Qui est ce pauvre homme ?

Steiner se raidit. Il posa sa main sur l'épaule de Sergianni, qu'il serra un peu trop fort.

— C'est Joseph. Je vous présente Joseph Steiner, qui était toujours gentil avec moi, pas comme tous ces connards misogynes de la bande d'Auban. Je les vois, ils sont assis près du barbecue, tout à côté de la caravane dans laquelle Auban loge le Corse. Ils sont revenus du casse, un fiasco total, ils ont tous failli se faire plomber par les flics. Auban crie que le responsable de tout ce bordel, c'est Steiner... Il dit que c'est à cause de lui qu'il s'est fait retapisser devant la bijouterie par les caméras de surveillance... Il reproche à l'Arabe de ne pas avoir assuré avec la bagnole, il dit qu'il conduit comme une merde et qu'il a failli les envoyer à la mort...

Delatour consulta sa montre, l'air soucieux. C'était la première fois qu'il pratiquait ce genre de séance aussi longtemps. Il était inquiet pour Viviane, qui respirait de plus en plus fort et crispait ses doigts sur les accoudoirs du fauteuil.

Il jeta un coup d'œil interrogateur à Sergianni et Steiner. Ce dernier lui indiqua de continuer.

— Rapprochez-vous, Viviane, n'ayez aucune crainte. Ils sont là, mais ils sont tous figés dans le temps. C'est vous qui possédez le contrôle. Même si vous ne pouvez pas changer le cours de l'histoire, vous pouvez remonter le fil du temps.

— Je… oui, plus tard, Auban a ordonné à Steiner d'abattre l'Arabe. C'est horrible, je sais, mais c'est la vérité. Il lui a expliqué que, s'il ne le faisait pas, le patron le ferait exécuter.

Steiner se figea. Sa main broya un peu plus l'épaule de son ami à mesure que Viviane dévoilait ses secrets.

— Joseph Steiner a-t-il fini par exécuter les ordres de Jean-Michel Auban ? demanda Delatour en lançant un regard de compassion à Steiner.

— Oui, oui, il l'a fait…, avoua Viviane d'une toute petite voix.

Steiner sentit une lame glacée sur sa nuque. Une imposante décharge d'adrénaline lui coupa les jambes. Chancelant, il ne pouvait dire un mot, paralysé par la douleur qui lui tenaillait le ventre.

Viviane continua :

— Il l'a abattu de deux balles de 11.43. Auban l'a forcé, ce pauvre homme. Moi, j'étais avec Nadine dans la maison, dans le jardin-cuisine, et on a entendu les détonations. On s'est dit : « C'est la fin, ils vont descendre tout le monde, et nous on y aura droit aussi… »

— Et ensuite, Viviane ?

— Ensuite ? Ensuite, c'est vraiment dégueulasse… Nadine m'a raconté, parce que moi, je me suis tirée. J'ai appelé Cloclo et je l'ai fait monter dans la bagnole pour qu'on s'en aille au plus vite. Paraît qu'après que Steiner l'a tué, Auban a pendu l'Arabe à une esse de boucher, dans la bergerie, et qu'il l'a dépecé… Dépecé, putain !

Viviane s'agita de nouveau.

— Ça va aller, Viviane, laissez-vous guider par ma voix, vous ne craignez absolument rien.

— Il l'a dépecé, démembré et donné en pâture aux cochons… Pourquoi faire ça ?

Les trois hommes s'observèrent, une expression de dégoût collée au visage.

— Et puis après, il a forcé Joseph à abattre le Corse. Auban pensait que le Corse parlerait s'il était arrêté, comme il avait assisté au dépeçage du jeune Arabe et qu'il avait tellement été retourné et choqué. Croyant sauver sa peau, Joseph l'a tué, devant Auban. Ensuite, ils ont porté le corps jusqu'au milieu de la propriété, dans une sorte de clairière. Là, ils y ont mis le feu avec de l'essence, et le cadavre a brûlé jusqu'à ce qu'il n'en reste plus rien... D'ailleurs, en avril 2011, quand Nadine leur a balancé les saloperies d'Auban, les flics sont allés à la bergerie pour vérifier certains éléments, et ils ont trouvé des fragments d'ossements humains sur le terrain. Mais ils n'ont jamais rien pu prouver, ils n'ont pas pu relier ces fragments à l'ADN du Corse...

— Viviane, que s'est-il passé ensuite ? Comment s'est déroulé le reste de la soirée entre Auban et Joseph ? demanda Delatour en jetant de nouveau un regard en direction de Steiner.

Le flic était effondré par les révélations de la sexagénaire. Il sentait que quelque chose aux dimensions monstrueuses allait lui tomber sur les épaules et le mettre à terre.

— Auban doit rester en taule, il ne doit pas ressortir, il est cinglé. Beaucoup ont cru qu'il était un porte-flingue de la mafia locale, mais c'est pas le cas. Ce monstre prend du plaisir à tuer... Nadine m'a dit qu'elle avait mangé de la chair humaine à son insu, cuisinée par Auban. Elle m'a dit qu'il bouffait des morceaux de ses victimes... C'est dingue, tout ça ! Elle m'a expliqué qu'il avait fait un grand nombre de victimes, qu'il avait d'abord tué son meilleur ami, ensuite son beau-frère. Paraît-il qu'il lui a tranché la tête et l'a fait cuire dans une cocotte-minute... Il y a eu aussi un garagiste qui avait perdu beaucoup d'argent au poker avec Auban, et puis un copain du garagiste, et puis…

— Viviane, l'interrompit Delatour, écoutez ma voix, mettez-vous en retrait, réfugiez-vous dans la pénombre à présent, et dites-moi ce qui est arrivé à Joseph Steiner.

— Oui, oui. Nadine m'a raconté que tout s'est accéléré au moment où le dernier homme est arrivé…

— Qui est ce dernier homme, Viviane ? Que s'est-il passé ?

— Il est arrivé dans une berline Mercedes noire aux vitres teintées. Le type au chapeau, qu'elle me disait… Son chauffeur l'a déposé et l'a attendu jusqu'à la fin…

— Qu'entendez-vous par « la fin » ?

— Le gars… il était en colère, il hurlait, Nadine l'entendait depuis la maison. Alors, elle s'est approchée discrètement pour écouter. Elle était terrorisée. Le type au chapeau était hors de lui de savoir que le casse avait foiré, il supportait pas l'idée que des membres de son organisation puissent avoir été reconnus à visage découvert. Elle s'est dit qu'il allait flinguer Auban et que ce n'était pas plus mal…

— Que s'est-il passé, Viviane ? Dites-le-moi avant de remonter du sous-sol…

— Le gars au chapeau a sorti son flingue et il a tiré… Trois coups de feu, et il s'est effondré. Il l'a abattu comme un chien…

— Qui ? Qui s'est effondré ?

— Joseph. L'homme au chapeau a liquidé Joseph Steiner.

Sergianni lança un regard désolé à Steiner. Ce dernier s'abandonna à une douloureuse sensation, comme une coulée de lave en fusion qui se propageait dans ses veines. La gorge nouée, ne pouvant dire un mot, il se laissa submerger par la rage et le chagrin.

— Il... il aurait dit... D'après Nadine, il a dit à Auban qu'il ne voulait pas de témoins dans cette affaire et qu'il lui laissait une dernière chance...

— Où est le corps ? hurla Steiner en bondissant sur Viviane. Qu'ont-ils fait du corps de mon père, ces ordures ?

Delatour prit le relais après avoir repoussé Steiner de la paume de sa main.

— Qu'ont-ils fait du corps, Viviane ? Nadine vous l'a-t-elle dit ?

— Auban l'a enterré sur sa propriété, près d'un arbre, je crois. Il faut que je remonte, maintenant, je ne veux plus être dans ce sous-sol, j'ai froid, j'ai peur...

— Qui est ce dernier homme arrivé tard dans la nuit, Viviane ? Celui qui portait un chapeau, qui est-ce ?

— C'est l'homme au médaillon, le patron de toute l'organisation, je vous l'ai dit.

— Vous rappelez-vous son nom ?

— Je crois que Nadine ne connaissait pas son nom, mais il portait autour du cou un médaillon du Roi-Soleil avec le nombre XIV gravé dessus. Vous savez, celui qu'on voit sur les grandes affiches publicitaires des agences immobilières de la Côte d'Azur...

— CYS Real Estate ?

— Oui... Oui, c'est ça.

Alors qu'il ne savait plus s'il vivait un cauchemar éveillé ou si tout cela était bien réel, Steiner dévisagea l'hypnothérapeute, livide.

— C'est le Consortium Yarone Steiner, le groupement des sociétés italiennes qui appartiennent à mon oncle, ainsi que ses agences immobilières...

39

On doit tous mourir de quelque chose

Juillet 2019, Metz

JAY ÉTAIT AFFALÉ SUR SON CANAPÉ, shooté par une farandole d'anxiolytiques et quelques verres de rhum.

Depuis le début de la matinée, il était passé par plusieurs phases émotionnelles. L'euphorie, tout d'abord, quand le juge avait pris la décision de le laisser en liberté jusqu'au terme de l'instruction. Ensuite, la honte, la culpabilité, la haine étaient venues le ronger, lui faire prendre conscience de l'infamie dont il était responsable.

Il se sentait si minable et s'en voulait tellement d'avoir fait subir tout cela à Rebecca. Il culpabilisait d'avoir accepté ce piètre plan monté par son ami. Il s'en voulait aussi parce que Mounir était mort, peut-être à cause de lui.

Son avocat lui avait permis d'éviter la mise en détention provisoire, mais n'était-il pas plus encagé libre que captif ? La torture du remords lui était insupportable. Son crime, sa faute, son péché le gangrenaient depuis sa sortie du palais de justice.

Voilà plus d'une heure qu'il était perdu dans ses pensées, avec dans les mains l'un des Glock 23 que Scarface avait subtilisés sur la péniche de Steiner. Il mimait le geste d'un tireur visant devant lui et faisait feu à plusieurs reprises, tout en imitant le bruit des détonations avec sa bouche.

Il ne pouvait s'ôter de la tête toutes les images obscènes de Rebecca, les vidéos dans lesquelles elle apparaissait dénudée, offerte à lui-même et à son défunt ami. Il songea à Grégory, qui l'avait frappé, lui, mais qui avait aussi frappé Rebecca, ce qui avait eu pour conséquence de la plonger dans le coma et de les séparer définitivement. La rupture de leur relation l'affligeait profondément.

Une violente colère le secoua de l'intérieur tel un séisme. Son visage s'échauffa et son cœur se mit à battre très fort. Dans son ventre, quelque chose de puissant et d'incontrôlable répandit un venin brûlant, un acide qui se propagea dans tout son corps, jusqu'au plus profond de sa moelle épinière et dans les moindres fragments de ses chairs.

Peinant à trouver l'équilibre, il parvint à se mettre debout, rangea l'arme sous sa ceinture, dans son dos, puis enfila sa veste de cuir et ses baskets. Il prit la ligne A du bus qui reliait la cité universitaire au centre-ville de Metz et descendit à l'arrêt de la Direction régionale des affaires culturelles, tout à côté du bâtiment qui abritait le siège du quotidien *Le Grand Journal de l'Est*.

Le ciel était plombé, gris, mais l'averse avait cessé. Le sol messin était détrempé, et, sous l'effet de la chaleur accumulée sous le bitume, remontaient des odeurs de caoutchouc chaud.

Jay s'installa à la terrasse déserte d'un café et commanda une bière. En consultant sa montre, il laissa échapper un étrange ricanement, haussa les épaules, puis ferma les paupières. Il respirait l'odeur de cette pluie estivale, de la poussière mouillée, du goudron. Il entendait la rumeur de la ville, les klaxons des chauffeurs excédés, les voix dans la rue, le pas des passants pressés.

Quand il rouvrit les yeux, il aperçut Grégory Klein qui sortait par la grande porte cochère de l'entrée principale.

Il lui fit signe en agitant la main avec un inquiétant sourire.

Grégory s'approcha de la terrasse du bar, surpris.

— Bonjour, m'sieur Klein, vous me reconnaissez, hein ?

— Évidemment, qu'est-ce que tu fiches ici ?

— Bah, comme vous voyez, j' bois une petite mousse. Installez-vous, je vous offre un verre…

Grégory n'aimait pas le ton familier que prenait Jay avec lui. Il n'avait aucune envie de discuter avec ce type, qu'il considérait comme de la mauvaise graine.

— Non, merci. J'ai fini ma journée, je rentre chez moi.

— Bah, moi, j' te dis que tu vas t'asseoir, insista Jay. J'ai besoin que tu me parles.

— Ah ouais ? La dernière fois que je t'ai vu, j'ai bien cru que j'allais y laisser ma peau… Qu'est-ce que tu veux ?

— Par exemple, que tu me donnes des nouvelles de Rebecca, tu vois ? J'aime pas que tu me prennes pour un bouffon. C'est à cause de toi, ce qui est arrivé à Rebecca, et c'est aussi à cause de toi si on n'est plus ensemble. J'ai le seum, tu peux pas imaginer comme j'ai le seum…

— Si ça peut te rassurer, Rebecca est sortie du coma avant-hier soir. Elle reprend ses esprits, elle est hors de danger. Son père sera bientôt à Metz, alors si tu veux un bon conseil, fais-toi discret.

Jay inspira profondément en rejetant la tête en arrière, puis il termina son verre de bière. Soudain, il se leva, s'empara de l'arme dissimulée sous sa ceinture et la braqua sur le journaliste.

— Mets-toi à genoux, fils de pute ! Allez !

Grégory leva les mains, d'instinct, puis exécuta les ordres en s'agenouillant lentement.

— Wow, wow, wow, Jay ! Attends, ne fais pas le con.

Jay posa la pointe du canon sur le front de Grégory.

— Et moi, alors ? Tu me demandes pas si je vais bien ? J' suis pire qu'un zombie, tu comprends ? J' suis mort depuis le jour où j'ai accepté de monter ce plan merdique, ce que j'ai fait avec Rebecca, c'est à gerber. Tu vois pourquoi j' suis vénère ? C'est à cause de toi que j'ai plongé. T'as fracassé Rebecca, ça nous a séparés !

Terrorisé par la sensation de l'acier froid sur son front, Grégory tenta néanmoins une bravade :

— Faut pas te mettre dans ces états, Jay... Je peux t'arranger une rencontre avec Rebecca avant que son père revienne. Tu lui diras à quel point tu es désolé, que tu regrettes tout ce qui est arrivé... Qu'est-ce que t'en dis ?

Jay le regarda avec mépris. Il appuya davantage le canon de l'arme sur le crâne du journaliste en hurlant :

— Oh ! Tu cherches à m'embrouiller ? T'as pas compris ce que je t'ai dit ? J'ai perdu ma meuf à cause de toi ! Avec Rebecca, on se kiffait trop, on voulait mettre les voiles tous les deux.

Les rares passants aux alentours s'immobilisèrent, surpris par l'agressivité du jeune homme.

Dès qu'ils prenaient conscience que le jeune type tenait une arme, les curieux agglutinés sur le trottoir quittaient les lieux, terrifiés à l'idée d'assister à une attaque terroriste. D'autres, en revanche, filmaient avec leur portable ou téléphonaient pour décrire ce qui se déroulait sous leurs yeux.

Jay continua, comme si Grégory et lui étaient seuls au monde :

— C'est ta putain de faute, t'as vu ? Tant pis… Tu crois que je dois te punir ? Hein ? Moi je crois que oui, et je vais te faire du sale !

Les yeux fermés, Grégory gémissait tout bas en suppliant Jay de le laisser partir.

Jay fit alors deux pas en arrière, le canon de l'arme toujours braqué sur le journaliste, regarda autour de lui et distingua aux fenêtres des immeubles une flopée de personnes qui filmaient la scène avec leur téléphone.

— Bande de trouducs ! Vous voulez quoi ? Faire du buzz sur les réseaux, hein ? hurla-t-il en faisant mine de viser l'un d'eux.

Le serveur et le patron du bar reculèrent.

— Alors, toi ? Je dois te punir ou pas ? Dis-moi, gros crevard ! Tu réponds pas ? Bon, je vais décider pour toi.

Jay ouvrit alors le feu à deux reprises sur Grégory.

Les détonations se répercutèrent en écho dans la ruelle. La première balle vint se loger dans le poumon gauche du journaliste, quant à la seconde, elle pénétra dans son crâne. Grégory s'écroula sur le sol de la terrasse. Presque aussitôt, une énorme flaque de sang s'étala sous lui.

Les passants et les curieux accrochés à leurs portables hurlèrent. Les coups de feu alertèrent d'autres personnes, qui se penchèrent à leur tour à leur fenêtre.

Jay se laissa aller à un rire nerveux.

Juste avant de reprendre la parole, il vit l'armada de véhicules de police qui venait de barrer la rue, les hommes de l'équipe d'intervention qui prenaient position au loin, ainsi que les passants qu'ils évacuaient rapidement.

Jay leva la tête, puis il s'adressa aux courageux qui étaient restés à leur fenêtre :

— Vous l'avez, votre buzz, bande de baltringues ? Allez-y, mettez tout sur Insta, Facebook, Snap... Vous savez quoi ? Je vais vous donner de quoi faire un buzz de ouf ! Regardez, vous allez kiffer ! J'ai puni ce gros con, et je vais me punir aussi ! Après tout, on doit tous mourir de quelque chose...

Jay posa le canon de l'arme sur sa tempe et écrasa la queue de détente sans hésiter.

Un étonnant silence se répandit alors dans la ruelle. Les témoins et les policiers figèrent leurs gestes, comme si le cours du temps avait décidé de s'interrompre ici. Puis l'odeur âcre de la poudre se dissipa et les forces de l'ordre intervinrent pour les premières constatations.

40

Au contact de la dure réalité

Juillet 2019, Caussols
Bergerie la Louisiane

L'ESCOUADE DE 4 × 4 de la police grimpa rapidement la pente de la propriété, suivie par un imposant engin de chantier. Devant la tractopelle, une voiture banalisée transportait le commandant Zehnné, Samuel Steiner, ainsi que le juge d'instruction Delanoë.

En tête de convoi, le fourgon de la police scientifique. Une fois au sommet de la pente, celui-ci stoppa et un groupe d'hommes en descendit.

Nadine Morel referma alors le lourd portail en fer forgé, puis monta à son tour le chemin qui conduisait à la bergerie.

Les véhicules s'immobilisèrent près du grand bâtiment qui abritait le bétail. Dès l'arrivée de la police, les brebis s'étaient mises à bêler, prises d'une angoisse soudaine, comme lorsque certaines d'entre elles partaient à l'abattoir.

Le juge d'instruction s'approcha de Nadine Morel et lui serra la main. Il la pria ensuite de le conduire à l'emplacement précis où se trouvait enterré le corps de Joseph Steiner, puis il invita l'équipe scientifique à le suivre.

L'ensemble de la troupe se mit en route derrière la propriétaire des lieux, qui, malgré la gravité de la situation, paraissait plutôt ravie que toute cette histoire se termine enfin. Ils traversèrent un large terrain en friche qui rappela à Steiner le désagréable malaise qu'il avait éprouvé lors de ses visites.

— Voilà, c'est là ! fit Nadine en indiquant de l'index un olivier rabougri.

Le juge jeta un rapide coup d'œil au pied de l'arbre, constata que la terre formait un léger renflement à cet endroit, puis demanda :

— Que voulez-vous dire par « c'est là », madame ? Soyez plus claire, s'il vous plaît.

— Bah, vous savez bien... C'est ici qu'Auban a enterré le corps de...

Elle hésita une fois de plus, le regard fuyant, cherchant à éviter celui de Steiner.

— Le corps de qui ? insista le juge.

— Le corps de Joseph Steiner.

— Et comment en êtes-vous certaine ?

— Auban me l'a dit. Comme il cherchait toujours à me faire peur, un jour il m'a dit en désignant la tombe : « Si tu m'emmerdes de trop, ou si tu parles aux condés, tu finiras à côté de lui. » Et quand je lui ai demandé de qui il s'agissait, il m'a répondu : « C'est le photographe qu'est là ! »

Le juge Delanoë se retourna, fit signe à un technicien, qui s'empressa de photographier l'emplacement censé être la sépulture de Joseph Steiner, puis il ouvrit la fréquence de son talkie-walkie et ordonna :

— C'est bon, vous allez pouvoir procéder…

Plus loin, près de la bergerie, le moteur de la pelleteuse retentit et le chauffeur rejoignit le groupe près de la tombe.

Il installa les béquilles stabilisatrices, puis il releva la pelle rétro. Enfin, il descendit de la cabine, parapha un document que le juge lui tendait, et remonta à bord de l'engin.

Delanoë s'approcha de Steiner et l'interrogea à voix basse :

— Dans l'hypothèse où un corps se trouverait là-dessous, auriez-vous connaissance d'éléments d'identification qui pourraient nous aider à confirmer qu'il s'agit de votre père ?

— Oui, répondit Steiner sans quitter des yeux le renflement de terre. Mon père possédait un implant dentaire à l'emplacement de la première prémolaire, et aussi… Dans le cas d'un corps parcheminé, on pourra peut-être distinguer un petit tatouage sur l'épaule droite. Il s'était fait tatouer un Roi-Soleil pour se moquer de mon oncle.

— Pourquoi se moquer de lui ?

— Mon oncle employait parfois mon père, il lui faisait faire des petits boulots pour l'aider financièrement. Ce Roi-Soleil, c'est le logo de son groupe immobilier. Mon père lui avait dit qu'il s'était fait tatouer ce truc pour lui prêter allégeance, comme la marque des esclaves. C'était ironique, évidemment.

Le magistrat acquiesça d'un mouvement de tête, puis ordonna au chauffeur de la tractopelle de commencer l'excavation.

Nadine Morel s'approcha alors du juge et des deux flics et lança d'un ton presque léger :

— Bon, bah, puisque ça va prendre un peu de temps, si ça vous dit, je vous convie à boire un verre et à manger un peu de cochon. Il me reste un ou deux saucissons et toutes les bouteilles de grand cru classé de cet enculé d'Auban. Je vous invite à piller sa cave !

Surpris, les membres du trio s'interrogèrent du regard, puis se mirent en route derrière Nadine.

Après une ou deux bonnes bouteilles de bordeaux et autres délices de Bacchus, ainsi que plusieurs allers et retours de Zehnné entre le jardin-cuisine et le lieu de l'excavation, Steiner s'adressa à Nadine :

— Comment avez-vous pu vivre avec tous ces trucs sur la conscience, Nadine ?

— J' vous l'ai déjà dit… Il m'aurait flinguée si j'avais parlé. La seule personne à laquelle je me suis confiée, c'est celle qui vous a tous menés ici. Viviane est bien plus qu'une confidente, elle est comme une sœur pour moi, la seule personne en qui j'ai totalement confiance.

— Mais malgré cela elle a tout balancé.

— Elle a rien balancé du tout ! s'indigna Nadine. Elle a été forcée de raconter ce qu'elle savait. D'abord parce qu'elle n'en pouvait plus de vivre avec tout ça, et ensuite parce que vous l'avez un peu contrainte.

— C'était la condition *sine qua non* pour savoir enfin ce qui est arrivé à mon père, et j'ose espérer que les indications que vous avez fournies sont justes.

— Vous doutez, commandant ?

— Disons que j'ai face à moi quelqu'un qui a gardé le silence pendant plus de vingt ans, ajouta Steiner, un sourire au coin des lèvres.

— Peut-être, mais vous avez aussi face à vous quelqu'un de vivant, et c'est parce que j'ai fermé ma gueule que je peux vous tenir ce discours aujourd'hui. Et, en sauvant ma peau, j'ai aussi sauvé celle de ma famille. Vous le savez très bien…

Alors que le commandant Zehnné resservait un verre de bordeaux au juge Delanoë, le bruit du moteur de la pelleteuse cessa. Le conducteur descendit de la cabine et interpella un technicien de l'identification criminelle.

Steiner se leva d'un bond en observant la scène qui se déroulait une cinquantaine de mètres plus loin. Il se mit soudain à courir en direction de l'engin, manquant chuter au milieu du terrain. Le juge s'adressa à Zehnné :

— Je crois que le moment est venu, commandant. S'il y a bien un corps là-dessous, ça va changer toute la donne avec Auban… Allons-y !

Nadine plaça ses mains en visière pour tenter de distinguer ce qui se jouait près de la tractopelle. Zehnné se leva en soupirant. En une poignée de secondes, il saisit la dimension surréaliste de la scène. Quelques minutes plus tôt, ils buvaient du vin, avalaient des rondelles de saucisson en riant aux éclats, puis soudain le nuage s'était crevé, les projetant au sol, au contact de la dure réalité, pour effleurer l'horreur.

La pelle rétro se releva et s'immobilisa à la demande d'un des techniciens. À l'aide de bêches et au prix d'un effort considérable, les hommes de l'équipe technique et scientifique mirent au jour une sorte de bloc cireux. Il avait l'apparence d'un vieux tronc d'arbre, une espèce de pantin sans visage à l'aspect parcheminé.

Steiner se figea alors que son sang se cristallisait dans ses veines.

Quand le corps fut entièrement dégagé de la fosse et débarrassé des agrégats de terre, Steiner s'approcha.

— Attendez, commandant, ils vont réaliser une série de prises de vue, intervint le juge. Je vous conseille de patienter jusqu'à ce que nous transportions le corps à l'institut médico-légal.

Zehnné intervint alors :

— Monsieur le juge, laissez-moi au moins vérifier que…

— Vérifier quoi ? Le corps sera radiographié à l'IML, on regardera l'implant dentaire, et nous verrons bien.

— Je vous demande de m'accorder quelques secondes, juste pour tenter de déceler un tatouage sur ce corps. Steiner doit savoir, vous comprenez ?

— Je vous dis de…

— Il doit savoir maintenant !

Le juge dévisagea Zehnné. Finalement, il donna son accord.

Zehnné s'avança jusqu'à Steiner, le visage fermé, de la compassion dans le regard.

— Gauche ou droite ? demanda-t-il.

— Sur l'omoplate droite. C'était un Roi-Soleil… ce putain de Roi-Soleil que son frère adulait.

— Ça va aller, vous ?

— Oui, ça va. Pour le reste de l'affaire, je m'en occupe. Il ne se doutera de rien, il se sait perdu, et il va tout faire pour se débarrasser de moi. S'il voit rappliquer la PJ de Nice, ce sera un fiasco.

Zehnné approuva :

— Je vous fais confiance. Mais soyez prudent, ce genre de personne a plus d'un tour dans son sac.

Tandis que Zehnné ordonnait que l'on retourne le corps, les enquêteurs chargés de perquisitionner les lieux rapportèrent au juge plusieurs éléments sous scellés.

— On a retrouvé un petit arsenal. Ça, ce n'est qu'un échantillon. Il s'agit de deux bandeaux adhésifs grand format aux armes de la gendarmerie, comme vous pouvez le constater, ainsi que d'une échelle de corde métallique. Le reste est sous scellés, dans le fourgon : trois fusils, dont deux d'assaut, deux armes de poing, dont une de calibre 11.43.

Tout porte à croire qu'à l'époque il préparait une évasion par hélico…

— Ou que quelqu'un préparait l'évasion d'Auban, ajouta le juge en signant un document.

Zehnné hocha lentement la tête.

— C'est une dure réalité, cher Samuel, mais… oui, si le Roi-Soleil ne brille plus vraiment, il se trouve bien sur cette omoplate droite.

★

Encore au volant, Steiner entendait l'interminable chant des cigales au cœur de la garrigue desséchée. Une fois sur place, il laissa son véhicule et examina les alentours. Au bout d'un chemin de cailloux, il l'aperçut, droite et immaculée sous le soleil méditerranéen.

La petite chapelle qui avait traversé les siècles offrait la fraîcheur de ses travées aux âmes égarées, à tous ceux qui craignaient d'avoir perdu la foi ou voulaient confesser leurs péchés.

Tout à côté de l'édifice, un vieil olivier au tronc noueux et tordu procurait une couverture ombragée à la Bentley Continental garée sous ses branches.

Une fois devant la lourde porte de chêne, Steiner respira un grand coup, puis la poussa d'une seule main. Elle émit un craquement sec, avant de se refermer derrière lui.

Il laissa sa vue s'habituer à la pénombre en respirant les odeurs d'encens et de cire chaude.

Après un petit temps d'adaptation, il remarqua la silhouette qui se détachait près d'un autel. L'homme alluma plusieurs cierges après avoir introduit quelques billets dans le tronc, puis se retourna enfin.

— Approche, mon neveu. Laisse-moi te dire à quel point je suis ravi que tu aies répondu à mon invitation… Comment va Rebecca ?

Yarone désigna un prie-Dieu à Steiner, puis ils s'assirent.

— Qu'est-ce que tu veux, Yarone ? Tu sais au moins pourquoi je suis venu à ton rendez-vous ?

— Oui, ne t'inquiète pas, je sais qui tu es, je sais que tu es au service de la loi et de la justice, mon neveu. Mais, avant, je veux savoir comment va ta fille.

— Elle est sortie du coma, elle va s'en tirer.

— J'ai brûlé des cierges en priant saint Christophe, beaucoup de cierges.

Steiner laissa s'écouler un long moment de silence. Il observa le Christ d'albâtre sur sa croix qui luisait comme un lutteur turc, parcourut des yeux les stigmates sur son flanc, ses mains et ses pieds, la couronne d'épines sur son front.

Sans quitter du regard la divine statue, il souffla tout bas :

— On a retrouvé le Roi-Soleil, oncle Yarone. Qu'est-ce que tu en dis ?

— Que veux-tu que je te dise, mon cher neveu ? Le soleil avait du mal à briller, à cette époque, je n'ai pas eu le choix.

— Nom de Dieu ! Comment tu as pu tuer ton propre frère, Yarone ? Tu n'as donc pas de cœur ?

Yarone ôta son chapeau de feutre, qu'il posa sur ses genoux, retira de son cou le médaillon qui pendait au bout d'une énorme chaîne en maille grain-de-café, puis s'adressa à son neveu sur un ton agressif en lui donnant le bijou :

— Moi ? Moi, je n'ai pas de cœur ? Ingrat que tu es ! C'est moi qui subvenais aux besoins de ton père et de ta mère. C'est moi qui vous donnais la becquée à tous les trois quand tout allait mal, quand il n'y avait plus d'oseille pour boucler les fins de mois parce que ton père se prenait pour Joseph Kessel.

— Qu'est-ce qui s'est passé, Yarone ? Tu me dois la vérité !

— Et après ? Une fois que je t'aurai raconté la misère, on s'en va chacun de notre côté ? Tu vas me laisser partir parce que je suis ton oncle, c'est ça ?

Steiner soupira en étudiant le médaillon qu'il tenait dans sa paume.

— Tu sais bien que je ne le ferai pas, Yarone…

— Tu vois ce médaillon ? C'est le symbole de plus de quarante-cinq ans de travail à la force du poignet, mon neveu. J'ai sué sang et eau pour parvenir à me hisser au sommet. Ce symbole de réussite, de lumière, de justesse et de raison, que Louis XIV affichait partout, s'accordait aussi avec sa devise : *nec pluribus impar*, ce qui veut dire « au-dessus des autres » ou « à nul autre pareil ». Tu commences à comprendre, mon neveu ? J'ai partagé cette réussite avec mon frère, mais c'est lui qui a été ingrat. C'est lui qui a tout foutu en l'air.

— T'es une saloperie de mafieux, Yarone, c'est tout ce que tu es. Tes sociétés en Italie, tes agences immobilières rutilantes, tout ça, c'est de la poudre aux yeux, de la connerie de truand !

La dernière phrase retentit dans la chapelle comme un blasphème, comme la profanation d'un lieu consacré au culte et au recueillement.

Après un court instant de réflexion, Yarone brisa le silence :

— Tu vois, cher neveu, c'est peut-être pour cette raison que je me suis converti au catholicisme, pour ce tape-à-l'œil, cette abondance de richesses, ce besoin de baigner la divinité dans l'or et la lumière, tout ce rituel, le Vatican et le pape…

— Arrête ! Je ne suis pas là pour écouter tes bondieuseries.

— Tu sais, dans le livre de l'Exode, on peut lire que, lors de l'exode du peuple hébreu depuis l'Égypte jusqu'à la Terre promise, pendant que Moïse gravissait le mont Sinaï pour recevoir les Tables de la Loi, tout a basculé. Les Hébreux, qui venaient d'être libérés de l'emprise de Pharaon, ont prié Aaron de leur présenter un dieu qui puisse les guider. Celui-ci leur suggéra alors de fondre tous leurs bijoux en or afin de réaliser la statue du veau d'or, qu'ils adoreraient comme un dieu, à l'instar du taureau Apis, qui était vénéré en Égypte. Quand Moïse descendit du mont Sinaï et vit les Hébreux célébrer une idole, ce qui est interdit par le deuxième commandement, il fut pris d'une colère si grande qu'il fracassa les Tables de la Loi sur un rocher. Dieu ordonna alors à Moïse de tuer tous ces hérétiques, et Moïse transmit cet ordre à ceux qui, au sein de son peuple, lui étaient restés fidèles.

— Pourquoi tu me racontes toutes ces salades ?

— Peut-être pour te faire comprendre que même Dieu peut faire des erreurs, être radical, appliquer la peine de mort pour une petite entorse au règlement…

— Tes erreurs n'ont rien à voir avec le jugement de Dieu, Yarone. Je connais tes combines. Tu es dans le trafic d'influence avec de hauts fonctionnaires de l'État que tu corromps, tu es sur toutes les attributions de marché, toutes les magouilles financières et immobilières de la Côte d'Azur, et je sais que tu n'hésites pas à éliminer ceux qui se mettent en travers de ton chemin.

Yarone fit mine d'applaudir tout en crispant les lèvres.

— Tu en sais, des choses, dis-moi ! Seulement, il manque le principal, dans ton histoire, la pièce maîtresse…

— Je n'ai plus vraiment envie de t'écouter. Tu vas me suivre gentiment, oncle Yarone.

Le vieil homme laissa échapper un rire bruyant qui résonna dans les hauteurs de la chapelle.

— Marre-toi, c'est ça.

— Je n'irai nulle part, Samuel.

— Et quelle est donc cette fameuse pièce maîtresse ?

— Tu voulais savoir pourquoi, non ?

Steiner répondit en hochant la tête.

— Lorsque ton père partait plusieurs jours, qu'il disait à ta mère qu'il s'absentait pour un reportage photo destiné à un magazine qui n'existait pas, c'était du flan ! Il venait chez moi, ici, et je lui fournissais du boulot. Et tu sais pourquoi ? Parce que ton paternel se foutait toujours dans une merde noire. Joseph était un joueur : poker, roulette, machines, tout y passait, comme son salaire. Alors il faisait le secrétaire pour moi, faisait visiter des appartements, des propriétés, prenait des rendez-vous, bref, il gagnait un peu d'argent. Mais j'avais de plus en plus de mal à suivre, même dans les casinos où j'avais des parts. Un jour, cet abruti a accumulé une dette de jeu, mais pas chez moi. Chez un confrère d'Antibes et de Menton. Ce type, on l'appelle « le Luthier », parce que c'est son métier, à la base. J'avais conclu avec lui de nombreuses affaires. Il est donc venu me trouver en m'informant que mon frère avait fait le con. La dette était grosse, et le Luthier ne voulait pas l'éponger. On a longuement discuté, lui et moi, cherchant une solution qui aurait pu arranger tout le monde. Mais, au final, ton père a mis en gage sa péniche pour rembourser le Luthier. C'était une sorte de caution. De mon côté, sachant que cette péniche serait ton seul héritage, j'ai demandé à la récupérer. En échange, j'ai accepté de monter sur un casse pour le Luthier avec mes équipes : une joaillerie, à Cannes. Cela faisait longtemps qu'il me proposait ce travail. Et j'ai mis ton père sur le coup.

Je voulais qu'il sente ce que ça fait de prendre des risques, de ne plus être épaulé ni assisté...

— Tu as mis mon père sur un braquo ? T'es complètement cinglé !

— Il m'était redevable, bordel ! hurla Yarone. Tu comprends ça ? Je lui ai sauvé son cul, et j'ai sauvé la péniche dans laquelle tu crèches.

— Continue ta putain d'histoire.

— Le casse s'est mal déroulé. Des caméras de surveillance extérieures avaient repéré un type louche qui faisait mine de prendre des photos. Évidemment, le jour dit, les flics étaient en planque et tout ce petit monde s'est mis à se canarder. Les gars ont réussi à se tirer et à se mettre à l'abri chez Auban. Seulement, ils étaient tous sur les nerfs, et certains n'auraient pas tenu devant les flics s'ils s'étaient fait baguer. Je ne voulais prendre aucun risque. Alors, quand Auban m'a appelé en urgence pour m'expliquer la situation, je lui ai demandé de faire le ménage. Quand je me suis pointé à la bergerie, tard dans la soirée, ton père était en pleine crise d'hystérie. Auban lui avait ordonné d'abattre l'Arabe et le Corse. Il était en panique, il menaçait de tout balancer. Il voulait mettre sur la table toutes mes activités opaques, il avait connaissance de presque tout. Alors, le ton est monté...

— Et tu as tué ton frère.

Yarone soupira, puis il se leva ensuite lentement, posa son chapeau de feutre sur son crâne et se dirigea vers la sortie.

— Hé ! Où comptes-tu aller, Yarone ?

Le vieil homme fit la sourde oreille. Il poussa la porte et se retrouva à l'extérieur, rudoyé par le choc thermique et la lumière du soleil. Il déverrouilla la Bentley à l'aide de la télécommande, s'installa au volant et mit le contact. Le système audio s'enclencha automatiquement et la voix androgyne de Greg Gonzalez caressa les enceintes.

Le chauffeur de Yarone laissait tourner en permanence le disque du groupe Cigarette After Sex, et le titre « So Sweet » revenait chaque fois que redémarrait le véhicule. Agacé, Yarone marmonna entre ses dents et tenta d'arrêter l'autoradio.

Steiner ouvrit brusquement la portière conducteur, son arme de service dans sa main droite.

— Allez, oncle Yarone, viens avec moi, on redescend sur Nice.

— Ne raconte pas de conneries, Sam. Tu sais bien que je n'irai nulle part avec toi.

— Il va pourtant falloir, c'est la dure réalité, Yarone. Tu en es conscient autant que moi.

Yarone descendit du véhicule et s'approcha de son neveu, le visage presque collé au sien.

— Comment peux-tu être aussi ingrat, Samuel ? J'ai sorti Joseph des impasses les plus sombres et…

— Et tu as fini par le tuer… Tu m'as privé de mon père !

Steiner posa une main sur l'épaule de son oncle pour le forcer à le suivre, jeta un regard machinal sur la banquette arrière de la Bentley et resta figé. Le corps d'un homme en costume gris gisait dans son sang, positionné sur le ventre.

— Nom de Dieu ! Mais qui c'est ?

— C'est Jean-Félix, mon chauffeur. J'ai appris qu'il avait bavé à mon sujet.

Steiner ouvrit la portière arrière, se précipita sur la victime et constata deux impacts de balle au niveau du sternum. Il chercha son pouls, espérant pouvoir encore venir en aide au pauvre homme.

Yarone extirpa alors de son holster l'arme qu'il portait toujours sur lui.

Steiner éprouva une curieuse sensation, comme si le sol se dérobait sous son poids, comme si la température chutait brusquement, comme si la lumière du soleil disparaissait pour laisser place à l'ombre. Il ferma les yeux une seconde et le visage de Rebecca se dessina au creux de son esprit. Il entendit résonner ses mises en garde à propos de Yarone.

Steiner comprit soudain et se retourna.

Il fit feu sur son oncle, à deux reprises, puis laissa tomber son arme sur les pierres du parvis.

Dans l'habitacle, Greg Gonzalez continuait à déclamer cette délicieuse histoire d'amour, la promesse d'un homme à une femme de toujours l'aimer, d'être toujours obsédé par son corps, sa peau, son sourire et ses yeux.

Steiner se laissa glisser le long de la carrosserie, jusqu'à s'asseoir sur le sol poussiéreux.

Il leva la tête et observa le ciel éthéré, un sourire sur les lèvres. Il lui avait semblé reconnaître le visage de Lise-Marie, là-haut, tout là-haut, entre les nuages.

Quelque chose venait de changer, il le savait.

Épilogue

Août 2019, Metz
Péniche Upon a Star / *Domicile de Samuel Steiner*

UN SOLEIL BLANC ET CHAUD inondait le pont de la péniche.

Le léger souffle qui s'était levé apportait un peu de fraîcheur en cette mi-août. Il sillonnait le canal de Jouy, striant sa surface de ridules éphémères, embarquant au loin les quelques feuilles tombées du rivage.

Samuel Steiner était affairé dans la cabine de pilotage à dresser la check-list du voyage, ainsi que l'inventaire des réparations et des révisions effectuées sur la péniche depuis le début de semaine.

En maillot de bain, une paire de lunettes noires sur le nez, Rebecca était allongée sur un transat. Elle avait disposé les enceintes du système audio sur le pont et écoutait une playlist piochée au hasard dans les dossiers musicaux de son père.

Steiner l'observait depuis la fenêtre de la cabine. Il songeait à cet instant tragique où sa vie avait failli basculer, ce moment où il avait cru perdre définitivement sa fille. Que serait-il devenu sans elle ? Aurait-il pu seulement continuer à vivre avec une telle douleur ? Après le décès de Lise-Marie, il avait considéré Rebecca comme un substitut de son ex-femme, un doudou, un antalgique, croyant pouvoir guérir du manque par le seul fait que sa fille représentait un petit morceau de ce qu'ils avaient été. Puis il s'était rendu à l'évidence et avait accepté que Rebecca ne soit pas l'incarnation de leur amour, juste son fruit, qui à son tour sèmera ses graines.

Rebecca et Samuel revenaient de très loin, et chacun avait gardé profondément en soi les stigmates d'une douloureuse expérience.

Il leur fallait se reconstruire. Renaître pour mieux revivre.

L'ex-juge Jean-Charles Magnan avait pu contrôler une partie de la propagation virale des vidéos de Rebecca et faire en sorte qu'elles disparaissent peu à peu de la Toile.

La jeune lycéenne s'était sentie humiliée, souillée, trahie. La discussion avec son père à propos de cette monstrueuse idiotie l'avait emplie de honte, mais Steiner avait su arrondir les angles. À l'annonce du suicide de Jay, elle avait ressenti des émotions étranges, un curieux mélange de satisfaction et de tristesse. Le coma l'avait changée. Elle n'écoutait plus les gens de la même façon qu'avant, elle avait développé une empathie particulière. Elle avait éprouvé de la tristesse en prenant connaissance de tous les éléments de l'affaire, et elle avait été très chagrinée pour son père. La mort qu'avait connue son grand-père ne l'avait pas affectée, mais savoir que le frère de celui-ci était à l'origine du drame, que l'oncle de son père était l'un des plus grands parrains de la pègre varoise, l'avait affligée.

Steiner passa sur le pont en plissant les yeux, une vilaine grimace en guise de sourire adressée à sa fille. Le soleil lui brûlait les rétines. Il ouvrit sa cannette de bière, s'installa sur une palette de bois transformée en mobilier de terrasse et avala une gorgée. Il porta une main devant ses yeux pour se protéger de la lumière, puis il demanda à Rebecca d'une voix forte :

— Est-ce que tu es prête ?

La jeune fille poussa ses lunettes jusqu'au bout de son nez.

— C'est une blague, papa ? Ça fait deux jours que je te prends la tête pour qu'on se bouge... Évidemment que je suis prête.

— Je devais faire le plein de provisions, réparer deux ou trois conneries sur ce rafiot, passer quelques coups de fil...

— Je sais, papa. Tu as pu te rendre au cimetière ?

Steiner hocha la tête en silence.

— Tu as déposé les fleurs ?

— Oui, ne t'inquiète pas, ma chérie, la tombe de ta mère est toujours aussi fleurie, tout est en ordre.

Quelques semaines s'étaient écoulées depuis l'épisode de la chapelle. Yarone avait été hospitalisé en urgence après que Steiner eut contacté les secours. Un seul projectile aurait pu lui coûter la vie, une balle qui avait occasionné de gros dégâts près de l'artère fémorale. L'autre était venue se loger dans son flanc droit. La brigade criminelle de la police judiciaire avait escorté le convoi jusqu'au centre hospitalier de Grasse. Peu avant l'intervention chirurgicale, Yarone Steiner avait été informé de la situation et de sa très certaine mise en examen par le juge.

Quelques jours plus tard, tout un pan du crime organisé de la French Riviera s'écroula, et de nombreux nababs furent interpellés. Une ribambelle de tontons se mirent à table, donnant les indications nécessaires pour faire tomber plusieurs branches criminelles reliées à Yarone Steiner : prostitution, jeu, drogue. Le gang K11.43 fut démantelé et quantité d'adolescents furent placés entre les mains de la justice. Un projet immobilier de grande envergure, celui de la construction d'un complexe hôtelier à Antibes, tomba à l'eau, et tous les comptes d'approvisionnement furent gelés. Il s'avérait que les financements étaient contrôlés par le Luthier, alors en affaires avec Yarone Steiner. Des élus locaux furent également épinglés pour trafic d'influence, beaucoup furent placés en garde à vue et mis en examen.

Nadine Morel et Viviane avaient été convoquées par le juge d'instruction. Celui-ci voulait faire la lumière sur les supposés meurtres de Jean-Michel Auban, ainsi que sur la fameuse nuit où tout avait basculé.

Plus rien ne serait comme avant, Steiner en était persuadé. Quelque chose de pesant s'était envolé, comme s'il avait guéri d'une sorte de cancer qui le rongeait depuis plus de vingt ans. Il pouvait à présent faire le deuil d'un père qu'il n'avait finalement jamais vraiment connu. Un père obscur, loin de celui qu'il imaginait dans sa tendre enfance, très loin de celui qui lui avait offert la mobylette rouge.

Il observa Rebecca. Et lui, qu'avait-il à offrir à sa fille ?

De l'amour, c'était tout ce qu'il lui restait. Et, pour les semaines à venir, c'était très certainement ce qui conviendrait le mieux à Rebecca.

Steiner et sa fille allaient devoir accepter de laisser le temps cicatriser les blessures. Il leur fallait être ensemble, mieux se retrouver pour mieux se comprendre, accepter les travers et la personnalité de l'autre.

Ces derniers jours, Steiner avait été perturbé par la maladie de son ami Sergianni. Il avait la désagréable sensation que tous les gens qu'il aimait finissaient par partir, en le quittant ou en mourant. Son père, Lise-Marie, Grégory, et maintenant c'était son ami qui lui révélait la gravité de son état de santé. C'est pour cette raison qu'il avait toujours eu l'angoisse rivée à l'estomac en ce qui concernait Rebecca : il craignait que cette malédiction ne s'abatte sur sa fille.

Après les funérailles de Grégory, Rebecca avait récupéré ses affaires dans l'appartement de sa mère et de son beau-père. Elle avait longuement observé les détails et les objets dans chaque pièce du logement, et elle y avait associé des instants fragiles, des moments de joie ou de tristesse partagés avec sa mère et Grégory.

Lorsqu'elle était ressortie de l'immeuble, elle ne s'était pas retournée, elle n'avait pas levé la tête pour observer le grand balcon fleuri. Elle s'était juste empressée de quitter la rue et de regagner l'agence immobilière qui gérait la vente du bien, d'y déposer le trousseau de clés et de rejoindre son père à bord de la péniche.

Tout au long du chemin qui menait au canal de Jouy, elle avait songé à sa relation toxique avec Jordan.

Elle se demandait encore comment elle avait pu sombrer de la sorte. Certes, elle n'oubliait pas que le décès de sa mère l'avait affectée, désorientée, que les absences répétées de son père l'avaient cruellement blessée et qu'elle avait eu besoin de se réfugier au creux de bras sécurisants. Mais repenser aux soirées arrosées d'alcool jusqu'au matin, le nez empli de poudre, les speedballs à base de sédatifs et de coke, les parties de sexe débridé, tout cela lui donnait des haut-le-cœur.

Rebecca gardait en elle la douloureuse impression d'avoir trahi son père, cet homme qui l'avait toujours protégée. Elle avait voulu grandir plus vite, s'affirmer pour mieux fuir le passé et le présent, qui lui avaient volé ceux qu'elle aimait. Mais Rebecca avait aussi pris conscience que le monde adulte pouvait attendre, et qu'elle était en sécurité auprès de son père bienveillant. Elle était persuadée qu'elle devait rester la petite fille de son papa, au moins pour quelque temps, jusqu'à ce que la douleur s'atténue, que reviennent la lumière, les sourires et les belles choses.

Un bruit de tracteur en plein labour retentit soudain. Une fumée blanc et bleu s'évasa au-dessus du canal, une vibration secoua le pont, et Rebecca ouvrit les paupières.

Tirée de ses pensées par le grondement sourd que produisait le moteur diesel, elle s'extirpa définitivement de sa léthargie lorsqu'elle perçut le mouvement de la péniche sur l'eau.

Rebecca eut un frisson. Elle esquissa un sourire et se dirigea vers le bastingage, près de la console audio. Elle enclencha le player et monta le volume. La voix de Marian Gold, le chanteur du groupe Alphaville, s'éleva tandis que la péniche quittait lentement le quai. « Forever Young » s'invita sur le cours du canal, dans un souffle d'air chargé de lourds souvenirs.

Steiner et sa fille quittaient Metz. Il leur fallait une véritable rupture avec l'entourage, les amis, le lycée pour Rebecca et le commissariat pour Steiner. Il avait obtenu une mise en disponibilité pour convenances personnelles après avoir avancé qu'il était vital pour lui et sa fille de se retrouver et de se ressourcer.

Rebecca posa ses coudes sur le garde-corps du bastingage et ferma de nouveau les paupières, apaisée, réjouie de savoir qu'elle n'aurait pas à partager son père avec le monde sordide du crime.

Elle se laissa porter par la brise tiède de cette journée d'été, par les paroles qui la berçaient, alors que son père l'enlaçait tendrement en l'embrassant sur le front.

Elle respira fort l'odeur de ce père qui lui avait tant manqué. Elle s'imprégna de son parfum, du son de sa voix, de sa présence rassurante, puis laissa son cœur s'emballer, savourant cet instant qui lui rappelait combien elle voulait rester une petite fille dans les bras de son papa…

Forever young, I want to be forever young
(Éternellement jeune, je veux être éternellement jeune)

Entretien avec Alain Brunache

Ex-commandant de la brigade criminelle de la police judiciaire de Nice

Avertissement : Le contenu de cet entretien, notamment à travers l'évocation de certaines pratiques médico-légales, est de nature à heurter les plus sensibles.

Aujourd'hui, 27 février 2019, il est environ 16 heures lorsque je sors de la gare de Nice. Plus loin, de l'autre côté de la rue, un gros SUV de couleur noire stationne en double file. Au volant, un homme d'âge mûr, cheveux grisonnants, lunettes noires. Il me fait un signe discret afin que je le rejoigne.

Il s'agit d'Alain Brunache, ex-commandant de la brigade criminelle de la police judiciaire de Nice. Après un long parcours au sein de la PJ en passant par divers postes et services, notamment de la BRB (Brigade de répression du banditisme) à l'OCRB (Office central pour la répression du banditisme), devenu OCLCO (Office central de lutte contre le crime organisé), en tant que négociateur sur des prises d'otage ou des enlèvements avec demande de rançon ?, Alain Brunache s'est formé en criminologie et en médecine légale. Il est aussi l'enquêteur qui a travaillé sur l'assassinat de Jean-Yves Guerrée, un ex-braqueur de banque du Milieu niçois abattu par Michel Lambin et enterré sur le terrain de la ferme du Bayou, à Caussols.

Alain Brunache m'accueille chaleureusement à bord de son véhicule. Pendant le trajet qui nous conduit chez lui, il se présente et me parle de sa carrière. Le courant passe immédiatement et les quelques informations qu'il me lâche me sont précieuses. Mais je suis loin d'imaginer que ce qu'il va me livrer lors de notre entretien à son domicile va me plonger dans l'univers très particulier de la police judiciaire.

Il me semble ne jamais avoir été aussi captivé par le témoignage d'un enquêteur. C'est pourquoi, chers lecteurs, je vous livre ici l'entretien que m'a accordé Alain Brunache, afin de partager avec vous cet intense moment d'investigation littéraire.

Fabio M. Mitchelli : Alain, après une carrière atypique au sein de la police judiciaire, vous avez écrit un roman[1]. Quelles sont les raisons qui vous ont poussé à le faire ? Pouvez-vous m'en dire plus ?

Alain Brunache : Dans ce roman, j'ai voulu témoigner, à l'intention d'un cercle proche, de la façon dont j'ai traversé trente-trois ans de police judiciaire, de la façon dont j'ai abordé ces années, mais surtout de la façon dont on s'en sort. En sort-on aigri ? En sort-on alcoolique, dépressif,

1. Alain Brunache, *Émotions d'un flic*, éditions Baudelaire, 2012.

déstructuré ? Bien sûr, c'est en fonction d'une multitude de paramètres personnels. Personnellement, j'en suis sorti insomniaque ! Dans ce témoignage, je me suis inspiré d'une affaire criminelle hors normes, même si toutes les affaires paraissent hors normes... C'était lors d'une de mes missions en qualité de négociateur, au Venezuela, sur un enlèvement crapuleux avec demande de rançon. Je me suis servi de cette affaire comme d'un fil rouge pour écrire ce témoignage... Mais j'ai tellement d'autres images qui me reviennent, tellement de sons et d'odeurs. L'odeur de la mort, par exemple, qui ne s'oublie pas, et qui est caractéristique...

Fabio M. Mitchelli : Je suppose que vous évoquez les autopsies médico-légales ?

Alain Brunache : Oui, entre autres. Au début, cette odeur, on essaie de la masquer avec des produits, du parfum, du Vicks... sauf que, au bout d'un moment, on associe l'odeur du Vicks à celle de la mort, et tout tombe à l'eau. Lors de mes dernières années de fonction, j'avais demandé des masques pour pouvoir travailler plus confortablement, car autant on peut réussir à s'adapter, à supporter la vision de certaines choses pas très belles sur des corps, autant on s'adapte difficilement aux odeurs de la mort, surtout dans certains cas. Le problème, c'est qu'on les rapporte avec soi, sur soi, collées à ses vêtements, à ses chaussures. Ces odeurs imprègnent tout, les poils du nez, les poils des mains, les cheveux, tout. Après de nombreuses autopsies ou constatations sur des affaires d'homicide, je rentrais chez moi avec la mort collée à la peau. J'étais forcé de me déshabiller sur le palier, je laissais mes affaires dehors avant d'entrer dans mon domicile, pour enfin filer sous une douche qui durait une éternité...

Fabio M. Mitchelli : Ces marqueurs se transforment-ils en empreintes psychologiques ? Je veux dire par là : ne vous semble-t-il pas sentir l'odeur de la mort partout, tout le temps ?

Alain Brunache : Oui et non… Psychologiques, mais pas uniquement. Ce qui était marquant lors des séances d'autopsie, que ce soit l'assistante du thanatopracteur, les deux médecins légistes ou les OPJ, les officiers de police judiciaire, c'est qu'on se déshabillait tous et qu'on enfilait des tenues stériles, comme des praticiens qui se préparent pour une intervention chirurgicale. Nous étions forcés de le faire, sinon les fibres des vêtements personnels s'imprègnent de cette odeur très particulière. Les masques à cartouche que l'on porte, et qui sont indispensables, nous assurent un plus grand confort, on ne sent plus rien avec ce matériel. Pour parler du *geste* d'autopsie, qui est une pratique technique, cela se fait en présence de l'OPJ pour constater le bon déroulé de l'intervention, mais aussi pour se charger des scellés d'éventuels prélèvements…

Fabio M. Mitchelli : Des prélèvements organiques ? Cela peut également être des projectiles ?

Alain Brunache : Oui, mais aussi des constatations visuelles, tout ce qui est stigmates de tir, par exemple, ou blessures par arme blanche. Il y a aussi le prélèvement des organes, en fonction de la nature du décès. Certaines autopsies sont pratiquées pour rechercher des causes de la mort, donc c'est une dépose complète du corps… Alors, bien sûr, l'encéphale, les poumons, le cœur, le foie, les reins, tout est pesé, mesuré, mais il y a également de nos jours des prélèvements de moelle épinière, et aussi ce que l'on appelle une « crevée ». On pèle un bras, on pèle la peau comme celle d'une banane, pour constater d'éventuelles traces de prise, c'est-à-dire des hématomes sous-cutanés. C'est très efficace, très précis. La technique nous vient des États-Unis. D'ailleurs, je rebondis sur le fait que, là-bas, ils possèdent des « fermes à cadavres », peuplées d'individus qui, de leur vivant, ont fait don de leur corps à la science, et ce afin que les techniciens étudient les différentes étapes de la décomposition, ou le comportement et la chronologie des insectes nécrophages. Ici, à Nice, le pôle IML, l'institut médico-légal, était dirigé par un professeur qui était aussi anthropologue médico-légal et avait été formé aux États-Unis. En résumé, l'autopsie est faite pour déterminer les causes de la mort, et éventuellement pour la dater. Sans que cela s'avère être une science exacte, la datation reste capitale dans une affaire d'homicide...

Fabio M. Mitchelli : Une datation est importante, elle peut permettre d'inculper ou de disculper un suspect, selon moi. Elle est donc indispensable lors d'une autopsie médico-légale ?

Alain Brunache : Absolument. Pour être complet professionnellement, lorsque je me suis intéressé aux scènes de crime, et plus particulièrement aux autopsies, je me suis procuré des logiciels qui modélisent le corps humain en 3D sur recommandation de médecins légistes. Cela m'a permis de mieux appréhender le fonctionnement du corps jusqu'au moindre petit os, organe ou muscle. Chaque fois que je butais sur un élément que je ne connaissais pas, des médecins m'expliquaient, me montraient « sur pièce », si je puis dire... En termes de balistique, c'est aussi très intéressant, car on prélève les stigmates de tir, les trajectoires, qui sont analysés et nous permettent de déterminer s'il y avait un ou plusieurs tireurs, de déterminer les impacts qui sont létaux ou pas, de savoir qui a donné le coup de feu mortel, qui tenait l'arme qui a donné la mort...

Fabio M. Mitchelli : Alain, comment s'ouvre le dossier d'une affaire criminelle ? Quel est le point de départ ? Quelles sont les fonctions d'un officier de PJ sur un homicide et, surtout, comment cela se passe-t-il au niveau de la magistrature ?

Alain Brunache : Au départ, pour un homicide X ou Y, c'est le parquet qui va s'engager, tout du moins engager des poursuites et saisir un service enquêteur. C'est au parquet que les premiers enquêteurs rendent compte. Ensuite, très rapidement, et selon la nature de l'affaire, le parquet va saisir un juge d'instruction. Celui-ci fournira, au besoin, délégation générale aux enquêteurs, comme des commissions rogatoires, ou délégation spécifique s'il s'agit d'écoutes ou de réquisitions quelconques. Une fois que le travail d'instruction est terminé, le juge rend sa « copie » au parquet, et c'est ce dernier qui décide s'il y a matière, ou pas, à envoyer une ou plusieurs personnes confondues dans la procédure devant une juridiction de jugement. Évidemment, en amont, les enquêteurs ont éclusé le travail des gardes à vue, des auditions, juste avant la mise en examen, s'il y a lieu. Ils rendent systématiquement compte au magistrat instructeur, communiquent avec lui, lui fournissent les procès-verbaux. Si le juge demande une mise en examen, il demande au chef de groupe de la cellule d'enquête que le suspect lui soit présenté. La rencontre se déroule entre le juge d'instruction, le mis en examen et son avocat. Tout au long de l'instruction, les enquêteurs ont une relation privilégiée avec le parquetier, ainsi qu'avec le juge d'instruction. La phase d'échange avec le parquetier est assez courte, puisque celui-ci est généralement à l'origine de la saisine du juge d'instruction. Comme une enquête criminelle peut durer plusieurs années, la relation de travail entre les enquêteurs et le juge peut être très intense. Il doit y avoir de la confiance, de la méthode. Il est fréquent que le juge d'instruction demande l'avis des enquêteurs, leur point de vue sur l'affaire, cela afin d'orienter l'enquête vers des pistes exploitables. Quels que soient les éléments à charge ou à décharge, tout ce qui sera collationné au cours de l'investigation sera partagé et discuté avec le magistrat instructeur...

Fabio M. Mitchelli : Lorsque vous évoquiez votre parcours professionnel au sein de la PJ, vous m'avez beaucoup parlé de vos expériences de scènes de crime, et plus particulièrement des autopsies médico-légales auxquelles vous avez assisté en grand nombre au cours de votre carrière. Que pouvez-vous m'en dire ?

Alain Brunache : Comme je l'ai déjà expliqué, généralement l'autopsie d'une victime d'homicide est particulièrement éprouvante. C'est presque tous nos sens qui sont soumis à rude épreuve. Il y a la vue, l'odeur, et, contrairement à ce que l'on pourrait penser, il y a aussi le bruit : le bruit de la mort.

Fabio M. Mitchelli : Le bruit de la mort ? Vraiment ?

Alain Brunache : Oui, le bruit. De quoi s'agit-il ? Un exemple concret : j'étais sur l'autopsie d'un criminel qui s'était fait purger sur un règlement de comptes, et lorsqu'on soulevait le corps, celui-ci produisait le son d'un énorme ballon de baudruche qui se dégonfle. Il s'agissait des gaz encore prisonniers du corps qui s'échappaient par les divers orifices... Et puis il y a les bruits de l'acte médical : la scie électrique oscillante, le marteau et le burin pour ouvrir le crâne, le costotome (une sorte de gros sécateur pour sectionner le plastron thoracique et les côtes)... Il y a des moments particuliers. Mais du fait que je portais beaucoup d'intérêt à l'autopsie, comme j'avais suivi quelques formations, cela me permettait de digérer ce que je voyais et entendais...

Alain Brunache sort d'un tiroir une grande enveloppe kraft et m'invite à examiner toute une série de photos prises lors de séances d'autopsie. Il en commente certaines.

Alain Brunache : Sur ce cliché, on voit un encéphale, et sur celui-ci il s'agit de l'ouverture du crâne. La procédure est la suivante : le médecin pratique d'abord une incision linéaire sur le scalp, à l'arrière de la boîte crânienne, puis il le tire avec plusieurs à-coups pour le décoller de la paroi osseuse. Rien que ce bruit, c'est... ça craque comme du scratch, c'est terrible. Une fois que cette procédure est achevée, le médecin s'empare de la scie pour scier l'os du crâne, et là aussi le bruit est terrible, puisqu'on sait sur quoi repose la lame de l'outil. Et, enfin, le bruit du marteau et du burin dont le légiste se sert pour ouvrir la boîte crânienne. On fait ensuite la dépose du cerveau, qui se trouve toujours dans son enveloppe, la dure-mère... Ensuite, sur cette photo, on voit l'intérieur du crâne, vide...

Fabio M. Mitchelli : Tout cela est vraiment intéressant. D'autant plus que ce n'est pas tous les jours que l'on peut voir à quoi ressemble l'intérieur d'un crâne humain, et je ne parle pas des crânes de déco ! En revanche, je ne suis pas choqué par toutes ces images d'autopsie. J'ai l'impression qu'aujourd'hui la fiction se rapproche considérablement de la réalité, et qu'à force de visionner des films, des séries ou des documentaires de reconstitution d'affaires criminelles, nous sommes beaucoup moins affectés à la vue d'images violentes réelles. Les émotions sont biaisées… Lorsque je vois vos photos, j'ai presque l'impression qu'il s'agit d'effets spéciaux pour le tournage d'un téléfilm…

Alain Brunache : Oui, je saisis votre point de vue, mais malheureusement nous sommes dans la réalité. Voici la photo d'une victime dont le corps était très décomposé lorsque nous l'avons retrouvé…

Fabio M. Mitchelli : Apparemment, il s'agit d'un homme noir…

Alain Brunache : Justement pas, c'est bien d'un homme blanc qu'il s'agit, mais son corps était entièrement noir, comme du charbon, du fait de l'état de pourrissement très avancé. Le pire, ça reste les victimes par noyade, les corps qui ont longuement séjourné dans l'eau. Bien souvent, l'odeur est insupportable, et l'aspect du corps n'est pas mieux… J'ai sorti des corps de l'eau, j'étais même en combi de plongée, avec tout l'équipement. Je me souviens aussi d'une affaire dont j'avais eu la charge, un ressortissant français qui avait été abattu en Afrique. Il a été rapatrié en France et nous avons procédé à une autopsie. Le problème, c'est qu'en Afrique ils avaient administré au corps des soins de conservation très spéciaux, et quand nous l'avons sorti de sa housse il était dans un état lamentable. Le corps était vert. Et je vous laisse associer la couleur à l'odeur… Très sincèrement, de tous les corps sur lesquels j'ai dû travailler, je crois bien que c'était l'odeur la plus insoutenable. Même avec le masque, l'autopsie a été particulièrement difficile. Malgré les extracteurs installés dans la salle d'autopsie, cela s'est avéré très éprouvant.

Fabio M. Mitchelli : Alain, si vous le permettez, je vais à présent orienter cet entretien vers un autre sujet ? une question qui revient souvent trotter dans ma tête. La technologie, et plus spécialement la téléphonie, est-elle devenue indispensable pour avancer dans une enquête ? Est-elle, au même titre que l'ADN, l'anthropométrie ou les empreintes digitales, un outil qui permet de confondre un suspect de façon formelle ?

Alain Brunache : Comme j'avais l'habitude de travailler avec des « tontons », des indics, si vous voulez, j'ai souvent privilégié l'humain pour avancer dans une affaire. La technologie est un outil formidable, la téléphonie surtout, cela peut faire des miracles. Sauf que ça fait des miracles si l'on sait ce que l'on cherche ; sinon, on peut vite être perdu. Il n'est pas nécessaire de faire de l'écoute, ou de la téléphonie en général, si l'on n'a pas un objectif particulier. Par exemple, je me souviens d'affaires dont j'ai eu la charge et qui concernaient des attentats, des mouvements corses qui faisaient péter des centres des impôts ou d'autres bâtiments administratifs. Lorsqu'il y avait revendication, notre premier réflexe était de geler les conversations entre le continent et la Corse, sur une journée par exemple. C'est un boulot monstre ! Il nous fallait geler des dizaines de milliers de conversations, tout numériser et archiver sur des CD-Rom. C'est très complexe, fastidieux, et il n'est pas certain que ça paye. Pour rester dans la technologie, j'avais des collègues qui bossaient sur logiciel, un programme qui s'appelle

ANACRIM, une sorte de toile d'araignée numérique qui permet de comparer dans le temps les actions de divers protagonistes impliqués, les relations qui peuvent exister entre les membres d'un groupe de suspects, etc. Mais, une fois de plus, encore faut-il savoir ce que l'on cherche. Par exemple, du côté de Menton, près de la frontière italienne, sur l'affaire d'un homicide dont la victime était un Italien que l'on avait retrouvé carbonisé dans sa voiture, dans un ravin, on a fait de la téléphonie. Mais cela s'est avéré compliqué, car, à quelques kilomètres de la frontière, il y avait chaque fois des changements de réseau, d'opérateur. L'Italien qui arrive en France est pris en charge par le réseau français, et vice versa : c'est catastrophique pour nous ! Lorsqu'on fait de la téléphonie, il faut donc savoir ce que l'on recherche. Sinon, cela n'est pas vraiment un cadeau... C'est pour cela que, lorsque les services de police utilisent la technologie, il faut une véritable stratégie, un directeur d'enquête aguerri, et savoir où l'on va...

Fabio M. Mitchelli : Cela me fait rebondir sur l'affaire Michel Lambin. Il est probable qu'il y ait de nombreux homicides dans lesquels il serait impliqué et qui sont restés irrésolus, selon son ex-compagne, justement parce qu'il n'y avait pas encore toute cette technique, cette technologie : pas ou peu de vidéosurveillance, pas de téléphonie mobile, pas de GPS...

Alain Brunache : Ce n'est pas faux... Pour ma part, j'ai connu une époque, ici à Nice, où l'on ne possédait pas tous ces moyens d'investigation. Et je me souviens de plusieurs disparitions inquiétantes qui sont probablement des affaires criminelles et qui n'ont jamais été élucidées. C'est un peu comme l'affaire Agnès Le Roux, cette jeune femme héritière du casino du Palais de la Méditerranée qui a disparu en 1977. La scène de crime, il n'y en avait pas, les gars de l'identité judiciaire semblaient dépassés, aucune précaution n'était prise sur les lieux d'enquête, aucune méthodologie, pas de téléphonie mobile, rien de tout ce que l'on a aujourd'hui. Cette affaire nous a laissés dans le questionnement, même si Agnelet a finalement été condamné en 2014 pour assassinat, après trente-sept ans d'atermoiements et de cafouillages judiciaires. Mais on n'a jamais retrouvé Agnès Le Roux. Idem pour cet enfant d'une dizaine d'années qui avait disparu avec son vélo, ici, à Nice : jamais retrouvé. Une autre affaire dramatique, celle du fils d'un couple de vétérinaires qui avait disparu : jamais retrouvé non plus. Tout cela, en partie, à cause de cette technologie ou technique que l'on n'avait pas entre les mains…

Fabio M. Mitchelli : C'est d'ailleurs grâce à la vidéosurveillance ainsi qu'à la téléphonie que l'on a pu établir un profil dans la récente et triste affaire de l'assassinat de la petite Maëlys, et aussi identifier le véhicule du suspect…

Alain Brunache : Dans ce cas précis, oui, la technique et la technologie se sont révélées profitables, les enquêteurs savaient alors où se diriger.

Fabio M. Mitchelli : Après avoir survolé cette mine d'informations, une question me vient à l'esprit à présent, et elle concerne évidemment l'affaire du berger de Caussols. À l'époque des faits, avez-vous auditionné Lambin ?

Alain Brunache : Non, ce n'est pas moi qui ai auditionné Lambin à la crim, ce sont mes collègues du service qui en ont eu la charge. Moi, à ce moment-là, j'étais directeur d'enquête, j'étais chef à la criminelle. Je suis monté sur cette affaire pour donner un coup de pouce, pour tenter de découvrir l'emplacement exact où se trouvait le corps enterré de Jean-Yves Guerrée, et c'est ce que j'ai fait. Ensuite, j'ai vu Lambin, le soir, qui partait avec mes collègues pour l'audition. Je n'ai pas préparé de rapport de synthèse dit de présentation. À l'issue de quarante-huit heures de garde à vue, en général, lorsqu'on présente le sujet au magistrat, on prépare un P-V de quelques pages synthétisant les éléments. Je n'ai fait qu'organiser la journée, le travail sur le terrain pour le groupe qui allait intervenir.

Fabio M. Mitchelli : Vous avez donc découvert la personnalité de Lambin à travers Nicole Rossi, son ex-compagne ?

Alain Brunache : Oui, étant entendu que j'avais déjà eu à travailler sur l'affaire des évadés de Draguignan, et sur Ludi, le fameux Robert Ludi, ce pauvre type qu'on a retrouvé dans sa 205 Peugeot assassiné de deux balles. On possédait à l'époque un faisceau d'éléments qui nous laissait croire que Lambin pouvait en être l'auteur, mais on n'avait pas encore retrouvé l'arme du crime. En revanche, l'affaire Guerrée a été le déclencheur, car le jour où nous avons déterré le corps de Guerrée à la bergerie de Lambin, nous avons retrouvé beaucoup de pièces lors de la perquisition. Ces pièces avaient un lien avec un nouveau projet d'évasion, un nouvel arrachage par hélicoptère se préparait donc. On a retrouvé un adhésif aux armes de la gendarmerie, qui aurait très probablement été apposé sur l'hélicoptère, on a aussi retrouvé le calibre 11.43 qui a servi à abattre Robert Ludi, et également une échelle de corde métallique, mais aussi des armes de poing, des fusils d'assaut... Ce jour-là, effectivement, la saisie a été une réussite pour l'enquête.

Fabio M. Mitchelli : Les résultats de la balistique ont-ils été rapides pour confirmer qu'il s'agissait bien de l'arme impliquée dans l'assassinat de Ludi ?

Alain Brunache : Hélas, non, la balistique, ce n'est jamais très rapide. En revanche, pour tout ce qui était lié aux empreintes, nous avons eu les résultats de suite. Pour Guerrée, cela a matché rapidement.

Fabio M. Mitchelli : Pour Guerrée ? Mais le cadavre possédait encore ses doigts ?

Alain Brunache extirpe de nouveau d'un classeur une enveloppe dont il sort une série de photographies.

Alain Brunache : Si vous voulez, je vous montre quelque chose. Voilà, sur ce cliché, on voit la radiographie du corps de Guerrée lors de l'examen externe, juste avant l'autopsie. On peut noter la multitude de petits plombs qui se sont logés partout dans le corps. Sur cette photo, on peut voir sa main, sur laquelle il reste encore du tissu biologique parcheminé, et le doigt a été exceptionnellement conservé. Le relevé d'empreintes n'a pas été difficile. Guerrée a donc été assassiné d'une charge de fusil de chasse, avec du petit plomb. Maintenant, je vais vous montrer le corps que l'on a déterré. Sur cette photo vous pouvez distinguer le corps, qui, étrangement, ressemble à une souche, à un tronc d'arbre. Le corps a été ligoté avant d'être enseveli, les jambes, les bras, c'est pour cela que cela ressemble à un bloc informe. Voici une cuisse, là un fémur, le tibia, etc. Le corps était en grande partie parcheminé, et sa main, qui était placée sur le torse, était quasiment intacte. Voici son crâne, avec toute la denture apparente...

Fabio M. Mitchelli : Pour quelle raison cette main est-elle restée intacte ? Serait-il possible que Guerrée ne soit pas mort de suite et qu'il ait lui-même positionné sa main sur son torse ? A-t-il eu un geste réflexe pour se protéger ?

Alain Brunache : Non, nous avons simplement pensé que Lambin avait dû lui rabattre la main à cet endroit. Ce n'est pas un geste réflexe au moment du coup de feu, puisqu'il n'y a aucun plomb sur la main, et celle-ci ne présente aucune blessure. Ensuite, voici quelques photos de l'autopsie du corps de Guerrée. Là, le crâne, un bras, et même les parties génitales étaient conservées. Il y avait un important agrégat de terre sur le corps, il a fallu faire du ménage après la radiographie. Ensuite, le doigt a été coupé et confié sous scellés à l'identité judiciaire pour le relevé d'empreintes. Et Guerrée a donc pu être identifié très rapidement.

Fabio M. Mitchelli : Alain, merci infiniment pour toutes ces précisions médico-légales, et merci de m'avoir éclairé sur les détails concernant l'affaire du berger de Caussols.

Playlist

(par ordre d'apparition dans le texte)

01 : « Debout », interprété par Kool Shen
02 : « Ma Benz », interprété par Suprême NTM *feat.* Lord Kossity
03 : « Con te Partirò », interprété par Andrea Bocelli
04 : « Winter 1 », *Les Quatre Saisons de Vivaldi*, interprété par Max Richter
05 : « Relax », interprété par Frankie Goes to Hollywood
06 : « Evil Spell », interprété par Djyl & Franck Hat
07 : « Satellite of Love », interprété par Lou Reed
08 : « One Day/Reckoning Song », interprété par Asaf Avidan
09 : « Dream On », interprété par Aerosmith
10 : « Highway to Hell », interprété par AC/DC
11 : « Easy Come Easy Go », interprété par Alice on the Roof
12 : « When the Party's Over », interprété par Billie Eilish
13 : « Near Light », interprété par Ólafur Arnalds
14 : « Il Mare Calmo Della Serra », interprété par Andrea Bocelli
15 : « Walk on the Wild Side », interprété par Lou Reed
16 : « Enjoy the Silence », interprété par Depeche Mode
17 : « Y Viva España », interprété par Paco Nula
18 : « Con te Partirò », interprété par Yavanna

19 : « So You'll Aim Toward the Sky », interprété par Grandaddy
20 : « Mini, mini, mini », interprété par Jacques Dutronc
21 : « Perfect Day », interprété par Lou Reed
22 : « Sweet », interprété par Cigarettes After Sex
23 : « Forever Young », interprété par Alphaville

En immersion

L'album *Altered Signals*, de Ben Chatwin (scène d'ouverture du prologue)

L'album *The Diary of Dexter Britain*, de Dexter Britain

L'album *Curious Things*, d'Eluvium

Liste des œuvres citées

Luca, Franck Thilliez, Fleuve éditions, 2019.

Le Mariage du ciel et de l'enfer, William Blake, 1794.

Dexter, série télévisée policière.

L'Enfer des zombies, long-métrage de Lucio Fulci.

Seven, long-métrage de David Fincher.

Matrix, long-métrage de Les Wachowski.

Psychose, long-métrage d'Alfred Hitchcock, tiré du roman de Robert Bloch publié par Simon & Schuster en 1959.

Le Chien des Baskerville, Sir Arthur Conan Doyle, 1902.

Remerciements

Mon premier remerciement sera pour mon éditrice, sans qui mes romans n'auraient pas la même saveur. En décryptant le personnage de Samuel Steiner, elle a su que celui-ci nous livrerait d'étonnantes histoires et serait la promesse d'un formidable rendez-vous avec les lecteurs. Au cinéma comme au cœur des pages, c'est au moment précis où la fiction génère une impression de réel et laisse croire au spectateur, pour un temps limité, que les faits relatés peuvent être possibles que tout devient alors absolument incroyable. Et c'est cela que l'équipe éditoriale de La Bête noire s'emploie à mettre en lumière.

Merci à toi, chère Nathalie.

Évidemment, rien n'aurait été possible sans l'immense confiance que m'a accordée Glenn Tavennec depuis 2015.

Je tiens également, comme pour chacun de mes romans, à remercier mes consultants, sans lesquels la plupart de mes personnages manqueraient de relief et de crédibilité. Je remercie Agnès Rimbert, psychanalyste à Paris, qui surveille, depuis *La Compassion du diable*, la santé mentale de mes tueurs. Un grand merci à Alain Brunache, ex-commandant et chef de la brigade criminelle de la police judiciaire de Nice. Il m'a permis de découvrir un univers très noir, mais il a également éclairé le chemin de mes recherches concernant l'affaire du *berger de Caussols*.

Merci à ceux qui ont travaillé en coulisse, les yeux rougis par la lumière bleue de leur écran. Merci à Camille Racine pour son professionnalisme et son implication.

Enfin, un immense merci, ainsi que toute ma gratitude, aux dizaines de milliers de lecteurs qui me font confiance.

Merci à Nicole.

Table

II

« Con te partirò »

III

Le dernier homme

PARUS DANS
LA BÊTE NOIRE

KATERINA AUTET
La Chute de la maison Whyte (Grand Prix des Enquêteurs 2020. Prix littéraire de la Renaissance française 2020)

CÉDRIC BANNEL
Baad (Prix du Meilleur polar des lecteurs de Points 2017)
Kaboul Express

JACQUES-OLIVIER BOSCO
Brutale
Coupable

RHYS BOWEN
Son Espionne royale
Tome 1, *Son Espionne royale mène l'enquête*
Tome 2, *Son Espionne royale et le mystère bavarois*
Tome 3, *Son Espionne royale et la partie de chasse*
Tome 4, *Son Espionne royale et la fiancée de Transylvanie*
Tome 5, *Son Espionne royale et le collier de la reine*
Tome 6, *Son Espionne royale et les douze crimes de Noël*

FRANCK CALDERON, HERVÉ DE MORAS
Là où rien ne meurt

JULIA CHAPMAN
Les Détectives du Yorkshire
Tome 1, *Rendez-vous avec le crime*
Tome 2, *Rendez-vous avec le mal*
Tome 3, *Rendez-vous avec le mystère*
Tome 4, *Rendez-vous avec le poison*
Tome 5, *Rendez-vous avec le danger*
Tome 6, *Rendez-vous avec la ruse*

KAREN CLEVELAND
Toute la vérité

DANIEL COLE
Ragdoll
Tome 1, *Ragdoll* (Prix Griffe noire du polar de l'année 2017)
Tome 2, *L'Appât* (Prix Bête noire des libraires 2018)
Tome 3, *Les Loups*

SANDRONE DAZIERI
Tu tueras le Père
Tu tueras l'Ange
Tu tueras le Roi

LARA DEARMAN
La Griffe du diable
L'Île au ciel noir

INGRID DESJOURS
Les Fauves
La Prunelle de ses yeux

CLAIRE FAVAN
Serre-moi fort (Prix Griffe noire du meilleur polar français 2016)
Dompteur d'anges
Inexorable

REBECCA FLEET
L'Échange
La Seconde Épouse

DOMINIQUE FORMA
Coups de vieux

AMY GENTRY
Les Filles des autres
De si bonnes amies

PATRICE GUIRAO
Le Bûcher de Moorea
Les Disparus de Pukatapu

L. S. HILTON
Maestra
Domina
Ultima

INGAR JOHNSRUD
Les Adeptes
Les Survivants

ELIZABETH KEY
Sept Mensonges

SARA LÖVESTAM
Chacun sa vérité (Grand Prix de littérature policière 2017, domaine étranger. Prix Nouvelles voix du polar 2018, roman étranger)

Ça ne coûte rien de demander
Libre comme l'air
Là où se trouve le cœur

FABIO MITCHELLI
Une forêt obscure
Le Tueur au miroir

NICOLE NEUBAUER
Sous son toit

VINCENT ORTIS
Pour seul refuge (Grand Prix des Enquêteurs 2019)

GIN PHILLIPS
Le Zoo (Prix Transfuge du meilleur polar étranger 2017)

ANTOINE RENAND
L'Empathie (Prix des lecteurs Gouttes de Sang d'Encre 2019. Prix Nouvelles voix du polar 2020, roman français)
Fermer les yeux

FABRICE ROSE
Tel père, telle fille (Prix Bête noire des libraires 2020)

RYDAHL & KAZINSKI
La Mort d'une sirène

ROMAIN SLOCOMBE
La Trilogie des collabos
L'Affaire Léon Sadorski (Prix Libr'à Nous 2017, catégorie polar)
L'Étoile jaune de l'inspecteur Sadorski
Sadorski et l'Ange du péché
La Trilogie de la guerre civile
La Gestapo Sadorski

ILARIA TUTI
Sur le toit de l'enfer (Prix Bête noire des libraires 2019. Prix Nouvelles voix du polar 2020, roman étranger)
La Nymphe endormie

HARRIET TYCE
Blood Orange

ANNETTE WIENERS
Cœur de lapin

*Cet ouvrage a été composé et mis en pages
par* Étianne Composition
à Montrouge.

MIXTE
Papier issu de sources responsables
FSC® C003309

L'éditeur de cet ouvrage s'engage dans une démarche de certification FSC® qui contribue à la préservation des forêts pour les générations futures.

Pour en savoir plus :
www.editis.com/engagement-rse/

CET OUVRAGE
A ÉTÉ ACHEVÉ D'IMPRIMER
SUR ROTO-PAGE
PAR L'IMPRIMERIE FLOCH
À MAYENNE EN JANVIER 2021

N° d'édition : 61290/01 – N° d'impression : 97604
Dépôt légal : février 2021
Imprimé en France